스토리 리부트:

이야기는 어떻게 생성되는가

스토리 리부트

이야기는 어떻게 생성되는가

김만수 지음

STORY REBOOT

이야기를 찾아 떠나는 여행

필자의 학문적 관심은 한국 근대문학에서 출발했지만, 내가 속한 대학에서 문화콘텐츠학과를 신설하는 일을 주도하면서, 내 연구 분야는 문학보다는 점차 이야기 전반에 대한 관심으로 확대되었다. 수업 시간에 내가 다루는 이야기는 아직도 근대문학 작품이나 연극, 영화가 대부분이지만, 중세 이전의 신화, 민담, 전설도 이야기의 목록에서 빠뜨릴 수 없는 중요한 자산이다. 게다가 허구적 성격의 이야기가 아닌 실용적 실제적 텍스트도 매우 중요한 이야기의 일부임을 실감한다. 어찌 보면, 모든 과학과 종교, 법률 또한 말과 글의 형태로 되어 있으니, 이러한 실용적 이야기들이 허구로서의 이야기보다 양과 질의 측면에서 더 압도적이라고 말할 수도 있다. 시나 소설이 이야기이듯, 신문기사와 법조문, 차용증과 영수증, 오늘의 운세, 스포츠 중계 또한 매우 중요한 이야기의 일부일 것이다.

최근 파워 블로거나 유튜버들의 활동 영역이 급격하게 넓어졌다. 디지털 크리에이터 등으로 불리는 이들은 인터넷 세상 속에서 새로운 이야기로 많은 구독자를 만들어내고 있다. 정보통신의 발달 이래 광고, 홍보, 마케팅, 문화 기획 분야에서 멋진 스토리를 찾아내는 일, 소비자들과 활발하게 소통할 수 있는 스토리텔링을 찾아내는 일이 매우 중요해졌는데, 이는 한마디로 '스토리 산업'이라고 통칭해도 좋을 것이다.

앞으로는 이야기의 영역이 더욱 확장될 것이며, 이에 따라 스토리 산업의 비중도 더욱 커질 것임을 우리는 쉽게 예측할 수 있다. 20세기에는 신문, 방송 등의 매스미디어가 이야기의 주 생산층으로 자리 잡았지만, 21세기 현재에는 그물망처럼 펼쳐진 인터넷과 소셜미디어가 더 큰 이야기의 생산층이 되어 새로운 이야기 세상을 열어 가고 있으며, 우리는 어느덧 이야기의 소비자인 동시에 이야기의 생산자가 되어버렸기 때문이다.

'이야기'의 중요성에 비해, 이야기 현상에 대해 본격적으로 성찰해 볼 시간은 별로 없었던 듯하다. 그간 학계에서는 서사학, 서사 이론이라는 이름으로 이야기에 대해 이러저러한 분석과 이론을 제공하기는 했지만, 너무 어렵고 관념적이어서 작금의 이야기 현상을 분석하기에는 모자람이 많았다. 더욱이 이런 서사 이론은 소설이라는 장르 하나에 국한된 것이어서, 이 세상에 존재하는 다양한 형식의 이야기, 예를 들어 영화, TV 드라마, 만화를 설명하는 것에는 근본적인 한계가 있었다.

이 책은 원래 '쉽게 풀어 쓴 서사 이론' 정도의 집필 의도에서 출발했다. 기왕의 서사 이론이나 기호학, 구조주의 등의 방법론은 용어가 까다롭고 복잡하면서도 정작 서사에 대한 실질적인 분석에는 거의 무능한 것으로 보였다. 현학적이고 고답적이되 정작 아무것도 명확하게 설명하지 못하는 이론은 관념적이고 비효율적인

데다 불친절했다. 이에서 벗어나 내가 아는 범위 내에서, 서사 현상에 대해 쉽게 설명하자는 의도가 이 책의 출발이지만, 정작 책의 제목에 '서사 이론'이라는 표현을 쓰는 것에는 망설임이 따랐다. 내 생각의 대부분은 아직 이론이라고 부르기에는 미흡한 것들이며, 나는 서사학자도, 기호학자도, 구조주의자도 아니기 때문이었다. 어쨌든 이 책은 그저 이야기에 대한 이런저런 생각들을 모은 것으로 이해되었으면 한다.

내가 생각하는 이야기의 이론, 즉 이야기가 어떻게 생성되고 발전되고 분화되는가에 대한 서사학적 설명은 생물학에서의 설명 방식과 상당히 유사한 측면이 있다고 생각한다. 세상에는 150만 종 이상의 생물이 존재하는데, 이들은 핵과 세포질조차 제대로 분화되지 않는 원핵생물의 단계에서 세균, 원생생물, 균, 식물, 동물의 단계에 이르기까지 매우 다양하다. 이 생물종들은 분열되고 조합되고 재생되고 발생하면서 전체로서의 생태계를 유지해 나간다. 이런 생물학적 비유를 이야기에 적용해 보면, 이야기는 지금 이 순간에도 끊임없이 재생되고 반복되고 변형되면서 이야기의 생태계를 유지해 나간다고 볼 수 있다. 컴퓨터를 켜는 순간 새롭게 부팅(reboot)되는 것처럼, 원래의 이야기들은 새로운 이야기로 재구성되는데, 이 책의 제목인 '스토리 리부트'는 여기에서 비롯한 셈이다.

생물을 미생물, 식물, 동물 정도로 나누는 소박한 수준의 생물 분류학이 점차 세련화 과정을 거치면서 세포, 기관, 유기체 등의 관계가 밝혀지고 심지어는 세포 내에 배열된 유전자의 지도를 읽어내는 단계에 이른 시점이 요즘이다. 마찬가지로 이야기의 경이로운 세계를 분류, 설명하고 분석하는 작업이 그에 미치지 못할 이유 또한 없을 것이다. 이야기 또한 경이로운 생명체와 마찬가지로 어떤 최소한의 핵심 스토리(core story)가 마치 세포처럼 분열되고 새롭게 배열되고 변형됨으로써 경이롭고 새로운 이야기로 리부트되는 것이라 볼 수 있을 것이다. 필자는 이 책에서 여섯 개의 생각 단위를 배열해 보았다.

첫 장의 제목은 '이야기의 출발점'. 이야기는 인간들이 상호 소통하기 위해서, 궁극적으로는 더 행복해지기 위해서 만들어냈을 것이라는 전제하에 이야기 현상의 이러저러한 측면을 언급해 보았다. 춥고 배고픈 시절, 동굴 안에 숨어든 원시인들이 나누던 소망과 꿈이 이야기의 원천이 되었을 수도 있고, 죽음의 문턱까지 끌려갔다가 돌아온 사람들의 극적인 이야기도 관심을 끌었을 것이다. '고래의 뱃속'에 들어가 죽을 뻔한 위기를 겪는 인물이 성경에 나오는 선교사 요나, 거짓말 끝에 고래에 잡아먹히는 피노키오만은 아닐 것이다. 신화학자 조지프 캠벨에 의하면, '천의 얼굴을 가진 영웅'들은 모두들 '고래의 뱃속'에 빠져 죽을 뻔한 존재론적 위기를 통과하면서 영웅으로 성장한다. 이야기는 이런 식으로 출발한다는 점을 첫 대목에서 강조했다.

둘째 장에는 '이야기를 둘로 나누기'라는 이름을 붙여보았다. 세상이 혼돈과 질서, 하늘과 땅, 낮과 밤, 해와 달, 남자와 여자 등으로 분화되면서 생성되는 것처럼, 이야기의 생성에도 이런 선명한 이분법이 가장 강력한 동기가 된다. 세상에는 착한 사람도 살지만 나쁜 사람도 살며, 이런 식의 갈등이 가장 지속적이고 강력한 이야기의 원천이 된다는 것을 이 장을 통해 살펴보기로 했다. 0과 1이라는 디지털 신호, 음과 양이라는 동양의 전통 사상 또한 이러한 이분법의 전형적인 사례일 것이다. 이 장에서는 모든 글을 'A와 B의 대립'으로 구성해 보았다. 남성과 여성이 대립되는 것처럼, 해와 달이 대립되고, 삶과 죽음, 동물과 식물, 청각과 시각, 승리자와 패배자, 추격자와 도망자가 대립되는 양상을 이 단원에서 다루어보았다.

SF 작가로 알려진 아이작 아시모프가 쓴 한 에세이에서 '밀물과 썰물'에 대한 언급을 읽은 적이 있다. 우리는 밀물과 썰물이 바다 항해를 어렵게 하고 해안선을 어지럽히는 그런 부정적인 기능을 할 것이라고 생각하지만, 정작 밀물과 썰물이 없었다면 인간은 지구상에 존재하지 못했을 수도 있다는 설명이 참 재미있었다. 그는 밀물과 썰물의 상호 교차가 바다 생물을 육지로 밀어 올려 바다 생물이 점차 육지를 점령할 수 있도록 도움을 주었을 것임을 말한다. 해와 달의 인력, 밀물과 썰물의 반복 운동, 낮과 밤의 교차, 선과 악의 충돌 등은 서로 대립적인 것이어서 늘 다투는 것처럼 보이지만, 그 다툼의 에너지가 생명의 유지, 이야기의 창조에 오히려 크게 작용한다는 데에 생각이 미치면, 우리가 대립적인 것이어서 소모적이라고 생각했던 많은 갈등이 모든 창조와 유지의 근원이라는 점을 깨닫는다. 요즘 MBTI라는 성격 유형론이 유행 중인데, 인간의 마음속에 외향성과 내향성, 이성과 감성, 직관과 감각, 판단과 인식 등이 모순적으로 공존한다는 것 자체도 인간의 잠재적 창의성을 대변하는 게 아닌가 싶다. 모순된 요소들은 싸우면서 서로 성장하는 법이다. 이러한 이분법이야말로 세상의 생성 원리를 담는다.

셋째 장은 '이야기를 셋으로 나누기'라 이름 붙였다. 이야기를 둘로 나눌 수 있다면, 셋으로 나누는 것도 얼마든지 가능할 것이다. 우리 주변에는 의외로 '석 삼 자'가 많다. 천지인(天地人)이라는 세 요소는 한글 모음 체계의 근간으로 사용되었고, 지정의(知情意)는 지식(과학), 감정(예술), 의지(종교)의 범주를 형성하는 요소로 진선미(眞善美)라는 가치 체계와 연결되기도 한다. 세 명의 인물이 길을 떠나며, 세 개의 사건이 벌어지고, 세 개의 상자 중에서 하나를 선택해야 하는 과제가 주어지기도 한다. 물론 가위바위보처럼 영원한 승자나 패자가 없는 순환형의 3요소도 등장한다. 극단의 이분법을 넘어서는 새로운 생성으로서의 3에 대한 관찰은 이야기 형성의 중요한 동력이 되었을 것이다.

넷째 장은 '기호학과 구조주의'라는 이름을 붙였다, 문학과 예술은 모두 '내용과 형식의 유기적인 결합'으로 존재하며, 모든 사물은 형상과 질료로 구성된다. 우리는 내용이 중요하다고 생각하기 쉽지만, 내용을 담을 수 있는 그릇으로서의 매체, 매개체, 운반체, 미디어, 플랫폼으로서의 형식을 외면할 수는 없다. 오히려 이러한 형식적인 요소가 내용을 결정한다고 보는 새로운 시각이 필요한 바, 이 단원에서는 기호내용과 기호표현 등의 초보적인 기호학 시각과 구조주의적 관점을 제시하고자 했다.

다섯째, 여섯째 장은 '디지털 시대의 이야기 형식', '스토리 산업을 위하여'라는 이름을 붙여 보았다. 아날로그 감성을 가진 기성세대들은 디지털 세대의 새로운 테크놀로지와 미디어 문화 등에 대해 본능적인 거부감이나 근거 없는 위기론을 내세우기도 하지만, 정말이지 디지털 시대의 이야기 형식은 경이롭기만 하다. 기성세대들은 디지털 세대들이 책과 신문을 읽지 않아서 문해력이 떨어진다고 걱정하기도 하지만, 정말 문제되는 것은 아날로그 세대의 미디어 해독력이다. 인간은 하루에 2천 번의 백일몽을 꾸며 그지속 시간은 평균 14초라고 한다. 디지털 세대는 그 백일몽과 지속시간을 재빠르게 디지털 세계에서 해결하고 있는지도 모른다. 이러한 이야기 형식, 그리고 이에 근거를 둔 스토리 산업에 대한 관찰은 매우 중요한 문제이다. 이 책은 이에 대해 어떠한 해결책이나 대안도 제시하지 못했다. 다만 그게 그토록 중요하다는 것, 그것을 알리는 것만으로도 중요한 작업이라고 생각했다.

이 책의 뒷부분에 세 편의 〈보론〉을 실었다. 형식과 내용을 갖추어 전문적인 학회지에 게재하기보다는 이처럼 좀 엉성하고 자유로운 형식으로 글을 써보는 것도 나름의 로망이었다. 「당나귀 가죽」과 「신데렐라」 이야기, 기호학 이야기, 심지어는 일제강점기 유치진의 희곡 「토막」에 이르기까지 다양한 이야기 형식에 대해 그야말로 자유롭게 쓴 글이니, 자유롭게 읽어주셨으면 한다.

우리는 하루 종일 소리와 문자의 웅성거림에 시달리면서, 과중한 이야기의 시대를 살아간다. 사회학자 브뤼노 라투르의 표현을 빌리면, 우리는 이야기의 바다에 살고 있으며, 세계는 이미 강렬하게 말하고 있다. 자음과 모음으로 분절되는 말과 글뿐만 아니라, 미정형의, 알 수 없는, 그럼에도 도처에 미만한 이야기들이 우리 주변에서 마치 벌들의 웅성거림처럼 밀려든다. 그러나 어쨌든 우리는 이런 이야기를 통해 좀 더 행복한 존재가 되었으면 좋겠다.

몇 년 전부터 건강 문제로, 책을 읽고 글을 쓰는 일이 좀 힘들어졌다. 그러나 너무 무기력하게 시간만 보낼 수는 없는 노릇이어서, 페이스북에 700자 정도의 가벼운 글을 쓰기 시작했다. 700자는 손바닥 크기의 휴대폰 화면에 쓸 수 있는 글의 최대치인데, 한 화면을 넘기지 않는 가벼운 글을 1주일에 한 편 정도 써 내려갔다. 각주나 참고문헌이 들어 있는 학술적인 글쓰기를 벗어나니 좀 홀가분하고 재미있기도 했다. 이 책을 묶으면서 700자의 토막글을 1,400자의 글로 분량을 좀 늘렸다. 뒷부분의 〈보론〉을 제외하고는, 모든 글이 1,400자의 짧은 토막글로 되어 있다. 그냥 시간 나는 대로 한 꼭지씩 읽어주었으면 한다.

웹툰 작가의 길을 지망하는 아들(필명: 울롱, uolon)이 글의 중간에 몇 장의 삽화를 그려주었다. 어쨌든 이를 계기로 아들과 이야기를 주제로 이야기할 기회를 가졌다는 것도 소중한 추억이 되었다. 이제 정년을 앞두게 되었는데, 이 책을 내 이야기의 꾸준한 상대가 되어주었으면 싶은 아들과 딸, 아내에게 넌지시 건네고 싶다.

2025년 봄
김만수

차례

책을 펴내며: 이야기를 찾아 떠나는 여행 • 4

1 이야기의 출발점

2 이야기를 둘로 나누기

3 이야기를 셋으로 나누기

4 기호학과 구조주의

5 디지털 시대의 이야기 형식

6 스토리 산업을 위하여

1 이야기의 출발점

너무 이야기만 좋아하다 보면 가난을 면치 못하는 것일까. 밥 먹을 때에는
아무 말 말고 밥만 먹으라고 가르쳤던 예전의 어른들 말씀은 맞는 것일까.
이야기를 좋아하는 민족은 실용을 중시하는 민족보다 못사는 것일까. 아
니 그렇지 않다. 이제 우리는 이야기의 시대에 산다. 이야기를 좋아하는 사
람이 훨씬 행복하게 잘사는 세상에서 우리는 말들의 웅성거림, "말들, 말
들, 말들"이 넘쳐나는 현상을 목도한다.

최근 스토리텔링을 이론화하기 시작한 서사론자들은 이야기의 근원을 원
시인들의 '캠프 파이어 모델'에서 찾는다. 사냥의 순간에 맞이했던 위험한
경험들, 사냥을 끝낸 이후의 행복한 포만감, 사냥에 관련된 지식의 전수와
모의훈련, 사냥의 성공을 위한 간절한 기원 등등. 동굴 속의 어둠에서 시작
된 말들은 점차 동굴 밖의 빛의 세계로 옮겨가며 점차 다채롭게 펼쳐진다.
그 만화경과 같은 세상 이야기를 시작해 보기로 한다.

이야기를 좋아하면 잘산다

이야기를 좋아하면 가난하게 산다는 옛말이 있었다. 이야기에 빠져 지내다 보면 열심히 일만 하는 사람보다는 가난하게 살았을 개연성은 얼마든지 있다. 신선놀음에 도낏자루 썩는 줄 모른다는 속담도 있지 않은가.

그런데 요즘 세상이 바뀌었다. 농담처럼 들릴지 모르지만, '이야기족'과 '실용족'이 경쟁을 벌인다면, 이야기족이 승리한단다. 실용족은 이야기로 낭비하는 시간을 줄인 덕에 더 많이 수렵하고 더 많이 채집할 수 있었지만, 더 행복한 문명의 단계로 나아가지는 못했다는 것이다. 반면 이야기족은 수렵하고 채집하는 활동에 만족하지 않고, 끊임없이 이야기를 통해 기쁨과 슬픔을 나누기도 하고, 서로 정보를 교환하기도 하면서 좀 더 행복한 공동사회로 나아갔다는 것이다. 어떤 점에서 보면 실용족이 좀 더 효율적으로 보이지만, 결국에는 이야기족이 승리한다는 것이다.*

사실 이 이야기는 인간을 '스토리텔링 애니멀'로 규정한 어떤 저자가 가상으로 설정해 본 것에 불과하지만, 이야기족에게는 인간 사이의 소통을 통해 얻은 삶의 활력과 사랑이 훨씬 긍정적으로

---

* 조너선 갓셜, 노승영 옮김, 『스토리텔링 애니멀』(민음사, 2012), 39-40쪽.

작용했을 것이다. 또한 상호소통을 통해 정보를 공유함으로써 얻는 공공의 이익 또한 훨씬 더 컸을 것으로 예상할 수 있다.

호메로스의 서사시 『오디세이아』에 보면 바다 요정 세이렌(Seiren)이 등장한다. 세이렌의 노래는 목숨을 걸 만큼 매혹적이어서, 세이렌이 사는 이곳을 지나는 선원들은 그 목소리를 따라가다 난파해 죽음을 맞이한다(커피 전문점 스타벅스는 세이렌의 얼굴을 상품 로고로 사용한다. 맛있는 커피의 유혹은 죽어도 좋을 만큼 강렬한 것?).

이야기, 노래, 예술이 주는 감동은 세이렌의 고혹적인 유혹에 비유할 만하다. 이들은 목숨을 걸 만큼 아름답지만, 그만큼 위험한 것일 수 있다. 예술은 위험하다는 것. 거기에 한 번 빠지면 벗어날 수 없고, 마침내 방향을 잃고 헤매다가 죽는다는 것. 그래서 평범한 일상인들은 그 아름다움의 유혹에서 벗어나기 위해 아예 두 귀를 닫는다는 것.

그러나 영웅 오디세우스는 세이렌의 노래를 듣기 위해 부하들에게 노를 저어 전진할 것을 명령한다. 나는 죽더라도 세이렌의 노래를 들어야 한다는 것. 물론 그는 매우 지혜로웠다. 그는 노를 젓는 부하들의 귀를 밀랍으로 막는다. 부하들은 묵묵히 노를 저을 뿐, 세이렌의 유혹에 빠지지는 않았다. 이 장면에서 오디세우스는 두 가지 일을 해낸 듯하다. 오디세우스는 기어이 세이렌의 노래를 들었다. 또한 그는 무사히 세이렌의 위험에서 벗어났다. 아름다움과 실용. 두 마리 토끼를 잡을 수는 없는 일일까. 이야기족과 실용족이 만나 토론해 볼 과제다.

말들, 말들, 말들

한 45년 전쯤인 대학 1학년 시절,「초급 독일어」강독 시간에 하인리히 뵐(Heinrich Böll)의 단편「계산에 넣을 수 없는 애인(Die ungezählte Geliebte)」을 강독한 기억이 난다. 주인공은 전쟁터에서 부상을 입고 제대했는데, 상이군인이 된 그에게 국가는 새로운 직업을 구해 준다. 그가 맡은 일은 다리 위를 통행하는 사람의 수를 세어 상부에 보고하는 것이다. 주인공은 매일 다리 위를 지나가는 사람의 수를 성실하게 세어 상부에 보고하지만, 다리 통과자의 집계에서 일부러 '한 사람'을 누락한다. 주인공이 사랑하는 여자도 그 다리를 날마다 통행하지만, 그녀만큼은 그 숫자에 넣고 싶지 않았기 때문이다.

그게 이 작품의 끝이다. 정말 끝이다. 이게 도대체 무슨 작품일까 다소 황당했는데, 하인리히 뵐 소설의 중요한 특징인 '귀향자 소설'의 맥락에서 보면 충분히 공감되는 내용이다. 나치의 광기에 휩쓸려 전쟁터로 내몰린 젊은이들은 전쟁이 끝난 후 나치의 거짓 논리가 얼마나 무섭고 위험했는지 깨닫는다. 그 젊은이들은 논리적 이성의 껍데기를 뒤집어쓴 폭력과 거짓의 세계에 대해 분노하기 시작하는데, 그게 바로 독일 현대문학에서 '47그룹'의 문학사적 맥락이다. 다리 통과자의 숫자를 열심히 세어 상부에 보고하고, 이를 통해 다리의 유효함을 증명해 보일 수는 있겠지만, 내 인생은 이러한 국가적 차원의 일과는 아무런 관련이 없다는 것. 하인리히 뵐의 단편은 말, 글, 효용, 논리의 무용성과 유해함을 '숫자 누락'의 일화를 통해 간명하게 보여준다.

히틀러의 죄악은 굳이 나열할 필요가 없을 정도로 많지만, 이상하게도 히틀러의 이미지는 군중들 앞에서 괴상한 수염과 복장을 한 채 열정적으로 팔을 휘두르며 연설하는 장면에 고정되어 있다. 카메라는 뭔가 알아들을 수도 없는 말을 내뱉는 그의 입을 익스트림 클로즈업으로 잡아낸다. 히틀러의 죄는 너무 말을 많이 한 점에도 있는 것이다.

말을 많이 하다 보면 공허해진다. 셰익스피어(William Shakespeare)의 「햄릿」에서 책을 읽고 있는 햄릿에게 대신 폴로니어스가 접근해 무슨 책을 읽느냐고 묻는데, 햄릿은 그저 "말들, 말들, 말들(Words, words, words)"*이라고 답한다. 무슨 '말들'이었을까. 어떤 작가는 햄릿이 미처 꺼내지 못한 '말들'의 의미를 궁금해하지만, 우리는 그저 세속의 말들에 자주 속아온, 지친, 환멸을 느낀 왕자의 심리에 잠깐 공감할 뿐이다.

우리는 이야기 폭발의 시대에 산다. 정말이지 '말들, 말들, 말들'이 넘치고 넘친다. 나 또한 페이스북과 블로그에 시간을 뺏긴 적이 많고, 왜 내가 이런 일에 매달리는지 나 자신이 이해할 수 없는 지경에 이르기도 했다. 우리는 말과 글, 숫자와 논리의 힘을 믿고자 하나, 그 현기증 나는 '말들' 사이에는 너무도 많은 거짓과 가식이 숨어 있을 수도 있다. 내가 지금 쓰고 있는 이 글은 이러한 '말들'에 대한 관찰이자 반성의 기록이다.

---

* 윌리엄 셰익스피어, 최종철 옮김, 『햄릿』(민음사, 1998), 70쪽.

동굴, 이야기의 시작점

예전 『문학개론』의 첫 장은 문학의 기원을 설명하는 데에서 출발
했는데, 거기에는 대부분 원시종합예술 가설이 실려 있었다. 원시
인들의 종교적 제의에는 춤과 노래와 연극적 동작이 포함되었는
데, 이러한 원시종합예술의 여러 요소들이 예술의 기원이 되었다
는 것이다. 이러한 설명은 문학의 기원을 설명할 때도 슬며시 원용
되었다. 노래와 연극적 행위의 바탕에 말이 있었으므로, 문학이 이
러한 제의의 일부분이었다고 보는 견해도 전혀 무리는 아니었다.
물론 이러한 가설의 폐해도 적지 않았다. 열렬한 문학도였던 우리
는 문학을 하기 위해서는 춤, 노래, 연극이 우선이라고 생각했고,
열심히 음주가무하는 것만이 열심히 문학하는 것이라 착각(?)했던
것이다.

　최근의 서사 이론에서는 동굴 속에서 모닥불을 둘러싸고 둥글
게 모인 일군의 사람들이 나누는 이야기, 즉 '캠프파이어 모델'을
이야기의 기원으로 삼는다.* 하루의 사냥을 마치고 먹을 것을 배불
리 먹은 원시인들은 모닥불에 모여 앉아 오늘 벌어진 사냥 현장에
대해 떠들어대기 시작한다. 먹을 것을 충분히 먹은 후의 포만감, 맹

---

* Carolyn Handler Miller, *Digital Storytelling: A Creator's Guide to Interactive Entertainment*
(Focal Press, 2004), p. 4.

수와 맞닥뜨렸을 때의 두려움과 이를 물리친 멋진 무용담, 사냥의 요령과 규칙들에 대한 상호 토론과 지식의 전수 등이 그것일 것이다.

나는 이야기의 기원을 동굴 속의 한 장면으로 보는 견해에 동의한다. 문학이 원시종합예술에서 싹텄다는 기원설은 그야말로 시, 소설, 연극과 같은 허구적 장르에만 적용되는 것인 반면, 동굴 속 원시인들의 이야기에서 기원했다는 설은 이야기의 실용성과 사회성까지 설명할 수 있기 때문이다. 또한 현재의 스토리텔링이 전문적인 작가가 창작한 허구(시, 소설 등)에 국한된 게 아니라, 이야기로 분류될 수 있는 거의 모든 것을 대상으로 삼는다는 점에서도 동굴 속 '캠프파이어 모델'은 유효하다.

원시인들은 그야말로 동굴맨(cave man)이었다. 인간들은 동굴 속에서 놀라운 재능을 선보였다. 알타미라의 벽화에 그려진 소들의 놀라운 생동감을 보라. 어쨌든 그들은 동굴 속에서 아이들을 길렀고 이야기를 남겼고 그림을 그렸다. 물론, 이후의 동굴맨은 지상으로 올라왔다. 그러나 그들은 여전히 동굴 속의 이야기를 좋아했다. 심지어는 멀쩡한 주인공을 동굴 속으로 밀어 넣기도 했다. 동굴 속으로 들어가 새로운 세계로 돌입하는 이야기는 괴물 미노타우로스를 만나러 지하 세계로 내려가는 테세우스에게서 그 신화적 원형을 찾을 수 있거니와, 『이상한 나라의 앨리스』, 『알라딘』 등에서도 재미있게 변용된다. 어린아이 앨리스는 잠시 한눈을 팔다 동굴 속으로 굴러떨어지며, 알라딘은 자파에게 속아 동굴 속에 유폐된다. 사실 꿈속으로 들어갔다 다시 돌아오는 『구운몽』 같은 소설을 '몽자류(夢字類)' 소설이라 부르는데, 유럽 전체에 널리 분포하고 있는 민담 「립 반 윙클(Rip Van Winkle)」도 이러한 부류에 속한다.

동굴 속에는 박쥐가 산다

『이상한 나라의 앨리스』를 예로 들자. 필명 루이스 캐럴(Lewis Carroll)
로 알려진 작가는 옥스퍼드 대학의 수학자 및 수학 교수였는데, 학
장님의 아이와 놀아주다가 이 이야기를 지어낸 것으로 알려져 있
다. 아마도 아이를 약간 겁주는 분위기를 만들고 싶었을 터인데, 그
래서인지 주인공 앨리스가 언니와 함께 강둑에 있다가 옷을 입고
회중시계를 가진 토끼를 따라 굴속으로 들어가는 상황을 첫 장면
으로 설정했다. 물론 동굴 속에서는 '하트의 여왕'이 나타나 "목을
베라"고 명령을 내리는 등, 끔찍한 악몽이 시작된다.

동굴은 무서움과 호기심의 공간이자, 빛을 불러들여야 하는
어둠의 공간이다. 이런 의미에서 동굴 속 이야기의 하이라이트는
플라톤의 '동굴의 비유'이다. 동굴 속의 사람들은 동굴 안쪽만 바
라볼 수 있다. 그들은 벽면에 비치는 그림자를 실체라고 착각한다.
그 그림자를 만드는 빛은 동굴 외부의 빛이라고 말해 주는 철학자
가 있다 해도 그들은 그림자(현상)와 빛(이데아)의 차이를 인식하지
못한다. 빛의 실체를 설파하는 철학자는 오히려 비웃음의 대상이
된다. 빛을 본 적이 없는 사람들은 빛이 있으니 믿으라고 말하는
철학자가 오히려 바보스럽게 느껴졌던 것이다. 그러나 그런 비웃
음과 조롱 속에서도 동굴 속에서 철학자와 이야기꾼이 탄생했다.

어두운 동굴에는 보편을 주장하는 철학자만 살고 있었던 것은 아니었을 것이다. 그 동굴 속에는 박쥐도 살고 있었던 것. 코로나바이러스의 매개체로도 지목되는, 부정적이고 불길한 존재로서의 박쥐. 그러나 그런 불길함, 불온함의 이면에는 박쥐 특유의 창조성도 숨어 있지 않았을까. 새도 아니고 쥐도 아닌, 하이브리드 (hybrid)로서의 박쥐는 질서가 부여되기 이전의 카오스를 대변한다.

깜깜한 밤 동굴 속을 겁먹은 날개로 날며 사방에 부딪혀 상처 투성이가 되는 '박쥐'야말로 시인의 예민한 감성을 대변하는 것. 샤를 보들레르(Charles Pierre Baudelaire)의 시집 『악의 꽃』(1857)에 실린 시 「우울」에 등장하는 박쥐는 동굴에 부딪혀 상처투성이가 된다. 상처투성이의 박쥐야말로 근대 모더니즘의 예민한 감각을 지닌 시인의 모습이자 '우울' 자체인 것. 시인은 이런 동굴 속에서 불길하게, 불온하게, 불우하게 탄생한다. 보들레르의 시 「우울」의 일부분을 인용해 보면 어떨까. "땅은 촉촉한 토굴로 바뀌고/거기서 '희망'은 박쥐처럼/겁먹은 날개를 이 벽 저 벽에 부딪히고/썩은 천장에 제 머리 박아대며 날아간다."*

그 동굴의 체험은 이제 젊은 세대들의 비디오게임에서 토굴 감옥을 의미하는 '던전(dungeon)'이라는 게임 공간으로 재탄생한다. 보들레르의 '박쥐'가 썩은 천장에 머리를 박아대며 날아가듯, 젊은 이들은 깜깜한 감옥 던전에서 빠져나오기 위해 오늘도 새로운 게임을 리셋하고 있는 듯하다.

---

* 샤를 보들레르, 윤영애 옮김, 『악의 꽃』(문학과지성사, 2003), 163쪽.

재탄생의 공간

동굴은 카오스이며 어둠이되, 주인공이 상징적인 죽음을 거쳐 새로운 존재로 변환되는 재탄생의 공간이다. 카를 융(Carl Gustav Jung)의 계승자처럼 보이는 영국의 저술가 크리스토퍼 부커(Christopher Booker)는 축축하고 무서운 동굴이야말로 주인공이 물리쳐야 할 괴물의 은신처이며, 이곳에서 괴물을 퇴치하는 과정을 거쳐야 주인공이 진정한 영웅으로 재탄생할 수 있음을 강조한 바 있다.* 보들레르가 묘사한 박쥐는 이 위험한 공간에서 맨몸으로 부딪혀 가며 새로운 희망의 세상을 찾으려는 존재다.

김소월 시집 『진달래꽃』(1925)에도 느닷없이 '박쥐'가 등장한다. 그의 시 「실제(失題)」에서 시적 화자는 동무들에게 밤이 되었으니 웃옷을 빨리 챙겨 입고 산마루로 올라가자고 다그친다. 아마도 달구경을 가는 모양인 듯한데, 좀 엉뚱한 말을 꺼낸다. 해가 질수록 세상이 더욱 빛난다는 것이다! 어두워지면 박쥐가 일어나니 두 눈을 감아도 된다는 것이다! 산마루에 오르자더니 골짜기로 내려가자는 것이다! 참 이해하기 힘든 대목인데, 그 부분만을 다시 한번 읽어보자.**

---

* Christopher Booker, *The Seven Basic Plots*(Continuum, 2004), pp. 21-31.
** 김만수, 『「진달래꽃」 다시 읽기』(강, 2018), 60쪽.

동무들 보십시오 해가 집니다/해 지고 오늘날은 가노랍니다
웃옷을 잽시빨리 입으십시오/우리도 山마루로 올라갑시다

동무들 보십시오 해가 집니다/세상의 모든 것은 빛이 납니다
인제는 주춤주춤 어둡습니다/예서 더 저문 때를 밤이랍니다

동무들 보십시오 밤이 옵니다/박쥐가 발부리에 일어납니다
두 눈을 인제 그만 감으십시오/우리도 골짜기로 나려갑시다

　이 시는 동무들과 함께 달맞이 구경을 가는 상황을 포착한 것처럼 보인다. 그런데 2연에서 해가 졌는데 오히려 "세상의 모든 것이 빛나기 시작"한다. 종교학자 미르체아 엘리아데(Mircea Eliade)의 견해를 빌리면 세속적인 것에서 성스러움이 출현하는 순간, 즉 성스러운 것, 거룩한 것의 드러남으로서의 '성현(聖顯, hierophany)'*의 순간이 있다는 것인데, 어둠 속에서 박쥐가 날기 시작하는 순간이 바로 이 시점과 겹친다. 어둠의 동굴이 시작되는 순간, 오히려 세상의 모든 것은 빛나기 시작하며, 번뇌의 박쥐는 상처투성이로 날기 시작하며, 시인은 드디어 시를 쓰기 시작하는 것이다.

---

* 미르체아 엘리아데, 이동하 옮김, 『성과 속』(학민사, 1983), 49쪽.

어둠에서 빛으로

1970년대 고교 국어 교과서에는 3년 교육과정 내에 한두 편 정도의 희곡만 실릴 수 있었는데, 유치진의 희곡은 단골 목록에서 늘 빠지지 않았다. 애국주의와 낭만성이 적절히 결합된 그의 희곡은 전체주의로 해석될 여지가 많은데, 그래서인지 오히려 유신 독재 시절의 교과서에 그의 작품이 더 부각된 게 아닌가 싶기도 하다.

그의 실질적인 데뷔작인 「토막」(1932)은 2막극인데, 2막의 첫 부분이 문쥐에 관한 노래로 시작된다. '문쥐놀이'란 눈먼 쥐들이 앞장선 쥐의 꼬리를 물고 따라다니는 것을 흉내 내는 놀이인데, 금녀가 순돌이에게 가르쳐주는 이 노래는 무서울 정도로 처량하다.

이 노래는 "개울 바닥에서/자란 문쥐는/눈 어두운 문쥐떼/꼬리 물구 다니며/찌찌째째 우는 꼴/우습구두 가엾네"* 정도의 간단한 동요처럼 끝나지만, 여기에서 "개울 바닥에서 자란 눈 어두운 문쥐떼"는 일제 치하의 억압 속에서 눈 감고 살아야 했던 조선 민중을 의미했기에 꽤 강렬한 것으로 기억된다. 극작가 유치진은 친일 행위 등으로 인해 점차 연극사의 관심 대상에서 멀어졌지만, 이 장면만큼은 압도적으로 강렬하다. 1930년대의 연극 「토막」에 처

---

* 유치진, 『동랑 유치진 전집 1』(서울예대출판부, 1993), 50쪽.

음으로 조선의 민속놀이를 삽입한 셈이니, '무궁화꽃이 피었습니다'와 '오징어 게임' 등의 놀이를 삽입해 2021년 넷플릭스의 최고 흥행작이 된 드라마 「오징어 게임」의 효시쯤으로 과장해도 좋을 듯하다.

「토막」의 또 특이한 점은 계급운동에 투신했다가 주검으로 돌아온 아들 명수(明洙)와 그의 아버지인 명서(明瑞)의 이름이다. 부자지간에 모두 '밝을 명(明)' 자를 쓰는데, 이건 한국의 명명법에서는 거의 통용되지 않는 방식이다. 아들과 아버지가 같은 돌림자를 쓰다니 참 이상한 일인데, 한학에도 능했을 유치진이 이런 명명을 선택한 것은 그야말로 '밝을 명(明)'에 대한 갈망 때문이지 않았나 싶다.

유치진은 점차 친일의 길을 걸었고, 해방 이후에는 국립극장 등의 직책에서 석연치 않은 행적으로 여전히 많은 논란을 겪은 문제적 인물이지만, 적어도 이 시기까지는 눈이 맑고 순수한 청년 아나키스트였던 것으로 보인다. 연극 「토막」을 통해 청년 극작가 유치진이 외친 것은 '어둠에서 빛으로'였다. 아버지 명서와 아들 명수가 함께 힘을 모아 이 깜깜한 동굴과도 같은 토막에서 벗어나서, 빛으로, 빛으로 나아가는 것.

1980년대 대학 캠퍼스에서 시위가 일어나면 불렀던 운동가요 「전진가」도 생각난다. "낮은 어둡고 밤은 길어/ 허위와 기만에 지친 형제들/가자! 가자! 이 어둠을 뚫고/ 우리 것 우리가 찾으러." 이제 우리들의 이야기도 점차 어둠에서 빛의 세계로 떠올라야 할 때이다.

빛의 예술로서의 영화

연극 무대를 설명할 때 "three boards, two actors, and one passion"*
이라는 표현을 쓴다. "세 개의 벽으로 둘러싼 공간에서 두 명의 배
우가 하나의 격정을 두고 다투는 것"이 연극의 구도라는 것이다.
참 멋진 설명이다.

　　그런데 왜 무대의 벽은 세 개에 불과할까. 연극은 관객이 쉽게
볼 수 있도록 밀폐된 공간의 한쪽 벽을 뜯어내야 하는데(20세기 최고
의 연극 이론가 브레히트는 뜯어낸 벽을 '제4의 벽'이라 이름 붙이기도 했다), 어쨌든
관객은 동굴과도 같은 어둠 속의 공간에서 벌어지는 타인의 사생
활을 벽을 뜯어내고 몰래 훔쳐보는 셈이다. 어찌 보면, 연극과 영화
는 감추어진 것을 훔쳐보는 관음증(voyeurism)에 의존하며, 빛을 보
기 위해 어둠을 준비해 두는 그런 역설적인 장르이다.

　　어둠과 빛의 대비를 통해 허구적 공간을 만들어내는 이러한
원리는 천카이거(陳凱歌) 감독의 영화 「패왕별희」(1993)에서 가장 멋
지게 표현된다. 무대 위의 조명이 '팡' 소리를 내며 켜지면서 경극
을 다룬 영화 「패왕별희」가 시작된다. 초패왕이 우미인과 이별하
는 장면을 담은 이 연극에는 두 명의 남자배우가 등장한다.

* Sylvan Barnet ed., *Types of Drama: Plays and Essays*(HarperColinsCollegePublishers,
1993), p. 3.

초패왕 역의 시투(장풍의 분), 우미인 역의 두지(장국영 분)는 소년 시절의 경극학교에서부터 고생을 함께 겪으며 성장한 동료이자 친구 사이다. 이들은 현실에서는 호형호제하는 사이지만, 무대 위에서는 각자 남성(초패왕)과 여성(우미인)의 삶을 살아간다. 무대에 오르면 초패왕과 우미인의 비극적인 삶을 재현하는 멋진 영웅들이지만, 무대의 불이 꺼지면 이들은 다시 초라하고 고루한 두 중년 남성으로 돌아와야 하는 것. 현실 속의 두 배우는 중국의 비극적인 근대사 속에서 점령자인 일본군에 충성 경쟁을 하고, 동성애와 이성애가 얽힌 이상한 삼각관계에 빠지기도 하고, 문화혁명기의 인민재판에서는 자기만 살아남기 위해 상대방을 헐뜯고 비방하는 지경에 이른다.

인간이 어느 때에는 벌레만도 못하다는 생각은 이청준의 소설 「벌레 이야기」(1985)의 밑바닥에 깔린 명제이거니와, 내가 살아남기 위해 비루하고 초라하게 살아야 했던 두 사람의 이야기는 오랫동안 무대와 현실의 괴리, 허구와 역사의 괴리, 이성애와 동성애의 문제 등을 상기시키면서 오랫동안 기억되었다.

흔히 영화를 '빛의 예술'이라고 부른다. 영사기는 빛을 뿜어내어 필름에 담긴 세상을 은막 위로 옮긴다. 빛의 지속 시간은 영화의 지속 시간이기도 하다. 그 빛의 세계는 아름답고 황홀하며 찬란하다. 영화에 대한 최대의 찬사이자 최고의 추억으로 보이는 영화 「시네마 천국」이 그것 아니었을까. 영사기를 돌리는 할아버지 곁에서 영화의 빛에 얼이 빠진 소년 토토의 일생이 바로 그것 아니었을까.

빛의 소중함에 대하여

며칠 동안 병원을 전전하다가 모처럼 기력을 회복해 산책에 나섰다. 가을 햇볕이 참 따뜻하고 정겨워 어디선가 이런 햇볕을 느낀 적이 있다고 생각했는데, 기억의 끝자락에 이창동 감독의 영화 「밀양」(2007)이 떠올랐다.

「밀양」 이야기를 하려면 이청준 소설 「벌레 이야기」부터 해야 한다. 이 단편은 아이를 유괴해 죽인 살인범과 아이의 엄마 이야기이다. 엄마는 아이를 잃은 고통을 이기기 위해 교회에 나가기 시작하는데, 아무리 마음을 바꾸려 해도 살인범을 용서할 수 없다. 아이를 위해서라도 용서해야 한다는 마음, 결코 용서할 수 없다는 마음 사이의 갈등은 아무런 해답 없이 지속될 수밖에 없는데, 여기에서 퀴즈 하나.

수업 시간에 학생들에게 이 작품에서 '벌레'는 과연 누구인가를 질문한 적 있다. 1번 살인범, 2번 엄마. 학생들은 당연히도 1번을 꼽는데(눈치로 2번을 때려잡는 녀석들도 있다), 나는 2번이 정답이라고 말한다. 인간에게 어떤 고통이 주어지면 인간은 그 고통을 자신의 의지만으로 넘어설 수 없다는 것, 아무리 하느님의 말씀일지라도 그 고통을 없앨 수는 없다는 것, 벌레는 누군가 밟으면 그저 꿈틀거릴 뿐이라는 것, 인간이야말로 고통이 주어지면 그저 꿈틀거릴 수밖에 없는 취약한 존재라는 것, 그런 이유에서 이 작품은 아이의 죽음이라는 상처를 이겨내지 못하고 그저 꿈틀거리기만 하는 엄마의 이야기라는 것, 엄마를 포함한 우리 모두는 벌레에 지나지 않다는 것, 그래서 제목이 '벌레 이야기'라는 것(농담 삼아 말하자면, 1번은 '벌레만도 못한 놈'이다).

　영화 「밀양」은 이청준 소설 「벌레 이야기」를 원작으로 하고 있다. 제목 '밀양(密陽)'은 슬픔 속에서도 빛을 잃지 말아야 하는 우리 삶의 한 측면을 담는 듯하다. 감독은 그런 햇빛을 찾아내기 위해 태양이 가장 강력하게 쏟아지는 오후 1시에서 2시 사이라는 한정된 시간 속에서 '비밀스러운 빛(secret sunshine)'으로 지칭되는 명장면을 만들어냈다고 한다. 이 영화에서는 아이를 잃은 엄마를 위로하는 한 남자가 등장한다. 카센터 주인 종찬(송강호 분)은 소설 원작에는 없는 인물인데, 아이의 엄마인 신애가 절망과 분노에 빠져 있을 때 늘 그 곁을 지켜준다. 이 인물 종찬과 화면을 파고드는 따뜻한 햇볕은 이 영화에 새로운 희망의 빛을 던져준다.

　이청준의 소설 「벌레 이야기」는 1980년대의 암울한 시대 상황을 밑에 깔고 고통받는 존재로서의 인간이라는 심리적 요소를 날카롭게 제시한 작품이지만, 지나치게 어둡고 비관적인 것으로 보인다. 반면 영화 「밀양」은 그 어두운 벌레의 세계에 따뜻한 햇볕(密陽, secret sun)을 조금 비춰준 셈. 영화는 이런 방식으로 벌레의 고통을, 살짝 인간의 희망으로 바꾸어 놓았다. 가끔은 영화와 빛과 희망이 더 고마울 때도 있다!

고래의 뱃속에서

김부식의 『삼국사기』는 총 50권으로 구성되었는데, 그중에서 3권이 김유신 장군에 할애되었다. 신라, 고구려, 백제의 제왕 115명이 28권의 본기로 압축되었으니 1권당 대략 4인의 제왕이 포함된 셈인데, 임금이 아닌 김유신 장군의 생애에 3권의 분량('권 41'에서 '권 43'까지)이 할애된 점은 매우 놀랍다. 좀 과장하자면, 『삼국사기』의 주인공은 단연 김유신이다. 김유신은 15세에 화랑이 되고, 17세에 중악(中嶽)의 석굴에 들어가 나라의 위기를 극복하기 위해 헌신할 것을 하늘에 맹서한다. 석굴 기도 나흘째에 한 노인이 나타나 유신을 칭찬하고 비법을 전해 주는데, 그 이후 유신은 전투에서 승승장구하고 김춘추와 신라 성골들의 마음을 사로잡아가며 가장 강력한 국가 영웅으로 급속 성장한다.

  김유신은 목적을 위해서라면 누이를 정략 결혼시키기도 하고, 행군 중에는 집에 들르지 않고 집에서 떠온 물만 마시는 쇼(?)를 벌이기도 하고, 친자식을 전투의 사지로 몰고 가기도 한다. 이런 관점에서 보면, 동굴에 들어가 신비 체험을 하는 장면도 뭔가 과시적인 쇼처럼 보이기도 하고, 신화적인 조작이 이루어진 듯 보이기도 한다. 어쨌든 이런 과정을 통해서 그는 삼국을 통일하는 데에 결정적인 역할을 하며 『삼국사기』의 주인공이 된다(참으로 입체적인 인물인데, 그의 일대기를 본격적으로 다룬 소설, 영화, 드라마가 거의 없는 게 좀 이상하다).

　　한국사에서 빠뜨릴 수 없는 동굴 체험이 하나 더 있다. 인간이 되기 위해 백일 동안 쑥과 마늘을 먹고 동굴에서 버틴 곰의 사연이 그것. 쑥과 마늘은 동물들이 싫어하는 인간들만의 양식이었을까. 곰은 이런 시련을 거쳐 야만의 세계에서 탈출해 환웅-환인-단군으로 이어지는 한민족의 문명 세계로 진입한다.

　　조지프 캠벨(Joseph Campbell)은 영웅의 여정을 분리-입문-귀환의 3단 구조로 나누고, 평범한 인간이 영웅으로 성장할 가능성을 열어줄 위험스러운 '입문'의 첫 단계를 '고래의 뱃속(Belly of the Whale)'이라 명명했다. 평범한 인간은 한 차원 심화된 내적 자아와 만날 용기가 없어 망설이다가, 결국 고래의 뱃속에 굴러떨어지는 '상징적인 죽음'을 만나는데, 이런 과정을 통해 좀 더 성숙한 영웅으로서의 재탄생 계기를 얻는다는 것이다. 위험스러운 선교의 길을 떠나는 게 두려웠던 요나는 여행길에 난파해 고래의 뱃속으로 굴러떨어진다. 인간이 되고 싶었던 목각인형 피노키오는 고래의 뱃속으로 빨려 들어간 후, 좀 더 성숙한 인격에 도달한다.

　　인간이 되기를 갈망했던 곰이 마늘과 쑥으로 동굴의 공포를 견뎌냈듯, 김유신이 17세의 나이에 동굴 속에서 새로운 영웅으로 재탄생했듯, 이제 우리는 고래의 뱃속으로 굴러떨어진 소심한 영혼들이 어떻게 운명에 맞서 새로운 이야기를 전개해 나갈까 지켜봐야 한다.

이야기는 엉망진창

그림 형제 민담집에 실린 「이와 벼룩」은 참 엉망진창이다. 한 집에 이와 벼룩이 함께 살고 있었다. 그런데 달걀껍데기에 맥주를 빚다가 그만 이가 맥주에 빠져 화상을 입고 말았다. 그러자 옆에 있던 벼룩이 울부짖기 시작했다. 그 사연을 들은 문이 삐걱거리기 시작하고, 또 그 사연을 들은 작은 빗자루가 바닥을 쓸기 시작하고, 급기야는 사연을 듣는 순서대로 수레가 달리기 시작하고, 거름더미가 활활 불타오르기 시작하고, 나무는 몸을 흔들기 시작하고, 소녀는 물동이를 깨뜨린다. 화자는 물동이를 깨뜨리는 소녀에게 "소녀야, 왜 물동이를 깨버리니?"라고 묻는데, 소녀의 답변은 매우 길지만 단순하다. "물동이를 깨뜨리지 않을 수 있겠어? 이는 화상을 입었지, 벼룩은 울고 있지, 문은 삐걱거리지, 빗자루는 쓸고 다니지, 수레는 달리지, 거름더미는 타오르지, 나무는 몸을 흔들지."* 물론 사건은 여기에서 끝나지 않는데, 이들의 대화를 엿듣던 샘물이 또 반응을 보이기 시작한다. "아이 참, 그렇다면 나는 밖으로 흐르기 시작해야지." 샘물은 깜짝 놀라 밖으로 흐르기 시작했고, 그리하여 소녀, 나무, 거름더미, 수레, 빗자루, 문, 벼룩, 이 모두 물속에 빠

---

* 그림 형제 원작, 김경연 옮김, 『그림 형제 민담집』(현암사, 2012), 190쪽.

져 죽고 만다.

　이와 벼룩이 맥주를 빚는다는 상황 자체도 황당하고, 별것도 아닌 남의 일에 뛰어들어, 모두가 엉망진창이 된다는 이야기 자체가 정말 엉망진창이다. 왜 민담의 전승자들은 이런 이야기를 아이들에게 들려주었을까. 민담의 수집가나 연구자들은 이에 대해 명확한 답변을 내리지 않는다. 다만 이야기가 엉망진창인 것처럼, 우리네 인생도 엉망진창일 수 있다는 것, 인생살이의 전후에는 어떤 인과관계도 존재하지 않을 수 있다는 것, 우리 인생의 우여곡절이 맥주 웅덩이에 빠져 허우적거리는 것처럼 어처구니없는 것일 수도 있다는 것 등을 이런 방식으로 전한 게 아닐까 생각해 본다.

　최근 이 민담은 프랑스의 사회학자 브뤼노 라투르(Bruno Latour)의 '행위자 네트워크 이론(Actor Network Theory, ANT)'이 사회이론에 기여하는 방식을 설명하는 데에 멋지게 인용되었다.* 라투르는 사회학 이론이 추상적 개념과 복잡한 공리의 집합이 아니라, 독특한 서사와 감흥의 힘으로 충만한 이야기여야 함을 강조한다. 사회학 이론은 체계화된 담론이 아니라 파괴, 관조, 서사의 복합적인 수행이라는 것. 그는 이를 독특한 '서사 기계'라 명명한다. 세계는 이론과 상관없이 "이미 맹렬하게 말하고 있다는 것"이다. 이론은 그의 맹렬한 말을 들어주는 방법에 불과하다는 것. 우리는 '이와 벼룩'이 말하는 것도 맹렬히 들어주어야 한다.

---

* 김홍중, 「그림 형제와 라투르: ANT 서사기계에 대한 몇 가지 성찰」, 《문명과 경계》, Vol.6, 2023.3, 13-48쪽.

바리공주의 네버엔딩 스토리

왕과 왕비는 딸만 내리 여섯을 낳았는데, 일곱째도 낳고 보니 딸이다. 태몽이 유별나 아들을 낳을 것으로 기대했으나 일곱째도 딸을 보게 되자, 진노한 왕은 아기를 궤짝에 담아 바다에 버리라고 명령한다. 아이는 버려지지만, 우연히 궤짝 속에 든 아이를 발견한 노부부가 아이를 정성스레 키운다. 아이를 버린 죄 때문인지 왕과 부인은 죽을병을 얻게 되며, 왕은 이제서야 신하를 보내어 버렸던 아기, 즉 '바리공주'를 찾아 나선다.

> 왕과 왕비: 네가 미워 버렸으랴. 역정 끝에 버렸도다. 그동안 어찌 살았느냐.
>
> 바리데기: 추위도, 더위도, 배고픔도 어렵더이다.
>
> 왕과 왕비: 공주야 우리 목숨을 위해 생명수를 구하러 갈 수 있겠느냐?
>
> 바리데기: 그런데 귀히 기른 여섯 형님네는 어찌 못 가나이까?
>
> 언니들: 뒷동산에 가도 동서남북을 분간 못하고 대명전도 찾지 못하는데, 어찌 서천서역을 갈 수 있겠느냐.
>
> 바리데기: 열 달 동안 부모님 뱃속에 있었으니, 그 은혜가 커 가겠나이다.*

---

* 이창재, 『신화와 정신분석』(아카넷, 2014), 144-145쪽.

버려진 아이는 추위, 더위, 배고픔 속에서 성장했지만, 무능하고 겁 많은 여섯 언니와는 다르게 부모님 은혜를 갚기로 다짐한다. 부모가 죽을병에 걸리자 영약을 찾아 죽음을 불사한 여행을 떠나는, 당찬 여주인공 '바리' 앞에는 숱한 난관이 주어진다. 주어진 미션은 너무 어이없고 험난하기만 하다. 빨래하는 할멈은 검은 빨래를 희게 하고, 흰 빨래를 검게 하면 길을 가르쳐준다고 한다. 어떤 이는 숯에서 말간 물이 나올 때까지 숯을 씻어달라고 요구하기도 하고, 어떤 이는 나와 결혼해 아들 셋을 낳아주면 다음 목적지를 알려준다고도 한다. 바리는 이런 요구를 모두 들어주면서 무장승을 만나고 마침내 영약을 구해 집으로 돌아오는데, 그 멀고 먼 여정과 불가능에 가까운 모험은 '미션-해결'의 짝으로 이루어진 비디오게임으로 만들어도 좋을 듯하다(실제로 '바리공주'의 여행담을 하이퍼텍스트로 구현하는 프로젝트가 진행된 적도 있다).

　바리공주 또는 바리데기는 한국 신화에서 관북 지방에 전해져 내려오는 설화상의 인물로, 흔히 무당의 조상으로 알려져 있다. 그런데 가만 생각해 보면, '바리'는 무당의 조상이 아니라 무당 자신이 아닐까 싶다. 무당들은 동네에서 늘 무시당하고 천시되지만, 사람들은 죽을병에 걸리면 그때서야 무당을 찾아온다. 이런 점에서 '바리데기'는 무당들의 '자기 서사'이다. 당신네들이 늘 무시하지만, 언젠가는 내 도움이 필요할 때가 있을 것이라는 생각. 무시와 천대 속에서도 끝내 살아남아야 하는 것들. 요즘의 인문학이 그런 처지이지 않나 싶다.

이야기는 상처에서 비롯된다

성서 「창세기」에서 형의 장자권을 훔쳐 달아났던 동생 야곱(Jacob)은 형에게 속죄하기 위해 형을 찾아가지만, 자신의 지은 죄 때문에 형을 만날 엄두가 나지 않는다. 야곱은 가족들 먼저 강을 건너가도록 해 형의 편으로 보내지만, 자신은 감히 형을 대면할 용기가 없어 강을 건너지 못하고 강가에서 혼자 남아 기도를 한다. 캄캄한 밤중에 어떤 사람을 만나고 야곱은 그 사람에게 자신의 고통에 대해 말하기 시작한다.

그다음부터는 그저 내 나름의 상상으로 이 사건을 재구성해 본다. 그 어떤 사람은 그 말을 들어준 다음, 그 심리적 상처를 위로해 준다. 그런데 새벽이 되자 어떤 사람은 하늘로 돌아가야 한다고 말한다. 천사라는 신분이 밝혀진 셈이고 어쩔 수 없는 일인데, 야곱이 갑자기 떼를 쓰기 시작한다. 웬만하면 우리 형을 만나서 내가 이토록 고통스러워한다는 것을 좀 설명해 달라는 것. 하늘로 돌아가야 한다는 천사와 제발 우리 형을 만나 내 처지를 좀 설명해 주고 가라는 야곱 사이에 실랑이가 벌어진다. 영어로는 레슬링으로 번역되어 있는데, 둘 사이의 옥신각신 레슬링 끝에, 야곱은 환도뼈에 상처를 입는다. 허망한 결말인 듯 보이지만, 어쨌든 천사는 하늘나라로 돌아가고, 야곱은 절뚝거리며 형을 만나러 간다.

여기에 이런 상상까지 해보면 어떨까. 만약 야곱이 상처를 입지 않았다면 감히 형을 만날 수 있었을까. 야곱은 상처를 지닌 후에야 형에 대한 죄의식을 어느 정도 감할 수 있었고, 상처를 증거로 삼아 자신이 그간 얼마나 고통스러웠는지, 그리고 간밤에 천사로부터 어떻게 용서받았는지에 대해 말할 수 있는 계기를 얻는다.

이야기는 상처를 가진 자의 하소연에서 비롯된다. 이에 대해 아서 프랭크는 『상처 입은 화자(wounded storyteller)』라는 책에서 재미있는 키워드를 제공한 바 있다.* '상처 입은 화자'가 이야기의 주인공이라는 것인데, 그는 자신의 상처에 대해 이야기를 함으로써 상처를 치유할 근거를 얻는다는 것이다. 그리스 신화와 연극에는 테이레시아스(Teiresias)라는 인물이 등장한다. 그는 국가 무당인데, 맹인이다. 그의 예언에는 막강한 권위가 부여되어 있는데, 사실 그 권위가 앞을 보지 못하는 장애인이라는 사실에서 비롯된 것이니 참으로 역설적이다.

그러고 보니 『일리아스』와 『오디세이아』의 작가 호메로스도 맹인이며, '상처 입은 화자'이다. 우리 또한 늘 상처를 가지고 있다. 우리는 그 상처를 일기에 적기도 하고, 블로그에 올리기도 한다. 혹 누구는 자신이 받은 인생의 상처를 소설로 쓰기도 할 것이다. 상처가 없다면, 이웃과의 벽이 없다면, 우리는 오히려 대화조차 할 필요가 없지 않겠는가. 스토리는 개인의 상처에서 서서히 번져 나온다.

---

* Arthur W. Frank, *The wounded storyteller: body, illness, and ethics*, Chicago and London: University of Chicago Press, 1995.

시작과 끝

어느 술집에 들어갔더니 입구에 "네 시작은 미약했으나 끝은 창대하리라"라는 문구가 담긴 액자가 붙어 있다. 처음에는 주인장께서 독실한 기독교인이겠구나 정도로 생각했다. 오늘은 속도 안 좋고 집에도 일찍 들어가야 하니 한두 잔 가볍게, '미약하게' 마시고 일어나야겠다는 생각도 동시에 했다. 이미 옆 좌석에는 취한 벌건 얼굴로 요란스럽게 떠들어대는 술꾼들이 보인다. 아무리 술집이라도 저렇게 떠들면 안 되지. 나도 이런 생각을 잠깐 했지만, 술잔이 몇 차례 돈 다음에는, 그 술꾼 못지않게 큰 소리로 떠들고 있는 나 자신을 발견한다. "내 시작은 미약했으나 끝은 창대"한 셈이다. 불현듯 주인장이 기독교인이 아닐지도 모른다는 생각도 들었다.

인생의 시작과 끝이 한결같을 수는 없다. 괴물 스핑크스를 처치하고 테베시의 왕이 된 오이디푸스가 저주스러운 맹인이 되어 걸인처럼 길거리를 방황하게 될 줄은 아무도 몰랐다. 연극 「오이디푸스 왕」은 "인간으로 태어난 자는 죽기 이전에는 자신의 행복에 대해 장담하지 말라"는 코러스로 끝나는데, 사실 이러한 인생의 결말은 스토리의 결말과도 흡사하다. "작품에 등장한 인물은 작가가 죽도록 처리하기 이전까지는 자신의 행복에 대해 장담하지 말라"고 말해도 될 듯하다.

이야기가 도중에 바뀌는 것을 '반전'이라 부른다. 약자와 패배자들은 반전을 소망한다. 비록 환상 속에서라도 강자를 물리치고 내 인생의 주인공이 되는 순간이 오기를 기다리는 것. 그래서 대부분의 민담에서는 강자에 대한 약자의 승리를 결말로 제시한다.

주제를 반전시키는 게 아니라, 장르 자체를 반전시키는 경우도 있다. 봉준호 감독의 영화 「기생충」(2019)이 그런 경우에 해당하는 것으로 보인다. 이 영화의 앞부분은 전형적인 코미디 구조를 따른다. 하인이 주인을 속이고 골탕 먹이는 이야기는 하인 피가로와 수산나가 알마비바 공작을 골탕 먹이는 모차르트의 오페라 「피가로의 결혼」에서부터 몰래 양반을 조롱, 풍자하는 봉산탈춤의 말뚝이에 이르기까지 모든 코미디의 기본적인 구조에 해당한다. 송강호 일당(영화에 나오는 4인 가족을 이렇게 표현해 봄)은 어수룩한 주인집을 속이면서 재미있는 코미디를 펼쳐나간다. 그런데 어느 순간 영화가 바뀌기 시작한다. 비가 조금씩 내리기 시작하더니 점차 폭우로 바뀌고 동네 골목 전체가 잠길 정도로 비가 내린 이후에는 영화가 코미디에서 벗어나 제동장치가 고장 난 열차처럼 마구 달리기 시작한다. 지하실에는 이상한 사람들이 살고 있고, 서로 속이고 이용하고 협박하다가, 마지막 장면에 이르러서는 여러 사람들이 한꺼번에 죽는다. 이 영화의 앞부분은 코미디였는데, 뒷부분은 호러나 스릴러물처럼 변해 버린 것.

「햄릿」의 마지막 장면처럼 많은 사람이 한꺼번에 죽는 결말 부분. 이런 반전이 참으로 당황스럽다. 그러나 우리 인생이 원인과 결과의 순탄한 연쇄만은 아닌 것처럼, 이야기에도 이런 종류의 반전이 오히려 진실에 가까울 때도 있는 듯하다.

「햄릿」의 서사 읽기

이야기가 어떻게 만들어지는가에 대한 질문은 이야기를 어떻게 읽고 해석할 것인가의 문제로 이어진다. 나는 작품이 무엇(what)을 의미하는지 묻는 대신에 작품이 어떻게(how) 구성되어 있는지 묻는 것에서 출발해야 한다는 점을 늘 강조한다. 셰익스피어의 연극 「햄릿」(1601)은 이런 문제를 다루기에 적합한 텍스트이다.

이 연극은 아버지의 복수를 감행하고자 하는 덴마크 왕자 햄릿을 주인공으로 한 작품으로, 지금까지 세계에서 가장 많이 공연된 작품 중의 하나로 남아 있다. 햄릿의 숙부는 국왕이자 햄릿의 아버지인 선왕을 죽이고 왕비이자 형수인 거트루드를 차지한다. 햄릿은 그 범행을 확인한 다음 숙부 클로디어스를 죽여야 하는데 결정적인 순간에 복수를 망설인다.

왜 햄릿이 망설이기만 했던가에 대해서는 많은 이견이 있다. 예를 들어, 햄릿이 숙부의 범행을 떠보기 위해 상연한 극중극 형태의 연극 「곤자고의 살인」을 끝낸 후 햄릿은 그를 죽일 절호의 순간을 맞이한다. 그러나 햄릿은 클로디어스가 회개하는 순간에 죽음을 맞이하면 그가 천당에 갈지도 모른다는 종교적 가르침을 떠올리며 그를 죽이지 않는다. 햄릿의 우유부단함에 대해서는 햄릿이 사색적일 뿐 행동의 담대성이 없었다는 '성격적 무능설', 세속적 삶에 대한 비판이 너무나 예리해 행동을 아예 포기했다는 '비관론', 도탄에 빠진 덴마크를 우선 구해야겠다는 '구국사명설', 숙부이지만 지금은 국왕이 된 왕에 대한 시기심과 어머니 사이에서 고민에 빠졌다는 '오이디푸스 콤플렉스 설' 등 매우 다양하다.

그런데 『희곡을 어떻게 읽을 것인가』의 저자 로널드 헤이먼은 희곡의 구조를 분석할 때, 주인공의 심리 분석을 하지 말라는 충고를 여러 차례 강조한다. 즉 햄릿의 심리를 분석할 때에도 우유부단하다, 지식인의 전형이다, 구국사명의 일종이었다 등으로 해석하는 방식은 작품 분석의 실상에 거의 도움이 되지 않는다는 것이다.* 「햄릿」의 마지막 장면에서 햄릿, 레어티스, 클로디어스는 각각 칼끝에 묻어 있는 독 때문에 죽고 왕비 거트루드는 술잔에 든 독 때문에 죽는다. 왜 이 장면에 독이 두 차례나 등장할까? 전통적인 비평에서는 인간의 심리에 내재한 부정적인 요소로서의 악(惡)을 언급하겠지만, 『희곡을 어떻게 읽을 것인가』의 저자 로널드 헤이먼에게 묻는다면 이렇게 대답할 것이다. 독을 넣은 이유요? 그래야 연극이 빨리, 화끈하게 끝날 수 있기 때문이에요.

문학비평은 당연히 작품의 의미와 주제를 다루어야 한다. 그러나 이러한 질문은 '무엇'보다 '어떻게'에 대한 질문에서 시작되는 게 맞는 듯하다. 작품에 대한 구조주의적 접근이 필요한데, 우리는 이 부분에 좀 취약한 듯하다.

---

* 로널드 헤이먼, 김만수 옮김, 『희곡을 어떻게 읽을 것인가』(현대미학사, 1995), 89-91쪽.

무엇에서 어떻게로

전통적인 문예비평가들은 작품 속에 등장하는 그 '무엇(what)'에 대해 관심이 많았다. 예를 들어 「햄릿」의 주제는 무엇인가. 「햄릿」에 등장하는 '복수의 지연', 결말 부분에 등장하는 두 가지의 '독'은 무엇을 의미하는가. 비평가들이 이에 대해 좀 더 전문적으로 답할 수는 있겠지만, 현대의 수준 높은 독자들은 이런 정도의 해설 수준을 이미 넘어서고 있다.

반면 새로운 방식의 비평은 무엇을 묻기보다 '어떻게(how)'에 대해 질문하고 답하는 데에서 출발한다. 「햄릿」은 악행과 그에 맞선 복수라는 주제를 '어떻게' 사건화하고 배열하고 있는가. 그 '어떻게'에 주목하는 비평을 구조주의 비평이라고 부르기로 한다. 구조주의적인 사고를 한다는 것. 이것은 비평의 새로운 시각이자, 비평의 새로운 방법론을 제시하고자 하는 새로운 서사 이론이 될 것이다.

1936년 동양극장에서 초연되어 일약 한국의 대표적인 신파극이 된 임선규의 데뷔작 「사랑에 속고 돈에 울고」는 일제 강점기에 큰 인기를 끈 한국의 신파극이다. '홍도야 우지 마라'라는 노래 가사로도 널리 알려진 이 작품은 오빠의 학비를 벌기 위해 기생이 된 홍도가 부잣집 아들인 광호를 만나 결혼하지만, 결국 남편에게서 버림을 받고 남편의 약혼녀까지 살해한 뒤 순사가 된 오빠에게 잡혀간다는 줄거리이다.

한국 희곡론을 강의할 때 학생들에게 「사랑에 속고 돈에 울고」에 나오는 등장인물을 분석하라는 과제를 낸 적이 있는데, 대부분의 학생들은 악인형인 시어머니, 시누이, 월초의 사회적 성격과 개인 심리에 주목한다. "일제 강점기의 가부장제적 사회에서 며느리가 겪는 고통"은 모든 리포트의 합창 소리처럼 들린다. 그러나 좀 더 분석적으로 보면, 사실 이 연극에서 악인형들은 청순가련형의 여주인공 홍도의 사랑이 좌절되는 도식적인 플롯을 보여주기 위해 등장시켰을 뿐이지, 그들 인물 자체가 담고 있는 성격의 사회적 측면을 강조하기 위해 등장시킨 것은 아니다.

어찌 보면 연극에 등장하는 '성격'에 대한 성급한 윤리적 비평은 금물이다. 시어머니의 인물됨이 과연 어떠한가라는 '본질'에 대한 물음은 이제는 중요하지 않다. 다만 시어머니는 이 작품 속에서 열심히 악당 짓을 하면서 여주인공의 착함과 억울함을 부각해 주기만 하면 되는 것이다. 연극을 이해하기 위해서 그 극의 주제(본질)가 무엇인가 묻기 이전에 그 극이 어떻게 만들어지고 있으며, 어떤 인물이 극의 플롯을 주도해 나가는가 하는 문제, 즉 방법론에 대한 연구가 필요한 이유는 여기에 있다.

나는 박사논문 후 첫 번째 저서에서 향후의 서사 분석이 '본질론(what)'에서 '방법론(how)'으로 전환되어야 함을 강조한 바 있는데,* 별로 이룬 바도 없이 많은 세월이 흐른 듯하다.

---

* 김만수, 『희곡 읽기의 방법론』(태학사, 1996), 20-28쪽.

2 이야기를 둘로 나누기

이분법(dichotomy)은 흑백논리의 성급함이라는 부정적인 의미로 자주 사용되지만, 사실 모든 이야기와 인식론의 출발점이다. 예컨대 신화는 이분법을 통해 혼돈에서 질서로 나아가는 과정을 보여준다. 혼돈에 불과했던 세계는 천지, 일월, 주야, 음양, 남녀, 선악 등의 분리가 점진적으로 이루어지면서 질서를 갖춘 새로운 세상으로 변해 간다.

지금 쓰고 있는 '스토리 리부트: 이야기는 어떻게 생성되는가'는 태초의 이야기가 어떻게 출발하고 전개되는가를 다루고자 한다. 세상은 둘로 나누어지면서 이야기가 시작된다. 태초에 남자와 여자가 있었다. 선인과 악인이 있었다. 낮을 좋아하는 사람이 있었던 반면, 밤이 되어야 활동을 시작하는 사람도 있었다. 철학자가 있었던 반면, 바보도 함께 살았다. 가장 높은 존재인 왕이 거지가 되고, 가장 낮은 존재인 광대가 왕이 되기도 했다. 이런 종류의 이분법에서 이야기가 시작되는 것이다.

창조신화 속의 이분법

이분법(dichotomy)은 흑백논리의 성급함이라는 부정적인 의미로 자주 사용되지만, 사실 모든 이야기와 인식론의 출발점이다. 예컨대 신화는 이분법을 통해 혼돈에서 질서로 나아가는 과정을 보여준다. 혼돈에 불과했던 세계는 천지, 일월, 주야, 음양, 남녀, 선악 등의 분리가 점진적으로 이루어지면서 질서를 갖춘 새로운 세상으로 변해 간다.

지금 쓰고 있는 '스토리 리부트: 이야기는 어떻게 생성되는가'는 태초의 이야기가 어떻게 출발하고 전개되는가를 다루고자 한다. 세상은 둘로 나누어지면서 이야기가 시작된다. 태초에 남자와 여자가 있었다. 선인과 악인이 있었다. 낮을 좋아하는 사람이 있었던 반면, 밤이 되어야 활동을 시작하는 사람도 있었다. 철학자가 있었던 반면, 바보도 함께 살았다. 가장 높은 존재인 왕이 거지가 되고, 가장 낮은 존재인 광대가 왕이 되기도 했다. 이런 종류의 이분법에서 이야기가 시작되는 것이다.

창조신화는 혼돈(chaos)에서 질서(cosmos)로 이동하는 과정을 담는다. 태초의 세계는 고체도 액체도 아닌, 생명도 무생물도 아닌 어떤 원형질의 상태인데, 이를 잘 보여주는 것이 힌두 신화 속의 '우유의 바다'이다. 태초의 세계는 우유처럼 반투명한 상태의 점액질이었지만, 비슈누 여신이 몇천의 신화적 시간 동안 이를 휘저어 천지를 창조한다. 물론 충분히 휘저어 원심분리가 되었기 때문에 무거운 것은 가라앉아 땅이 되고 가장 가벼운 것은 떠올라 하늘이 된다. 공간만 분리되는 게 아니다. 시간도 분리되어야 하는데, 이를 잘 보여주는 것은 그리스 신화 속의 아버지 원형이다. 아버지 우라노스(Uranus)를 죽인 크로노스(Cronus)는 처음으로 죽음을 만든 존재이며, 자신이 누구를 죽였듯 자신도 누군가에 의해 죽임을 당해야 하는 운명적 존재를 상징한다. 크로노스는 자신이 죽지 않기 위해, 자식을 모두 잡아먹지만 결국 자식 중의 하나인 제우스에게 죽임을 당한다. 어쨌든 크로노스는 죽어야 하는 자들의 출발점이 된다. 크로노스는 '시간'을 나타내는 말과 관련이 있는데, 예를 들어 연대기(chronicle)라는 어휘에 그 흔적이 남아 있다.

창조신화는 이처럼 공간과 시간이 분리된 다음, 여러 단계의 분리(창조)가 착착 진행되는 과정을 보여준다. 유대인의 창세신화에 해당하는 구약성서 속의 「창세기」 또한 6일 동안 이어진 빛과 어둠, 하늘과 땅, 인간과 다른 동물 등의 창조 과정을 찬찬히 보여준다.

이러한 창조의 법칙은 천지 창조에만 적용되는 게 아니다. 이야기의 창조(생성)에도 적용되는데, 주인공이 공동체(부모, 고향)에서 분리되는 데에서부터 이야기가 시작된다. 어머니와 고향의 안온함에서 분리되어 최초의 낯선 세계와 마주하는 순간, 주인공의 모험 이야기는 시작되는 것이다.

한국의 창세신화

모든 창세신화는 우주의 탄생, 인간의 탄생, 문명의 탄생을 순차적으로 다룬다. 한국의 단군신화는 이러한 도식에서 약간 벗어나 있는데, 우주의 탄생을 다루지 않고, 바로 인간의 탄생으로 넘어간다. 신기(神奇)를 다루지 않는 유교적 세계관 때문에 우주 창조 이야기가 결락되어 있을 것으로 추측되는데, 인간과 문명의 탄생에 대해서는 비교적 소상하게 다루어진다.

환인(桓因)의 서자인 환웅(桓雄)은 적자가 아닌 까닭에 하늘을 포기하고 지상으로 내려온 다음, 쑥과 마늘을 먹고 인간으로 변신한 웅녀(熊女)와의 결합을 통해 인간인 단군(檀君)을 낳는다. 환인을 하느님으로 본다면, 환웅은 하느님의 명령을 지상으로 가지고 내려오는 반신반인(demigod)인 셈이며, 단군에 이르러 비로소 인간이 되는 셈이다. 인간의 탄생 다음에는 문명의 탄생인데, 인간을 이롭게 하는 천부인(天符印), 풍백(風伯), 우사(雨師), 운사(雲師) 등이 등장한다. 바람, 비, 구름을 다스리는 것이 문명(농경문화)의 창조에 결정적인 도움이 되는 것은 분명하지만, 그보다는 널리 인간을 이롭게 한다는 홍익인간(弘益人間)의 이념이 문명 창조의 핵심에 놓여 있는 점이 다른 나라의 창세신화와는 다른, 단군신화만의 매력이지 않을까 생각해 본다.

왜 신화는 이분법으로 구성되어 있을까. 이상한 방식의 세계사를 쓴 우루과이의 작가 에두아르도 갈레아노(Eduardo Galeano)에 따르면, '욕망' 때문이다. 그는 이렇게 말한다. "삶은 하나였고, 하나였기 때문에 아무것도 아니었다. 그때 욕망이 활을 쏘았다. 욕망의 화살은 삶을 반으로 갈라놓았고, 삶은 두 개가 되었다. 이 두 개가 만나 함께 웃었다."* 그가 말하는 '삶이 하나'였던 단계는 창세신화 속의 혼돈에 해당하는 단계로 보인다. 그러나 혼돈에 불과했던 '하나'가 '욕망'에 의해 점차 둘로 나누어지기 시작한 것이다.

그가 쓴 이상한 세계사,『거울들: 거의 모든 사람의 이야기』는 인류의 출발부터 최근세까지의 역사를 서구, 백인, 남성, 권력자가 아닌 '거의 모든 사람'의 시각에서 다룬다. 그의 이야기는 공식 역사는 아니지만, 공식 역사가 기술하기를 거부하거나 감추고자 한 이야기와 사건들을 다룬다. 그는 문명의 첫 출발을 두 개의 욕망이 만나, 함께 웃기 시작한 것으로 설명한다.

갈레아노의 표현대로라면, 한국의 창세신화는 환웅과 웅녀 사이의 '웃음', 사랑에서 출발한 게 아닐까 생각해 본다. 환웅은 하늘에서 밀려난 존재이고, 웅녀는 쑥과 마늘을 먹고 그나마 비천한 동물의 처지에서 조금 벗어난 정도의 존재로 보인다. 권력자가 아닌 '거의 모든 사람'에 해당하는 이들의 웃음이 결국 '홍익인간'의 세상을 만들어낸 건 아닐까.

---

* 에두아르도 갈레아노, 조구호 옮김,『거울들: 거의 모든 사람의 이야기』(알렙, 2024), 19쪽.

디지털 신호로서의 이오(IO)

제우스는 올림포스의 신 중에서도 최고의 신이지만, 여성을 유혹하는 일에 더 관심이 많았던 듯하다. 물론 아내 헤라는 바람둥이 남편을 감시하는 일로 바빴다. 이번에도 제우스는 아름다운 여인 이오를 유혹해 결국 납치에 성공하는데, 헤라에게 들킬 위험에 빠지자 이오를 암소로 변신시킨다. 뭔가 이상한 낌새를 느낀 헤라는 백 개의 눈을 가진 아르고스를 시켜 계속 암소를 감시한다. 제우스는 잘난 신이지만 아내의 감시가 저리 엄중하니 이오에게 접근조차 할 수가 없는 상황이다. 한편 억울하게 암소로 변해 버린 이오에게 아빠 이나코스(Inachos)가 찾아온다. 이오는 아빠에게 억울한 사연을 토로하기 시작하지만, 아빠는 암소의 울음소리를 알아들을 수 없다. 그러나 마침내 이오는 아빠에게 자신의 사연을 알릴 수 있었다. 어떻게? 해답은 그녀의 이름 이오(IO)에 담겨 있는 듯하다.

이오가 아빠를 처음 만났을 때 이오의 입에서 나온 것은 말이 아니라 나지막한 암소의 울음소리였다. 이오는 제 목소리에 몹시 놀라 다시는 입을 열지 않는다. 수상히 여긴 아버지 이나코스는, 풀을 뜯어 암소로 둔갑한 이오에게 먹여주기도 했지만, 그 내막을 알 길은 없었다. 이오는 아버지의 손을 핥다가, 아버지의 뺨에 입을 갖다 대다가는 그만 더 참지 못하고 눈물을 흘리고 만다. 말이라도 할 수 있었다면 도움을 구할 수 있었겠지만, 그게 불가능했던 것. 이오는 할 수 없이 발굽으로 땅바닥에다 제 이름을 써서 자신이 암소로 둔갑하게 되었다는 충격적인 소식을 전한다. 암소가 발굽으로 그린 작대기는 'I', 동그라미로 그린 것은 'O'였으니, 아빠는 그제서야 이 암소가 바로 'IO'임을 알게 된 것이다. 이나코스는, 암소 이오의 뿔을 부여잡고 울부짖고 또 울부짖는다.*

　　그녀는 암소의 발굽으로 땅에 막대기(I)와 동그라미(O)를 그리는 것으로 아빠에게 자신의 정체를 언어화해 전달했으니, 요즘 컴퓨터 관련 용어로 치면 이분법에 기초한 아스키(ASCII) 코드에 가까운 형태쯤 되는 듯하다. 아빠 이나코스는 0과 1로 구성된 이오의 기호 전달 시스템을 해독할 수 있었을까? 당최 설명이 없지만, 어쨌든 의사소통은 성공한다. 이오가 0과 1을 이용해 코드화(encoding)에 성공했다면, 아버지 이나코스는 코드의 해석, 즉 탈코드화(decoding)에 성공한 셈이다.

　　이오가 사용한 대립적인 기호쌍인 I/O는 숫자 0/1, 전기신호 ON/OFF와 유사하며, 동양의 고전인 『주역』에서 사물의 생성과정을 설명하기 위해 사용한 음양(陰陽)의 대립쌍과도 유사하다. 어쨌든 0과 1의 조합으로 모든 문자와 음성, 영상 메시지까지 구현해내는 현대인들은 이오의 자손들이 아닐까. 그들은 0과 1의 조합으로 새로운 세상을 건설하고 있다.

---

* 오비디우스, 이윤기 옮김, 『변신 이야기』(민음사, 1994), 43쪽.

이분법의 힘

아이들은 참 정직하다. 아이들은 좋은 사람을 만나면 방긋 웃고, 나쁜 사람을 만나면 울거나 찡그린다. 여기에는 별다른 망설임이나 가식이 없다. 아이들은 그냥 세상을 둘로 나누어, 내게 도움이 되는 쪽에는 선을, 내게 위험이 되는 쪽에는 악의 캐릭터를 부여하기만 하면 되는 것이다. 좋으면 생긋생긋 웃고, 나쁘면 화내고 찡그리기. 사실 우리도, 그냥 그렇게 선명하게, 나쁜 놈 미워하고 좋은 사람들 끼리 서로 사랑하며 잘살면 되는 것이다. 선악의 이분법. 이처럼 단순하고 명쾌한 진리가 어디 따로 있겠는가. 흑백논리에 갇혀 있어서는 안 된다는 말을 자주 하지만, 사실 흑백의 선택은 이처럼 매우 중요하다.

우리는 자주 흑백 중 하나를 선택해야 하는 상황에 맞닥뜨리는데, 이를 소홀히 하면 치명적인 일이 벌어질 수 있다. 그리스의 전쟁 영웅 테세우스의 이야기에는 이분법을 미루었을 때 벌어질 수 있는 참사가 포함되어 있다. 처녀를 바칠 것을 요구하는 괴물 미노타우로스를 퇴치한 후 의기양양하게 귀향하던 영웅 테세우스는 흑백에 대한 분명한 자세를 보이지 않아 아버지를 잃고 만다. 테세우스는 전투에서 이긴 다음 자신이 살아서 돌아오면 배에 흰 돛을, 그렇지 않으면 검은 돛을 달기로 했는데 그 약속을 까먹고 검은 돛을 그대로 단 채로 고국 아테네로 돌아오다가, 검은 돛을 본 아버지 아이게우스가 절망 끝에 그만 자결해 버린 것이다. 이처럼 흑백의 결정을 미루거나 잊는 것 자체가 엄청난 비극을 초래할 수 있다.

　이분법의 중요성을 강조한 글 중에서 빠뜨릴 수 없는 게 데카르트(René Descartes)의 『방법서설』이다. 원래 책의 제목은 "이성을 올바르게 이끌어 여러 가지 학문에서 진리를 구하기 위한 방법의 서설"이었다고 하는데, 그는 서두에서 '헌 집'과 '새집'의 비유를 든다. 우리가 새집에 살기 위해서라면 헌 집을 부숴야 하는데, 새집을 짓는 동안에 편안히 지낼 수 있는 '임시 집'도 갖추어야 한다는 것이다. 그는 진리(새집)를 찾기 위해서는 기존의 지식(헌 집)을 회의하고 부정할 것을 권하는데, 부정과 회의가 지나쳐 아무것도 믿을 수 없을 때 빠지게 되는 상태에 대해서 또 하나의 방법(임시 집)을 제시한다. 여행자가 길을 잃었을 때는 한 방향으로 쭉 나아가라는 것이다. 그 길이 옳은 길인지 틀린 길인지 알 수 없지만, 한 방향으로 쭉 가다 보면, 내가 원래 원했던 목적지에 도달하지 못하더라도, 적어도 그 숲속에서는 빠져나올 수 있다는 것. 여행자는 너무 부정과 회의에 빠지지 말고, 무조건 한 방향으로 나아가라는 것이다.*

　데카르트는 두 개의 방법을 선택했다. 모든 것을 부정하고 회의하는 방법이 그 하나(학문의 길)였다면, 일단은 그냥 무조건 믿고 똑바로 나아가는 긍정의 방법이 다른 하나(일상의 길)였다.

---

* 르네 데카르트, 이재훈 옮김, 『방법서설』(휴머니스트출판그룹, 2024), 60-61쪽.

삶과 죽음, 여름과 겨울

제임스 프레이저(Sir James Frazer)의 저서 『황금가지』는 이질적인 문화권들 사이의 종교적 유사성을 주제로 삼는다. 나라와 지역마다 종교와 제의의 방식은 다르지만, 생명(여름)이 죽음(겨울)을 몰아내는 의식의 구조만큼은 공통적이다. 삶과 죽음이라는 이분법적 경계를 여름과 겨울의 자연스러운 순환에 의해 극복하고자 하는 믿음, 그것이 바로 종교와 제의의 핵심이다.

그는 데메테르(Demeter, 생명)와 하데스(Hades, 죽음)의 갈등을 사례로 제시한다. 대지와 곡물의 여신인 데메테르의 딸 페르세포네(Persephone)는 꽃밭에서 친구들과 놀다가 지하 세계의 신 하데스에게 납치된다. 슬픔에 잠겨 있던 데메테르는 딸이 하데스에게 납치되었다는 사실을 알고 제우스에게 구해 달라고 요청한다. 제우스는 1년 가운데 4개월은 지하 세계에서 지내고 나머지 기간은 땅 위에서 어머니와 함께 지낼 수 있도록 중재했다. 이로써 페르세포네가 지하 세계에 있는 동안에는 곡식이 자라지 않고, 땅 위로 올라오면 땅도 생기를 되찾아 꽃과 열매로 가득 찬다. 삶과 죽음은 따로 존재하는 게 아니라, 겨울과 여름의 순환처럼 공존하는 것.

이 책의 제목인 '황금가지'는 겨울에도 죽지 않고 살아남는 '겨우살이(Mistletoe)'를 의미한다. 우리나라에서도 고산지역의 높은 나무에서 기생성 넝쿨식물인 겨우살이를 채취할 수 있는데, 겨우살이는 혹한의 겨울에도 죽지 않고 살아남아 있다는 측면에서 죽음을 극복하는 생명력, 겨울을 물리치고 여름을 가져오는 전조로서의 종교적 상징성을 가진다. 북유럽 신화에 의하면, 겨우살이는 로키(Loki)의 계략에 의해 광명의 신 발데르(Baldr)를 죽게 한 흉기이기도 하지만 겨우내 살아남아 봄을 준비하는 식물이다. 즉 겨우살이 때문에 발데르가 죽고 겨울이 오지만, 겨우살이 덕분에 다시 봄이 온다.

겨우살이만 봄을 불러오는 것은 아니다. 우리나라에서는 사람들이 정월 대보름에 쥐불놀이를 해 언 땅을 녹인다. 쥐불놀이는 언 땅을 녹여 그 안의 해충을 없애거나 퇴비를 생산하려는 측면도 있지만, 본질적으로는 지하 세계에 감금된 페르세포네를 구출해 내기 위한 주술로 보인다. 또 정월 대보름에는 이웃 마을과 '모의 전쟁'을 벌이는데, 이 또한 하데스를 상징하는 겨울 군대와 데메테르를 상징하는 여름 군대와의 싸움이지 않을까 생각한다. 물론 그 모의 전쟁은 여름 군대가 겨울 군대를 격파하도록 약속되어야 한다.

세계의 종말을 의미하는 북유럽 신화 속의 재앙은 '라그나로크'인데, 이것도 온라인 게임으로 만들어져 꽤 성공적인 게임 서사로 자리 잡은 듯하다. 이 게임 또한 겨울을 물리치고 봄과 생명을 불러오기 위한 '모의 전쟁'이 아닐까 싶다.

현실 원칙과 쾌락 원칙

지크문트 프로이트(Sigmund Freud)는 인간의 마음을 설명할 때, 1차 과정과 2차 과정, 현실 원칙(reality principle)과 쾌락 원칙(pleasure principle)이라는 용어를 사용한다. 동물들은 생존을 위해 욕구를 채우는 과정을 거친다. 예를 들어, 배가 고프면 뭘 먹어야 하고, 충분히 먹었으면 그것으로 만족한다. 그런데 인간은 동물과는 다른 과정을 거친다. 다음에 식량이 없을 상황을 미리 걱정하고, 이를 대비하기 위해 모종의 행위를 한다는 것인데, 이를 바로 '2차 과정'이라 부른다.

현실 원칙과 쾌락 원칙도 흥미롭다. 쾌락은 본능을 만족시켜 주는 것, 삶의 이유이자 에너지에 해당하는, 참 좋은 것이다. 그러나 인간은 쾌락만 추구하며 살지는 않는다. 더 큰 쾌락을 위해 오늘은 참기도 하고, 타인의 시선을 의식하며, 양보와 조절의 과정을 거치기도 한다. 그러면서 인간은 시계의 진자처럼, '쾌락이냐, 현실이냐'의 두 축 사이에서 흔들린다.

2013년 디즈니의 화제작 애니 「겨울왕국」이 떠오른다. 「겨울왕국」의 영어 제목은 'Frozen'. 번역하면 '얼어붙은'인데, 언니인 엘사가 만지기만 하면 모든 것이 얼어버린다. 나는 엘사에게 내려진 저주 '프로즌'이 아들이 없는 나라에서 왕위를 이어받아야 하는 장녀 엘사의 막중한 책임감(초자아)에서 비롯된 것이라고 해석한 바 있다. 엘사는 그 나이 또래의 처녀가 누려야 할 소소한 행복(이드)을 추구하지 못하고, 늘 나라와 백성만을 먼저 생각해야 하는 '초자아'로서만 존재했던 것. 엘사는 나라를 사랑하는 마음, 부모의 기대에 부응하고자 하는 마음, 동생에게 착한 언니가 되고 싶은 마음으로 넘쳐나지만, 불행하게도 엘사가 만지는 것은 모두 얼어버린다.

착한 마음, 훌륭한 도덕성만이 인생의 전부는 아니다. 때에 따라서는 내 이익을 위해서 극악하게 이기심을 보이기도 하고, 부모나 친구와 싸우기도 하면서 살아가는 인생이 훨씬 생동감 넘치는 인생이다. "애들은 싸우면서 큰다"는 옛말이 있다. 사랑도 중요하지만, 증오, 질투, 경쟁 등의 부정적인 감정도 장기적인 관점에서 보면 성장의 필수요소로 보인다. 이런 감정의 풍부한 성장기를 거치지 못한 사람은 본인이 불행해지고, 주변도 불행해질 수 있다고 본다.

2015년 픽사의 13번째 작품 「인사이드 아웃」도 떠오른다. 주인공은 기쁨이와 함께 살다가 슬픔이, 버럭이, 까칠이, 소심이 등의 부정적인 감정들과 직면한다. 그런데 그런 부정적인 감정들을 내부에(inside) 감춰두지 않고 정직하게 표출한다(out). 화날 때는 화내고, 짜증 날 때에는 짜증을 마구마구 표출하는 삶, 그게 건강한 삶이 아닐까. 나도 가끔 그렇게 살고자 한다.

아담과 이브

에덴동산에는 두 종류의 나무가 있었다. 하나는 '영원한 생명의 나무'이고, 다른 하나는 '지식의 나무'였다. 최초의 남성과 여성이었던 아담과 이브에게는 선악과(지식의 나무)를 따먹으면 안 된다는 금기가 내려진다. 그러나 뱀의 유혹과 호기심 때문에 이들은 선악과를 먹고, 마침내 에덴동산에서 축출된다. 「창세기」에 실린 이 이야기에는 두 개의 역설이 있다. 하나는 '선악과를 먹으면 선악을 구별하는 지식이 생기므로, 선악과를 따먹으면 안 된다'라는 명령 자체가 지식이라는 점이다. 즉, 아담과 이브는 선악과를 먹기 이전에도 지식을 가졌다. 또 하나는 금기에 대한 하느님의 처벌(에덴동산에서의 축출)이 아담과 이브에 대한 처벌이라고 보기보다는 오히려 축복이라고 볼 수도 있다는 점이다.

　나는 이 대목에서 결혼하려 하지 않고 자립하지 않은 채 부모에게 의존해서 사는 자식들(캥거루족?)을 떠올리고는 한다. 아담과 이브가 아무 걱정 없이 에덴동산에서 살아간다면, 이들을 늘 '돌봄' 해야 하는 하느님의 걱정도 꽤 컸을 것이라 생각한다. 이제는 제발 부모 곁을 떠나 독립했으면 하는 부모님의 마음과 하느님의 마음이 비슷하다면 신성모독일까? 이들은 하느님의 금기를 어김으로써 낙원에서 추방되었지만, 그 덕에 남성과 여성은 잎사귀로 아래를 가린 채 서로 사랑하게 되었고, 어쨌든 자립에 성공한 것이다.

'집단지성'의 이념 틀을 제공한 정보사회학자 피에르 레비는 그의 저서『지식의 나무』*에서 아담과 이브가 낙원에서 추방되면서 이들이 기르기 시작한 '지식의 나무'를 주목한다. 사실 아담과 이브가 추방되지 않았더라면 기독교도 성경도 존재하지 않았을 것이다. 에덴동산에서 추방된 아담과 이브에게는 각자 시련이 주어진다. 아담에게는 피땀 흘리는 노동 없이는 먹을 것을 얻을 수 없는 난관이, 이브에게는 출산의 고통이 주어지는데, 어쨌든 에덴동산 추방 이후에야 그들은 비로소 어른으로서의 남성, 여성으로 재탄생할 수 있는 셈이다.

에덴동산에서 축출된 아담과 이브가 최초로 가졌던 감정은 무엇일까.「창세기」의 묘사를 통해 추측해 보면, 부끄러움과 공포였을 것이다. 아담과 이브는 그제서야 비로소 남녀의 분별에 대한 '지식'을 얻어서인지, 서로 부끄러운 부분을 잎사귀로 가리기 시작한다. 새로운 금기의 시작인 셈인데, 사실 '금기'는 '위반'과 늘 짝을 이룬다. 좀 전에도 선악과 열매에 대한 금기의 위반이 언급되지 않았던가. 아담과 이브는 에덴동산에서 추방되면서 영원한 생명이라는 특성을 잃었다. '영생'은 신에게 주어진 특권이지만, 영생의 존재에게는 죽음이 없으므로 탄생도 불필요했을 것이며, 그런 의미에서 남녀의 사랑과 출산도 필요 없었을 것이다. 아담과 이브는 영생을 잃은 대신에, 지식과 사랑을 갖게 되었다. 그리고 이와 더불어 성경의 역사, 하나님의 역사, 이야기의 역사가 시작된 것이다.

---

* 피에르 레비, 강형식 옮김,『지식의 나무』(철학과현실사, 2003).

남성과 여성

남성과 여성 중 누가 우월한가? 어떤 인류학자들은 남성은 신체
적인 힘이 뛰어나 사냥에 특화되어 있고, 여성은 다른 섬세한 인
지 능력을 가져서 채집과 농경에 특화되어 있다고 보기도 한다. 사
냥에 능한 남성의 기준은 힘과 속도와 효율인 반면, 수집과 보존에
능한 여성은 사랑, 감성, 공존의 능력을 가진다고도 말한다. 어쨌든
남성은 늑대, 여성은 여우에 비유된다.

　　남성과 여성의 능력이 꼭 좋은 방면에만 나타나는 것은 아니
다. 남성들은 채집에 서툴기 때문에 쇼핑을 엉망으로 한다. 구두 한
켤레 사는 데 10분 정도 쓰는 게 남성이며, 혼자 쇼핑을 하고 나면
부인에게 늘 혼나는 것도 남성이다(구두 쇼핑에 걸리는 남성과 여성의 시간
비교는 소비자 심리 분석의 중요한 주제가 된다). 물론 여성이 쇼핑에 훨씬 특
화된 듯도 하지만, 그 또한 늘 장점으로만 작용하는 것은 아니다.
농담 식으로 표현하면, 남자들은 여자들보다 물건을 두 배 비싸게
사며, 여자들은 남자들보다 두 배 싸게 사지만 불필요한 물건을 두
배 더 산다(결국 비슷비슷하다).

　　앞 장에서 에덴동산 이야기를 꺼냈는데, 사실 성서에 묘사된
이브(여성)의 탄생은 약간 모순되어 있다고 한다. 하느님이 흙으로
빚어 남녀를 창조했다는 구절이 있는 반면, 아담의 갈빗대로 이브

를 창조했다는 구절도 있다는 것이다. 전자는 남녀평등으로 보이고 후자는 남성 우위처럼 보이기도 하지만, 한두 구절에 집착하는 이런 식의 독단은 피하는 게 옳다고 본다.

에덴동산 이야기를 가만히 분석해 보면, 최초의 인류는 이브가 아닌가 하는 생각도 든다. 최초의 인간 선언이 아담이 아니라 이브에 의해 시작되었기 때문이다. 뱀의 유혹과 호기심으로 인한 것이긴 하지만, 과감하게 금기를 위반한 것은 이브가 먼저였다. 성경은 아담의 갈빗대에서 이브를 만들었다고 서술하기도 하지만, 「창세기」의 낙원 추방 이야기는 여성이 먼저였을지 모른다고 넌지시 말해 준다. '낙원 추방' 이야기 속에 담긴 또 하나의 역설이다.

사실 세계의 창조는 여성적인 힘에서 시작된다. 그리스 신화의 출발점에 놓인 대지의 여신 가이아(Gaia)가 대표적이거니와, 대지와 어머니의 결합으로서의 지모신(地母神)은 모든 신화의 출발점이다. 지모신은 대지의 풍요로움과 여성의 생식력이 결부되어 태어난 신격으로, '위대한 어머니(Great Mother)', '자연으로서의 어머니(Mother Nature)'라는 명칭과 자연스럽게 결부된다. 메소포타미아 신화 속의 이난나 여신, 이집트 신화 속의 이시스는 물론 한국 신화 속의 마고할미, 노구할미, 삼신할미 등은 이러한 지모신의 모습을 취한다. 물론 '위대한 어머니'는 신화 속에만 있는 게 아니다. 이 세상에서 아이를 낳아 기르는 모든 어머니들은 모두 '위대한 어머니'의 길을 걸어간다.

프로메테우스와 노구할미

몇 년 전 채만식의 희곡 「제향날」(1937)에 등장하는 남성과 여성의 의미를 분석하는 글을 쓴 바 있다.* 이 연극에서 할아버지는 동학농민운동에 가담했다 처형되는 동학도이며, 아버지는 3·1 운동에 가담했다가 해외로 망명 후 독립운동을 계속하고 있는 투사이며, 외손자는 가슴속에 사회주의 사상을 담고 있는 혁명가이다. 이런 의미에서 이 연극은 일제에 맞선 민중의 저항 정신을 다룬 작품으로 평가된다. 특히 이 극의 3막에는 인간에게 불을 선물로 건넨 후 모진 고초를 겪으면서도 의지를 굽히지 않는 신화 속 영웅 프로메테우스의 절규를 담고 있어 그 투쟁적이고 저항적인 성격이 더 눈에 띈다.

그런데 내가 가만히 생각해 보니, 이 연극은 의외로 '여성 영웅'의 연극으로 해석될 여지를 가졌다. 이 집안의 남자들이 부재한 상태에서 정작 집안의 아이들을 키우고 살림을 유지해 나가는 것은 할머니와 며느리로 이어지는 여성의 몫이었기 때문이다. 동학 때 처형된 할아버지의 제삿날에 제수용 밤을 다 깐 할머니는 나직하게 혼잣말을 남기는데, 이 대목이 이 연극의 하이라이트이자 결말 부분이다.

---

* 김만수, 『옛이야기의 귀환』(강, 2020), 57-72쪽.

최씨: ……(밤 담겨 있는 그릇을 들여다보고) 인제는 다 벗겼다. 그새 이야기를 하느라고 벗기는 줄도 모르게 (밤을 벗거서 물에 담근 그릇을 들여다보고) 많이도 벗겼다. (마지막 벗기던 밤을 물에다가 담방 담그면서) 내가 옛날 '노구할미' 뿐이다. 노구할미가 상전이 벽해 되는 것을 보고는 입에 물었던 대추씨 하나를 뱉어놓고 벽해가 상전되는 것을 보고는 또 대추씨 하나를 뱉어놓고 연해 그런 것이 대추씨가 모여서 큰 산이 되었다더니, 나도 이야기를 하는 동안에 밤을 이렇게 많이 벗겨놓았구나!*

"(그 많던 밤을) 다 벗겼다"는 말을 네 차례나 반복하는 할머니의 대사는 동학란과 3·1 운동의 실패, 일제의 학정 속에서도 꾸준히 밤을 까고 제사를 지내고 아이들을 키워온 '위대한 어머니'로서의 노구할미를 잘 요약한다. 노구할미야말로 상전벽해(桑田碧海)의 기나긴 신화적 시간 속에서 이 땅의 생명을 지켜온 영원한 대지의 여신이다. 동학농민전쟁에 뛰어든 할아버지의 저항은 선명해 보이지만 죽음과 함께 허망하게 사라져 버렸다. 그러나 살아남은 할머니의 목소리는 여전히 살아남아 후세에 전승된다. 동학은 사라져 버렸지만, 동학 생존자, 희생자, 유족의 '기억 서사'(목소리)만큼은 남아 있다는 점을 잊어서는 안 된다.** 사람은 가도 기억은 남는 법. 때로는 이기는 것보다 살아남은 게 중요한 법이다. 이야기는 살아남은 자들의 증언을 통해 이어지기 때문이다.

---

* 채만식, 『채만식전집 9』(창작과비평사, 1989), 130쪽.
** 박상란, 「금기된 역사체험담의 기록성——동학농민혁명담을 중심으로」, 한국역사민속학회, 『역사민속학』 54, 2018.6.

아니마, 아니무스

남성과 여성의 관계를 결론 내리기 전에 언급해야 할 용어가 있는데, 카를 융이 말한 아니마, 아니무스가 그것이다. 아니마(anima)는 남성에 들어 있는 여성성, 아니무스(animus)는 여성에 들어 있는 남성성을 말하는데, 융의 설명에 따르면 남성 안에는 여성이 들어 있고, 여성 안에는 남성이 들어 있다는 것이다. 그래서 이상하게도 여성들이 오히려 의견(opinion)이 강하고, 남성들이 분위기(mood)에 사로잡히는 경우가 많다는 것이다. 융에 의하면, 남성들은 아니마 무드(anima mood)에 사로잡히고, 여성들은 아니무스 오피니언(animus opinion)에 사로잡힐 때가 많다고 한다.

여성의 의견이 오히려 더 강하다는 것을 실감한 것은 영문학의 출발 지점에 놓인 초서(Geoffrey Chaucer)의 『캔터베리 이야기』에서 읽은 한 청년의 에피소드에서였다. 한 청년이 중죄를 지어 사형을 언도받는데, 1년 내에 여성이 진정 원하는 것이 무엇인가를 찾아내면 사형을 면할 수 있도록 유보된다. 앞뒤 이야기는 다 잊었는데 정답만 기억난다. 여성이 진정 원하는 것은 집안의 주인이 되는 것, 그 자기 주장대로 집안 살림을 하는 것이란다. 여성에게는 이토록 '의견'이 중요한 모양이다.

남성에 내재한 여성성의 사례로는 아메리카 원주민 사회의 추장을 관찰한 인류학자의 사례 보고에서 쉬운 예를 찾을 수 있다. 인류학자의 보고에 따르면, 가장 남성적이고 호전적인 지위를 차지했던 추장이 나이 50쯤 되면 은퇴하는데, 그 이후에는 여성의 옷을 입고 여성의 흉내를 내면서 나머지 인생을 살아간다고 한다. 참 이상한 일로 보이는데, 이에 대한 심리학적 해석은 의외로 간단하다. 나이 50까지 남성의 모습으로 살았으니, 이후의 삶은 또 하나의 내면, 즉 남성 속에 감추어진 여성성의 모습으로 살아야 한다는 것이다.

모든 동화는 결혼에 성공해 행복하게 잘살았다는 결말을 보인다. 그런데 결혼은 인생의 종착점이 아니라, 인생의 중간역이거나 인생의 새로운 출발점이다. 온갖 장애를 물리치고 결혼에 성공했다 해서 그 이후의 인생이 반드시 행복한 것은 아니다. 결혼 이후에 훨씬 더 많은 장애에 부딪힐 수 있다. 위의 인디언 추장 이야기에는 남성성에 대한 어떤 통찰이 담겨 있다. 강한 힘으로 외부와의 싸움에서 이기는 것이 전쟁 영웅의 몫이라면, 부드러운 힘으로 아내와 자식을 돌보며 양보하고 사는 게 집안에서의 영웅이지 않은가. 남성으로만 살지 말고 남성 속에 감추어진 여성성을 마음껏 발휘할 수 있을 때, 그는 비로소 자신의 '아니마'를 다스릴 줄 아는 '전체로서의 자기'에 도달할 수 있는 것. 이는 여성도 마찬가지. 남자들이 좀 더 '무드'에 약해지고 여자들이 지나치게 '의견'을 내세워도 그것을 탓하지 말아야겠다. 그 속에 진정한 자기(self)가 숨겨져 있기 때문.

선녀와 나무꾼

「선녀와 나무꾼」의 핵심 요소는 '날개옷'이다. 한국에서는 선녀로 설정되지만, 대부분의 나라에서는 백조의 날개를 가진 여인으로 표출되어 일명 '백조 여인(swan maiden)' 설화로 분류되어 있다. 나무꾼은 목욕하는 선녀의 날개옷을 훔쳐낸 후 마침내 결혼에 성공한다.

일반적으로 동화에서는 공주와의 결혼이라는 해피엔딩으로 끝나지만, 위의 민담은 특이하게도 결혼 이후의 사건에 더 집중한다. 사실 나무꾼의 행위는 위계, 협박, 성폭력에 근거한 것으로 죄질이 매우 불량하다. 얼마 전 '옛이야기의 매력'이라는 제목을 내걸고 어디 가서 특강을 한 적 있는데, 청중들에게 이런 질문을 했다. "막판에 선녀는 아이들을 데리고 어디로 갔다는데, 거기가 어딜까요?" 1번 하늘나라, 2번 친정.

출제자의 의도를 간파했는지, 한 청중이 자신 있게 2번을 외쳐, 나는 몇 년 전 내가 쓴 저서 『진달래꽃 다시 읽기』를 선물로 드렸다. 폭력과 위계에 기반한 결혼생활이 결코 순탄할 수는 없었을 것이다. 나무꾼은 외로웠는지 갑자기 엄마가 보고 싶다고 말하지만, 아내는 시댁에 가지 마라, 가더라도 절대 말에서 내리지는 마라, 말에서 내린다면 다시는 이곳으로 돌아오지 못한다는 등의 엄중한 경고를 한다. 나무꾼은 말에서 내리지 않은 채 엄마의 얼굴만 보고 돌아오려 했으나, 엄마가 건넨 팥죽 한 그릇을 거절하지 못하고 말 위에서 먹다가, 공교롭게도 뜨거운 팥죽이 흘러내리고 말이 놀라 뛰는 바람에, 말에서 떨어진다. 이후 가여운 나무꾼은 다시는 아내가 있는 집으로 돌아가지 못한다. 여기에서 두 번째 문제 "왜 아내는 말에서 내리지 말라고 했을까요? 이번에는 서술형 문제입니다."

청중들의 답은 없었지만, 내가 원했던 답은 한국판 선녀든 서양판 백조 여인이든 상관없이 세계만방의 모든 아내들은 시댁과 거리를 두고 싶어 한다는 것, 시댁의 주변을 떠나지 못하는 남편은 최악의 마마보이로 여긴다는 것 등이었다.

정신분석학의 창시자 지크문트 프로이트의 딸 안나 프로이트는 아버지의 이론을 발전시켜 '방어 기제'에 대한 폭넓은 사례를 정리한 바 있다. 인간들은 자신의 불쾌에서 벗어나 쾌의 상태로 돌아가기 위해서라면 사실을 부정하거나 은폐하는 일까지도 망설이지 않는다는 것이다. 그중 가장 재미있는 사례가 '퇴행(regression)'이 아닐까 싶다. 퇴행이란 초기의 발달 단계가 좀 더 안전한 상태라고 생각해 그 단계로 후퇴하는 행동이며, 요구가 크지 않은 유아기의 단계로 되돌아가 안주하려는 방어 수단이다. 결혼한 남편이 지나치게 엄마에게 의존하는 일 등이 그것이거니와, 어쨌든 이는 성격 발달의 단계 중 어느 한 단계에 머묾으로써 다음 단계가 주는 불안에서 벗어나려 하는 방어 기제이다. 여자들이 마마보이를 극도로 혐오하는 이유는 더 이상 퇴행에 매달리지 말라는 정신분석학적 처방에 가까운 것. 나무꾼은 팥죽 한 그릇 때문에 퇴행의 길을 걸은 것.

남성과 여성: 잃어버린 반쪽 찾기

남녀의 사랑을 보여주는 재미있는 에피소드는 플라톤의 『향연』에 소개되어 있다. 비극 경연대회에서 우승한 아가톤의 집에 파이드 로스, 파우사니아스, 소크라테스 등이 모이는데, 이 자리에서 유명한 희극 작가인 아리스토파네스가 인간의 사랑에 대해 설명하기 시작한다.

인간은 원래 몸 두 개가 결합된 둥근 형태로, 결합 방식은 남자와 남자, 여자와 여자, 남자와 여자였다. 그러니 인간은 눈도 네개, 팔다리도 네 개씩이어서 매우 민첩하고 힘도 세었다. 위협을 느낀 제우스는 인간을 둘로 분리하는데, 분리된 인간은 잃어버린 반쪽을 찾아 헤맨다는 것이다. 이 이야기는 인간이 신보다 취약한 약점을 가지게 되었다는 신화적 설명이기도 하지만, 사실 인간이 얻은 것도 있다. 인간이 분리되지 않아 신처럼 완벽했다면, 인간은 사랑을 느낄 필요조차 없었을 것이다. 그러나 반쪽을 잃은 결과, 나머지 반쪽을 찾아 나서는 필사적인 행위, 즉 사랑을 할 수 있는 것이라고 볼 수 있다.

남녀의 성격차를 잘 보여주는 신화적 예는 큐피드(Cupid, Eros)와 프쉬케(Psyche)에서 찾아볼 수 있다. 비너스 여신은 사람들이 자신을 숭배하는 대신 프쉬케를 숭배하는 것에 질투를 느껴 아들인 큐피드에게 명해 프쉬케가 가장 추한 생물과 사랑에 빠지게 하라고 했다. 그러나 큐피드는 프쉬케를 보는 순간 스스로 사랑에 빠진다. 둘은 마침내 사랑하는 사이가 되지만, 언니들의 사주를 받은 프쉬케는 남편과 약속한 금기를 깨고 큐피드의 얼굴을 보게 된다. 프쉬케에게 정체가 드러나 자신의 비밀이 밝혀진 것을 안 큐피드는 벌떡 일어나 그 길로 달아나고, 홀로 된 프쉬케는 시어머니가 부여한 엄청난 과업을 하나하나 감당하면서 큐피드를 찾아 나선다.

이 이야기는 성스러운 사랑(에로스, 아모르)과 영혼(프쉬케)의 결합이라는 주제를 담는다. 큐피드의 상징인 뾰족한 창은 사랑에 빠지게 하는 독을 품고 있다. 사랑은 정상적인 사람의 눈을 멀게 한다는 이야기는 셰익스피어의 연극 「한여름 밤의 꿈」에서 매우 적절하게 변용되어 사용된다. 위의 이야기에는 사랑의 본질로서의 맹목성(盲目性), 사랑을 방해하는 요소로서의 경쟁심과 질투, 상대방에 대한 의심 등을 포함하고 있다. 또한 비너스와 프쉬케 사이의 갈등에서는 해묵은 고부(姑婦) 간의 갈등을 암시받을 수도 있고, 비너스가 프쉬케에게 던진 시련·시험의 이야기는 우리 전래의 이야기인 '콩쥐 팥쥐' 이야기나 서사 무가 '바리공주'와도 상통하는 면을 보인다.

남녀의 사랑을 비유하는 동양의 언어로는 비익조(比翼鳥)를 들수 있다. 이 새는 날개가 하나라서 혼자서는 날 수 없고, 반드시 짝을 이루어야 날 수 있다. 비익조는 둘이 합쳐져서 날기 이전에는 그저 부족한 존재에 불과하다. 인간은 그 부족함을 메꾸기 위해 남녀의 결합이 필요한 것이다.

미녀와 짐승남

'미녀와 야수(Beauty and the Beast)', 혹은 인간이 개구리, 두꺼비, 뱀 등과 같은 징그러운 동물과 결혼하는 내용을 다룬 이류교혼담(異類交婚談) 유형의 설화는 전 세계적으로 폭넓게 발견된다. 그리스 신화 '큐피드와 프쉬케', 보롱 부인의 소설 『미녀와 야수』(1756), 그리고 이를 각색한 숱한 애니메이션은 물론, 영화 「킹콩」, 「슈렉」, 「하울의 움직이는 성」, 「오페라의 유령」에 이르기까지, '미녀와 야수'라는 구도는 꾸준히 우려먹는 단골 소재로 자리 잡았다. 미녀가 등장하는 거야 당연하지만, 왜 하필 야수 혹은 '짐승남'을 주인공으로 삼을까.

그림 형제의 민담 「개구리 왕자」를 잠깐 예로 들어 볼 필요가 있다. 공주는 연못에 황금 구슬을 빠뜨린다. 개구리는 그 구슬을 다시 찾아 돌려주면 함께 밥을 먹고 잠을 자야 한다는 조건을 내건다. 공주는 이를 승낙했고, 개구리는 구슬을 찾아준다. 공주는 개구리가 징그럽고 싫어서 약속을 지키지 않는데, 공주의 아빠(왕)는 약속은 지켜져야 한다며 딸을 나무란다. 아빠의 명을 어길 수 없는 공주는 싫지만 개구리와 함께 잠자리에 드는데, 그 순간 개구리는 멋진 왕자로 변한다. 짠~.

이 민담에서 아버지가 딸에게 내린 명령은 라캉의 '아버지의-

이름(Name-of-the-Father)'에 가깝다. 라캉은 '아버지의-이름'을 통해 아이가 어머니와 결합되어 있던 이자 관계에서 벗어나 어머니-아버지-아이의 삼자 관계로 나아가고, 가족구조 속에서 위치와 이름을 부여받으며, 일방적인 상상계에서 벗어나 상징계로 진입하는 계기가 된다고 말한다. 라캉의 표현처럼, 인간은 '아버지의-이름'을 통해 새로운 세계로 진입하는데, 이러한 진입에는 소명(call)이 자리 잡는다. 너는 이제 어른이 되어야 하니 이런 소명을 갖고 살아야 한다!

그리스 신화 속의 다프네(Daphne)는 소명을 거부했다가 죽음에 이르는 사례를 보여준다. 다프네는 열렬히 구애하는 아폴론을 피해 달아나기 시작한다. 그러나 아무리 필사적으로 도망쳐도 쫓아오는 아폴론을 피할 수는 없었고, 급기야는 가쁜 숨을 참지 못해 숨을 거둔다. 다프네가 죽은 자리에는 월계수가 피어나는데(이 월계수는 달리기를 잘하는 마라톤 우승자의 머리를 장식하는 월계관이 된다), 『천의 얼굴을 가진 영웅』의 저자 조지프 캠벨은 자살에 가까운 다프네의 죽음을 "참으로 답답하고 한심한 결말이 아닐 수 없다"고 결론짓는다.*

캠벨에 의하면, 여성은 시기가 되면 남자를 만나 결혼을 해야 하는 게 소명이며, '소명의 거부(Refusal of call)'는 인격의 성장을 거부하는 심리적 퇴행(regression)이거나 고착(fixation)에 가깝다는 것이다. 아폴론과 결혼하는 게 다프네의 소명이었는데, 그걸 어겼으니 죽어도 마땅하다는 말로 들린다. 심각한 남성중심주의인데, 아무리 '미녀'라도 '짐승남'과 결혼해야 한다는 것이다.

---

* 조지프 캠벨, 이윤기 옮김, 『천의 얼굴을 가진 영웅』(민음사, 2004), 84쪽.

채식주의자의 선택

나무를 정령으로 보는 신앙은 세계 각처에 애니미즘의 가장 전형적인 형태로 남아 있다. 나무는 그리스 신화 속의 다프네처럼 인간이나 요정이 변신 끝에 도달하는 최종적 존재이며, 미야자키 하야오 감독의 영화 「바람 계곡의 나우시카」(1984), 「모노노케 히메」(1997)에서처럼 정령을 가진, 때로는 상처투성이가 되는 그런 존재들이다. 신화 속의 나무 중에는 '걸어 다니는 나무'도 있는데, 영화 「가디언즈 오브 갤럭시」에 등장하는 그루트, 「반지의 제왕」 시리즈에 등장하는 신비한 나무 종족 엔트가 그런 존재인 듯하다.

어찌 보면, 모든 나무들은 다 걸어 다니는 게 아닌가 생각해 본 적도 있다. 셰익스피어의 연극 「맥베스」에서 반란군들은 나뭇가지로 위장을 한 채 버남 숲에서 천천히 전진하는데, 이는 멀리서 보면 그냥 버남 숲이 걸어오는 것처럼 보인다. 어찌 보면, 한국의 사과나무 또한 지구온난화를 견디다 못해 남쪽에서 북쪽으로 꾸준히 걸어서 이동 중인 것으로 볼 수도 있다. 시곗바늘을 천만 배쯤 더 빨리 돌리면, 나무도 기후의 변화를 따라 남 혹은 북으로 걸어가는 셈. 그런 신화적 상상력에서 보면, 인간 또한 '걸어 다니는 나무'와 크게 다를 바 없다는 생각으로 이어질 수 있다.

작가 한강이 2024년 10월 10일, 한국인 최초, 아시아 여성 최초로 노벨문학상을 받았다. 오랫동안 노벨문학상을 고대하던 한국인들, 한국의 문인들에게는 너무도 감격스러운 순간이었는데, 사실 그녀가 세계문학계에 알려지기 시작한 것은 영국 여성 데보라 스미스에 의해 『채식주의자』가 영역되고 맨부커상을 수상한 이후였다.

　사실 『채식주의자』는 좀 읽기 까다로운 소설이다. 사랑도 없이 결혼한 남편과의 냉랭한 결혼생활, 육식을 거부하자 입속에 고기를 밀어 넣는 폭력적인 아빠, 육식에 대한 거부가 점점 문제시되고 마지막에는 정신병원에 수감되어 정신적·육체적으로 처절하게 망가져 가는 과정, 형부와의 이상한 육체 관계 등. 아마 조지프 캠벨이 이 소설을 읽었더라면, 좀 이상한 여자가 채식만을 한다는 이상한 고집을 부리다가 결국은 사회적으로 매장되는 과정을 그린 것 정도로 평가하지 않을까 싶기도 하다. 아폴론과의 결혼을 피하려고 죽을힘을 다해 도망치다가 결국 죽어 한 그루의 월계수가 되어버린 다프네처럼, 『채식주의자』 속의 주인공 영혜는 결국 인간의 삶을 포기하고 '나무 불꽃'이 되어 죽어가고 있지 않은가. 얼마나 답답하고 한심한 결말인가.

　그러나 작가는 주인공 영혜가 점차 '나무 불꽃'으로 변해 가는 것에서 어떤 영혼의 평화로움을 암시한다. 한강의 다른 소설 『작별하지 않는다』는 4·3 항쟁의 희생자들이 묻힌 바닷가에서 그들의 영혼이 모두 나무로 재탄생한 듯한 느낌을 표출하는데, 그곳의 나무들에서도 '짐승남'이나 '육식남'으로서는 접할 수 없는 어떤 평화와 안식이 강하게 깔려 있었다.

동물성과 식물성

「거기 누구냐(Who goes there)」는 1938년 존 캠벨이 쓴 SF 공포 소설이다. 이를 원작으로 한 영화는 1951년에는 「더 씽(The Thing)」으로, 1982년에는 「괴물」이라는 이름으로 만들어졌는데, 남극에 추락한 외계 생명체가 살아남아 그곳에 있던 과학 조사 연구원들과 탐험대원의 몸속에 복제되어 들어가 자신의 생명을 이어간다는 설정은 이후 「에일리언」(1979)과 각종 좀비물로 그 상상력이 이어진다.

얼마 전 1951년판 영화 「더 씽」을 보았는데, 고등 외계인이 식물로 설정되어 있는 점이 흥미로웠다. 식물이 동물보다 더 진화된 존재라는 전제하에 만들어진 이 영화는 1938년 소설이나 1982년 영화에 비해 매우 엉성하지만, 외계의 고등 지적 생명체를 식물로 설정한 것 하나만으로도 충분히 흥미롭다. 식물이 좀 더 진화된 생명체일지도 모른다는 생각이 깔려 있기 때문.

인간은 동물로서의 육체를 버릴 수 없다. 그러나 식물성으로서의 삶이 가능할 수는 없을까. 한강의 『채식주의자』는 이러한 식물적 상상력의 계보에 속한다. 채식주의자 영혜를 다룬 세 편의 중편소설 중 마지막 편인 「나무 불꽃」에서 영혜는 음식조차 거부하며 나무를 꿈꾼다. 영혜는 언니 인혜에게 "나는 이제 동물이 아니야."라고 말하며 "밥 같은 거 안 먹어도 돼. 살 수 있어. 햇빛만 있으면.”이라고 말하기도 한다. 그리고 마지막에는 “이제 곧 말도, 생각도 모두 사라질 거야. 금방이야.”라고 눈을 빛내며 말하기도 한다.* 사실 「나무 불꽃」의 이 대목은 연작 『채식주의자』의 결말에 해당하는 부분이긴 하지만, 음식을 거부하고 물구나무서기를 하는 것만으로 나무 같은 식물성의 단계로 갈 수 있을까 하는 의문이 드는 부분이다.

어쨌든 관점을 바꾸어보면, 식물이 동물보다 더 진화한 고등생물이 아닐까 하는 생각이 들 때도 있다. 동물은 가장 장수하는 거북이의 경우에도 고작해야 200년 남짓 살지만, 식물은 5,000년 산다는 바오밥나무의 경우처럼 좀 더 오래 사는 것으로 보인다. 동물은 먹이를 얻기 위해 평생을 동분서주하지만, 나무는 한 자리에서 평화롭고 조용하게 서서 현자 같은 삶을 누리는 것으로도 보인다.

김현승의 시 「플라타너스」를 잠깐 상기해 보면, 나무는 존재 자체만으로도 커다란 사랑이 되기도 한다. 예를 들어 다음 구절, “꿈을 아느냐 네게 물으면/플라타너스/너의 머리는 어느덧 파아란 하늘에 젖어 있다.”에서 볼 수 있는 것처럼, 나무는 그 자체로 꿈의 표상이 되기도 한다, 혹 누가 나무에게 “너는 사모할 줄을 모르나”라고 물으면 조용하게 그늘을 만들어주는 것으로 그 사모하는 마음을 보여주기도 한다.** 이 정도 되면, 나무가 사람보다 못할 바 없다.

---

* 한강, 『채식주의자』(창비, 2022), 224쪽.
** 양승국·양승준, 『한국현대시 400선 2』(태학사, 1996), 186쪽.

이분법의 끝판왕

대립적인 두 캐릭터를 등장시킨 이야기는 늘 재미있는데, 19세기 영국의 작가 제인 오스틴(Jane Austen)의 『오만과 편견』(1813), 『이성과 감성』(1811)이 전형적이다.

『오만과 편견』은 '오만'한 남성과 '편견'에 빠진 여성을 주인공으로 한다. 베넷 가문의 다섯 딸 중에서 가장 아름답고 매력적인 엘리자베스는 조건을 따지는 현실적인 결혼보다 사랑하는 사람과의 운명적인 만남을 믿는 자존심 강하고 영리한 소녀이다. 부유하고 명망 있는 가문의 신사 빙리와 그의 친구 다아시가 여름 동안 대저택에 머물게 되고, 대저택에서 열리는 댄스파티에서 처음 만난 엘리자베스와 다아시는 서로에게 관심을 가진다. 하지만 자존심 강한 엘리자베스와 무뚝뚝한 다아시는 만날 때마다 서로에게 속마음을 드러내지 않고 사랑의 줄다리기를 벌인다. '오만'과 '편견'이 서로 만난 것이다.

제인 오스틴이 쓴 또 하나의 소설 *Sense and Sensibility*는 그간 『감성과 이성』, 『분별력과 감수성』 등의 이름으로 번역되었고, 1995년 이안 감독의 영화가 한국에 소개될 때에는 그냥 「센스 앤 센서빌리티」라는 이름으로 상연되었다(언제부터인가 외국영화 제목은 외국어 발음 그대로 소개하는 게 관행이 되어버린 듯하다). 장녀 엘리너는 차분하고 신중한 성격인 반면, 차녀 마리엔은 격정적이고 낭만적이다. 성격이 표나게 다른 두 사람은 사랑을 하는 방식에서도 확연히 구분되는데, 늘 소심하면서도 배려심과 분별력이 넘치는 언니 역할은 엠마 톰슨이 맡았고, 우연히 만난 남자와도 격정적인 사랑에 빠지는 철부지 여동생 역할은 케이트 윈슬렛이 맡아서, 그 여배우의 연기 스타일을 비교해 보는 것만으로도 매우 재미있는 구성이었다. 여동생은 머뭇거리는 언니를 향해 도발적으로 질문한다. 왜 자신의 감정을 숨겨야 하지? 언니의 감정은 어디에 있어? 관객들은 여동생의 질문에 귀를 기울이기도 하고, 감정을 잘 추스르면서 매사를 분별력 있게 처리하려 애쓰는 언니의 편이 되기도 한다.

「센스 앤 센서빌리티」의 줄거리를 다시 확인하기 위해 위키피디아를 검색해 보니 1811년 제작된 소설의 표지 사진이 실려 있는데, 작가 이름이 들어갈 자리에 제인 오스틴이라는 이름이 보이지 않고 그냥 "By a Lady"라고 적혀 있다. 19세기 초반의 문단 상황에서는 한 여성이 소설을 썼다는 사실이 더 놀랍고 충격적이라고 생각해서 그렇게 표기한 건 아닐까 하는 생각도 들었다. 그러나 19세기 초반 이름조차 표지에 실을 수 없었던 여성 작가 제인 오스틴은 단 여섯 편의 소설로 영국 문학사에서 셰익스피어 다음의 자리를 차지한 작가가 되었다.

오만해 보이는 남자와 편견에 사로잡힌 여자 사이의 사랑? 분별력이 강하고 어른스러운 언니와 천방지축인 동생 사이의 남자 차지하기 경쟁? 이런 뻔해 보이는 사랑의 공식이 최고의 베스트셀러 자리에 오를 수 있는 이유는 어디에 있었을까? 이분법의 화끈함에서 원인을 찾아도 좋을 듯싶다.

발언과 침묵

등장인물을 분석하다 보면, 이야기 전개에 별로 영향을 미치지 않는 부차적인 인물들도 있다. 예를 들어, 이효석의 단편 「메밀꽃 필 무렵」(1936)에서 시골 장터를 돌아다니는 허생원은 환한 달빛 아래 메밀꽃밭을 지나며 자신이 젊었을 때 물레방앗간에서 만났던 성 서방네 처녀와의 이야기를 회상한다. "밤길에는 이런 이야기가 제격이지"라고 말을 꺼내는데, 등짐을 지고 함께 걷던 조선달이 그 사연을 묵묵히 듣는다. 이 단편의 등장인물은 허생원, 동이, 조선달 셋뿐인데 조선달은 허생원의 말을 듣는 것 외에는 아무 일도 하지 않는다. 조선달은 한마디의 말도 하지 않는데, 그렇다면 그가 이 작품에서 하는 일은 무엇일까? 정답은 허생원의 말 들어주기. 연극 용어로는 컨피단트(confidant).

앞 장에서 거론한 제인 오스틴의 『오만과 편견』에는 베넷 부인의 다섯 딸이 등장하는데, 부인과 딸이 등장하면 엄청 시끄러워진다. 이 작품의 상당 부분은 딸들을 시집보내는 것을 인생의 최대 목표로 삼는 베넷 부인과 그녀에 못지않게 수다스러운 다섯 딸들의 대화로 채워져 있지만, 더 재미있는 부분은 남편인 미스터 베넷이다. 미스터 베넷은 부인과 딸들이 모이기 시작하면 슬그머니 자리를 피한다. 극단적으로 말하자면, 미스터 베넷은 그저 퇴장하기 위해 등장한 인물처럼 보이는데, 나는 이 대목이 가장 재미있다. 점잖고 이성적인 미스터 베넷이 부인과 딸들에게 말을 줄이고 좀 조심하라고 조언할 만도 한데, 미스터 베넷은 그냥 현장에서 내빼기에 바쁘다. 부인이나 딸들에게 말을 좀 줄이라고 조언한들, 누가 그 말을 듣겠는가. 어쩔 수 없으니 그냥 내빼는 수밖에.

가장 유명한 침묵은 「햄릿」 장면일 것이다. 「햄릿」 제1막 제2장의 궁정 장면에서 몰래 형을 죽인 다음 형수와 결혼하고 왕위를 계승하고자 하는 숙부 클로디어스는 64행에 달하는 즉위식 연설 장면에서 "한 눈은 행복에 또 한 눈은 수심에 차/장례에 축가를 혼례에 만가를 부르듯/환희와 비탄을 꼭 같은 무게로 달면서" 결혼을 수락할 수밖에 없음을 말하는데, 숙부의 이러한 가식적인 연설을 묵묵히 듣고 있는 햄릿의 모습은 셰익스피어가 햄릿에게 부여한 어떤 대사보다도 훨씬 더 극적인 충격을 만들어낸다.*

말을 많이 하다가 망하는 사람을 종종 본다. 이런 유형의 사람을 술좌석에서 마주치는 경우가 있는데, 그다음에는 결코 그 사람과 술 약속을 하지 않는다. 침묵을 유지하는 것, 말하기보다 경청하는 것. 이런 것을 잘하는 사람이 일방적으로 말을 많이 하는 사람들보다 훨씬 고수라고 생각한다. 이야기를 잘하고 싶으면 이야기를 좀 줄이는 것이 필수적이다. 상대방과 무전기로 교신할 때, 오버(over)라는 표현을 사용하는 듯하다. 상대방한테 말할 기회를 넘기자.

---

* 로널드 헤이먼, 김만수 옮김, 『희곡을 어떻게 읽을 것인가』(현대미학사, 1995), 8쪽.

시각과 청각

인간의 감각을 오감(五感)이라 하는데, 이는 이목구비(耳目口鼻)와 피부를 통해 감각된다. 다시 말해 귀(청각), 눈(시각), 입(미각), 코(후각), 피부(촉각)는 우리가 외부 세계를 수용하기 위해 열어둔 창문과 같은 역할을 하는데, 이 중에서 촉각, 미각, 후각은 근접한 거리에서만 감각 가능하다. 청각도 100미터쯤 떨어지면 현저하게 효율이 떨어진다. 오로지 시각만이 강력해 그 힘이 하늘의 별에도 미친다. 고대인들은 하늘의 별을 보려면 눈에서 강렬한 무엇인가가 발사되어야 한다고 생각했기에 눈이야말로 가장 강력한 인간의 감각 기관으로 간주했다고 한다.

근대 이후의 문명인들은 청각보다 시각을 더 많이 사용한다. 중세 이전의 문명은 구술문화와 종교음악 등으로 전해지면서 전반적으로 청각에 의존한다면, 근대 이후에는 활자술의 발전과 각종 시각 미디어(책, 영화 등)의 발달로 인해 점차 시각을 중시하는 '스펙터클의 시대'로 변한다는 것이다. 현대철학의 주된 흐름 중의 하나인 현상학도 사물 자체를 있는 그대로 보자는 의미를 강조하고 있어 청각보다 시각의 우위를 강조하는 듯하다.

현대인들의 눈은 늘 바쁘다. 눈으로 더 많은 책을 읽어낸 사람이 성공하고, 더 많은 영화와 광고를 본 사람이 더 현대적인 사람으로 간주된다. 현대인들이 청각의 소중함과 경건함을 잃어가고 있는 것에 대한 안타까움을 표현하고 음악을 통해 이를 회복하는 것을 제안하는 '음악현상학'도 있지만,* 청각은 여전히 시각에 밀리고 있는 형국이다.

시인 김광균은 시집 『와사등』에 15편 정도의 시를 남기고, 얼마 후 문단을 떠난 사람이어서 잘 알려지지 않았지만, 김기림의 평가에 의하면, "소리조차 모양(그림)으로 번역하는 기이한 재주"를 가진 시인이다. 데뷔작 「설야」에서 눈 내리는 밤의 풍경(그림)을 "멀리 여인의 옷 벗는 소리"로 표현하기도 한 그는 "분수처럼 흩어지는 푸른 종소리"로 이미지즘 시인이라는 명성을 얻는다.

그의 시 「외인촌」의 한 구절을 보자. "안개 자욱한 화원지(花園地)의 벤취 위엔/한낮에 소녀들이 남기고 간/가벼운 웃음과 시들은 꽃다발이 흩어져 있다."

우리는 공원 벤치에 놓인 "시들은 꽃다발"을 눈으로 볼 수 있지만, "가벼운 웃음"을 눈으로 볼 수는 없다. 그런데 "소리조차 모양(그림)으로 번역하는 기이한 재주"를 가진 시인은 "가벼운 웃음"을 꽃다발 옆에 눈에 보이듯, 선연하게 그려 넣었다. '안 보이는 것(소리)'이 '보이는 것(그림)'으로 만들어지는 순간이다. 청각과 시각, 안 보이는 것과 보이는 것은 이렇게도 만난다.

---

* 서우석, 『음악현상학』(서울대출판부, 1991), 10쪽.

보이는 것과 안 보이는 것

요즘 용어로 치면, 소포클레스의 연극 「오이디푸스 왕」은 아주 지독한 막장 드라마이다. 오이디푸스는 아버지를 살해하고 어머니와 결혼하며, 그 사이에서 두 명의 아들과 두 명의 딸을 낳는다. 엄마가 아내가 되고, 자식이 배다른 형제가 된 셈이다. 왕과 왕비는 이러한 불길한 신탁을 피하기 위해 갓난아이를 없애려고 했고, 가까스로 살아남아 이웃 나라의 왕자로 성장한 오이디푸스도 이러한 불길한 소문을 피하기 위해 조국을 떠나 방랑의 길을 떠났지만, 그들은 자신에게 부여된 불운을 결코 피할 수 없었다. 이 연극의 끝부분을 장식하는 코러스의 논평에는 이 내용이 담겨 있다. "조국 테베의 사람들이여, 명심하고 보라. 온 장안의 모든 사람이 그의 행운을 부러워했건만, 아아, 이제는 저토록 격렬한 불운에 묻히고 마셨다. 그러니 사람으로 태어난 몸은 조심스럽게 마지막 날 보기를 기다려라. 아무런 괴로움도 없이, 삶의 종착점에 이르기 전에는 이 세상의 행복에 대해 장담하지 마라."

이 코러스의 바로 앞 장면에서 왕비 이오카스테는 자살하고, 이 소식을 들은 오이디푸스 왕은 스스로 자신의 눈을 찔러 장님이 된다. 오이디푸스 왕은 "나는 세상에서 보아서는 안 될 것을 보았기 때문에 내 눈을 버린다"고 말하지만, 이 대목에서 우리는 어떤 질문을 던져볼 필요가 있다. 이 정도의 끔찍한 상황이라면, 왕비조차 이미 자살한 판국인데, 왜 오이디푸스 왕은 왕비를 따라 자살하지 않는가. 그가 어느 정도의 용기와 양심, 분별력이 있는 자라면 자살하는 게 더 적절한 방식 아닌가. 미국의 연극 교재에 이런 질문이 실려 있어서, 나도 학생들에게 이런 질문을 해봤는데, 물론 유일한 정답은 없다.

가능한 첫 번째 정답. 농담처럼 들리긴 하지만 주인공은 가급적 죽이지 않는 게 좋다. 주인공이 죽으면 후속작을 만들 수 없는데, 매년 다가오는 연극 경연대회에 대비하려면 주인공 오이디푸스를 죽지 않도록 하는 게 필요하다. 실제로 이 연극의 뒤에는 「콜로노스의 오이디푸스」, 「안티고네」 등의 속편이 제작되어 이 작품과 함께 3부작을 이룬다.

둘째, 내가 준비한 답인데, 오이디푸스는 자신의 과오를 깨닫고 장님인 테이레시아스(Teiresias)가 맞았다는 것을 인정한다는 것. 내 눈은 아무것도 보지 못했는데, 오히려 장님인 테이레시아스는 내 운명을 환히 꿰뚫고 있었다는 것. 장님의 눈보다 못한 내 눈은 쓸모없다는 것. 이런 시각에서 보면, 이 작품은 오이디푸스 대 테이레시아스의 대결 구도로 이해될 수 있다. 오이디푸스는 눈에 보이는 것에 기초해 자신이 제법 지혜롭다고 자랑한 반면, 맹인 테이레시아스는 앞을 보지 못함에도 인간의 운명을 예측하는 지혜를 가지고 있었던 셈. 이 작품의 최후 승자는 앞을 못 보는 자 테이레시아스였던 셈. 보이지 않는 것이 보이는 것을 이긴 셈이다.

쫓는 자와 쫓기는 자

쫓는 자와 쫓기는 자의 대결은 숨바꼭질, 술래잡기 놀이 속에 고스란히 남아 있다. 아이들은 "너는 도둑, 나는 순경"이라는 간단한 규칙을 만들고 신나게 숨바꼭질의 마당에 뛰어든다. 1940년에 공개된 후 지금껏 80년 이상 계속되고 있는 「톰과 제리」는 쫓기는 쥐(제리)와 쫓는 고양이(톰)의 대결만으로도 온갖 영화, TV 드라마, 게임으로서의 인기를 유지하고 있다.

범인을 쫓는 추적자의 이야기는 별도의 장르를 형성하기도 한다. 디텍티브 스토리, 폴리스 스토리 등의 장르는 추적을 직업으로 삼는 탐정, 형사들의 이야기인데, 이들은 정말이지 추적만을 위해 작품 속에 출현한 인물로도 보인다. 빅토르 위고의 소설 『레 미제라블』에는 비운의 주인공 장발장이 등장하는데, 이토록 불운한 주인공을 추적하는 자베르 경감의 사연은 좀 생뚱맞기도 하다. 저 경감은 얼마나 할 일이 없길래 계속 장발장만 추적하고 있지? 당시의 경감은 저래도 되는 건가? 우리는 이런 질문을 던져볼 수 있지만, 사실 자베르 경감의 추적담이 없으면 '벽돌' 두께에 가까운 장편소설 『레 미제라블』의 긴장감은 상당히 줄어들지 모른다. 자베르 경감은 이 작품에서 추적의 임무를 부여받고 등장한다. 그리고 추적이 끝나면 마치 임무를 다했다는 듯, 그의 삶은 자살로 마무리된다.

『산문의 시학』을 쓴 구조주의자 토도로프(Tzvetan Todorov)는 탐정 소설이 두 개의 서사를 통해 진행된다는 것을 명쾌하게 설명했다.* 하나는 범인이 자행한 사건 서사이고, 두 번째 서사는 탐정이 재현해 낸 범죄 수사로서의 서사이다. 물론 탐정 소설은 범인이 자행한 사건을 먼저 보여주지는 않는다. 요즘 유행하는 수사물 시리즈 CSI(Crime Scene Investigation)는 말 그대로, '범죄 현장에 대한 조사'를 통해 범인이 자행한 사건을 재구성해 내는바, 이들 장르의 핵심은 범인과 탐정, 쫓기는 자와 쫓는 자 사이의 두뇌 싸움이다.

그런데 쫓는 자(탐정, 수사관)가 바로 쫓기는 자(범인)인 작품이 있다. 앞에서 다룬 「오이디푸스 왕」이 그것. 테베의 왕인 오이디푸스는 테베를 오염시킨 장본인(범인)을 색출하라고 명령을 내리는데, 끝까지 범인을 추적하다 보니 그 끝에 자기 자신이 있었던 것. 아버지를 죽이고 어머니와 결혼한 파렴치범으로 인해 테베시가 오염되었는데, 그 장본인이 바로 수사를 명령한 오이디푸스 자신이었던 것.

아리스토텔레스의 『시학』은 오로지 한 편의 연극, 소포클레스의 「오이디푸스 왕」에 대한 분석서이자 해설서로 알려져 있다. 이론가로서의 아리스토텔레스가 경탄했던 것은 이 연극의 마지막 장면에 등장하는 '반전과 발견'이었던 것. 수사관이 범인이 되는 기막힌 '반전', 거기에는 어떤 '발견'이 들어 있었던 걸까.

---

* 츠베탕 토도로프, 신동욱 옮김, 『산문의 시학』(문예출판사, 1992), 47-60쪽.

형과 동생의 경쟁 관계

같은 부모에게서 태어났음에도, 어떤 형제들은 너무 다르다. 외모는 물론 성격까지 상이한 형제들을 보면 어찌 저리도 다를 수 있을까 생각되지만, 다르기 때문에 그들은 더욱 가치 있는 존재이지 않을까 하는 생각도 든다. 서로 다르게 태어났다는 것은 좀 더 다양한 조건에서 유리하게 생존하기 위한 유전적 선택일지도 모르겠다.

두 형제는 다정할 때도 많지만 때로는 서로 싸우며 성장한다. 형제끼리의 싸움을 걱정하는 건 당연하지만, 두 사람의 성향이 다르다는 것은 자신의 개성과 행복을 찾아가려는 주체적인 선택의 과정으로 보는 게 타당하다. 두 형제는 때로 부자와 빈자, 현자와 바보, 악인과 선인 같은 극단의 캐릭터 유형으로 등장하기도 한다. 아르네-톰슨의 민담 유형에 의하면, 이런 이야기들은 '쌍둥이 혹은 두 형제(Twins or Two Brothers)' 유형으로 분류되는데, 놀부와 흥부 이야기, 대별왕과 소별왕 이야기는 물론 성경 속의 카인과 아벨, '돌아온 탕자' 이야기도 그런 유형에 속한다. 재미있는 점은 주로 동생이 최종의 승리를 거둔다는 점이다.

이집트 신화에서 오시리스(Osiris)를 죽인 동생 세트(Seth), 여신 이시스(Isis) 사이의 이야기가 전형적인 사례이다. 이집트 신화에서 오시리스는 누이동생 이시스와 결혼하지만, 이후 오시리스는 형의 지위를 노린 아우 세트에게 살해된다. 동생인 세트는 죽은 오시리스의 몸을 14조각으로 찢어 땅에 던져버리는데, 뒤에 이시스와 네프티스 자매는 시체 조각들을 발견해 남근을 제외한 모든 부분을 묻어준다. 물론 남겨진 남근이 오히려 오시리스에게 새 생명을 주어 오시리스는 지하 세계의 통치자이자 재판관이 되는데, 사실 이러한 신화는 나일강의 범람이 죽음일 수 있지만 더 풍요로운 대지의 탄생으로 이어진다는 점을 보여주기 위해 나일강을 인격화한 이야기로 해석될 수 있을 것이다.

동생 세트가 형인 오시리스를 죽이는 사례에서 확인되듯, 대부분의 경우 형과 동생의 싸움에서는 동생이 이긴다. '돌아온 탕자'의 이야기에서도 아버지는 큰아들보다 돌아온 탕자인 작은아들을 더 반겨 형의 질투심을 불러일으킨다.

왜 민담에서는 형보다 동생에게 더 애정을 베풀고 동생을 최종적인 승자로 만들려는 것일까. 기본적으로 민담은 약자의 승리를 강조하며, 아직 미성숙한 동생에게 더 큰 격려를 하고자 하는 성장담의 형식을 취한다. 그러나 이렇게 생각해 보면 어떨까. 감춰진 인격이 드러난 인격보다 더 중요할 수 있다는 것. 아직 사회적 지위를 얻지 못한 동생은 아직 의식의 영역으로 떠오르지 못한 무의식을 상징하는 것일 수도 있다. 딱딱한 의식보다 말랑말랑하고 생동적인 무의식이 더 중요하기 때문에, 동생의 존재를 더 부각할 필요가 있었던 것은 아닐까.*

---

* 김만수, 「'두 형제' 이야기의 원형과 현대적 변용」, 『구보학보』, 26집, 2020.4.

형과 동생의 삼각관계

우리는 이러한 '두 형제' 이야기를 '버디 무비(buddy movie)'의 형태로도 만난다. 버디 무비는 두 명의 남자배우가 주인공으로 등장하는 영화로 정의되지만, 두 명의 여자, 두 명의 남녀 이야기 등으로 분화되면서, 「스팅」(1973), 「레인맨」(1988), 「우리에게 내일은 없다(Bonnie and Clyde)」(1967), 「내일을 향해 쏴라(Butch Cassidy and the Sundance Kid)」(1969), 「델마와 루이스」(1991) 등의 명작을 낳았다. 한국에서도 강우석 감독의 「투 캅스」(1993)는 두 주인공인 안성기, 박중훈을 환상의 형사 파트너로 등장시켜 주목을 받았다.

이러한 버디 무비를 지속적으로 제작하고 있는 감독으로는 육상효를 떠올릴 수 있다. 그의 영화적 주제는 사회극, 로맨틱 코미디, 외국인 노동자와 장애인 문제 등 다양해 보이지만, 늘 '형제'의 갈등과 우정을 다룬다. 그의 데뷔작 「장미빛 인생」에서는 누나와 남동생, 「달마야, 서울 가자」에서는 스님과 조폭, 「방가? 방가!」에서는 외국인 노동자와 백수, 「나의 특별한 형제」에서는 장애아와 그 친구 사이의 우정과 갈등을 다룬다. 그들은 서로 입장이 다르지만, 지속적으로 다투고 오해하는 과정을 거치면서도 마침내 화해의 해피엔딩에 도달한다.

'두 형제' 이야기 중에서 상당수는 '질투하는 형제'의 모티브를 다룬다. 어느 경우, 동생은 형이 자기 아내와 동침했다는 말을 듣고 형을 살해한다. 그러나 동생이 정확한 사연을 안 뒤에는 자신의 행동을 뉘우치고 결국 형을 살려낸다. 형과 동생의 위치가 바뀌어 나타날 수도 있는데, '아내와 동생 사이를 오해한 형'의 이야기는 1921년 한국의 소설가 김동인에 의해《창조》6호에 발표된 단편「배따라기」에 이르러 새롭게 펼쳐진다. 이 단편은 "마침 그때" 나타난 쥐 한 마리, "마침 그때" 장에서 막 돌아온 형님으로 인해, 동생은 형수와의 불륜을 의심받자 영원히 집을 떠나고, 형수는 자살하고, 나중에야 사실을 알게 된 형은 동생을 찾아 헤매는 것으로 끝난다.

두 형제와 여자를 둘러싼 삼각관계 유형은 민담에서는 "공주와 잠자리에 들 때에는 칼집에서 꺼낸 칼을 둘 사이에 놓고 잔다"는 모티브를 통해 자주 반복되는데, 이러한 형제 갈등은 아서왕 전설에서 왕비 귀네비어와 랜슬롯 사이의 불륜 관계로, 혹은 리하르트 바그너의 오페라「트리스탄과 이졸데」에서 세 형제 사이의 갈등으로 바뀌어 등장하기도 한다(브래드 피트 주연의 영화「가을의 전설」(1994)에서 브래드 피트가 연기한 주인공의 이름이 트리스탄인 것은 이 영화가 형제 사이의 사랑의 삼각관계를 다룬「트리스탄과 이졸데」의 연장선에 있음을 암시해 준다).

승리자와 패배자

제주도의 설화인 '대별왕과 소별왕' 이야기에서 총명부인의 두 아들 대별왕과 소별왕은 하늘에 둘씩 떠 있던 해와 달을 화살로 쏘아 떨어뜨린다. 천지왕은 이를 기뻐해 대별왕에겐 이승을 다스리게 하고, 소별왕에겐 저승을 다스리게 하고자 한다. 그러나 욕심이 많은 소별왕은 자기가 이승을 다스리고 싶어서 대별왕에게 내기를 하자고 제안한 다음, 속임수로 승리를 얻어 자신이 이승을 다스린다. 결국 동생이 승리한 것이다. 물론 거짓 꾀로 이승을 차지한 소별왕은 세상을 잘 다스릴 수 없었으며, 그 때문에 이 세상은 선과 악이 서로 뒤엉켜 혼란스럽다고 한다.

거짓말을 일삼던 소별왕이 이승을 차지하고 다스리게 되었다는 이야기는 현실 세계에 미만한 악의 존재 이유를 설명하는 데에 잘 활용될 수 있지만, 여기에는 사실 "형만 한 동생 없다"는 속담으로 요약할 수밖에 없는 형의 사연도 잘 담겨 있다. 사실 이승이 저승보다 훌륭하다고 단언할 수는 없는 것이며, 마치 빛과 어둠이 공존하듯, 삶과 죽음은 공존한다고 볼 수 있다. 이에 대한 한 신화학자의 해석은 경청할 만하다.

중요한 것은 대별왕(또는 미륵)의 존재다. 본질을 꿰뚫는 지혜와 생명을 살려내는 능력을 함께 지녔으면서도 이 세상을 책임질 수 없었던 진짜 능력자 말이다. 생각하면 그가 이 세상을 맡지 않은 것이 꽤나 아쉽지만, 그의 존재와 역할이 무화된 것이 아니다. 그는 보이지 않는 곳에서, 우리가 저승이라고 부르는 또 다른 세상에서 사람들의 빛이 되었다. 부조리와 고통을 면할 수 없는 이 세상, 그 험한 한살이를 마치고 찾아갈 저세상은 참능력자 대별왕이 법을 세운 세상이다. (……) 소별왕에게 이승을 넘기고 저승으로 떠나간 대별왕은 이렇게 사람들에게 구원과 희망의 존재가 된다.*

'대별왕과 소별왕'은 형제 사이의 경쟁담처럼 보인다. 소별왕이 이승을 관장하게 되었으니 소별왕이 경쟁의 승리자인 것처럼 보이지만, 실상은 대별왕이 역시 형님답게 사람들에게 더 큰 구원과 희망의 존재로 자리 잡게 되었다는 점을 감안해 보면, 형제 사이의 경쟁이 한쪽의 일방적인 승리로 끝난 것 같지는 않다. 오히려 형의 승리처럼 보이기도 한다. 그러므로 이를 다른 관점에서 보자면, 대별왕 소별왕 이야기는 '두 형제의 경쟁/동생의 승리'의 도식보다는 '두 형제의 협력/보완'의 의미로 해석될 여지도 충분하다.

---

* 신동흔, 『살아 있는 한국 신화』(한겨레출판, 2014), 47-48쪽.

상승하는 것, 하강하는 것

박인로(朴仁老)의 가사 「누항사(陋巷詞)」(1711)는 농민보다 가난한 양반의 알량한 자존심을 다룬다. 이 가사는 작가가 임진왜란에 참전해 많은 전투를 겪은 뒤 고향에 돌아가 생활하던 중 지은 작품으로 알려져 있다. 앞부분에서는 왜란에 참전해 백전(百戰)을 치른 무용담을 슬쩍 꺼내지만, 소가 없어 밭갈이를 할 수 없는 형편이라 이웃의 착해 보이는 농부에게 소를 빌리러 갔다가 대번에 거절당하는 장면에 이르러서는 허울만 남은 양반의 허세가 대번에 폭로된다. 작가는 양반답게 문간에서 기침하며 "年年(연년)에 이러하기 구차한 줄 알건만은/소 없는 가난한 집에 걱정 많아 왔삽노라" 하며 점잖게 운을 떼는데, 거절하는 농민도 겉으로는 참으로 점잖다.

> 공짜거나 값이거나 빌려줌도 하다만은
> 목 붉은 수꿩을 팔팔 끓는 기름에 구워내고
> 갓 익은 三亥酒(삼해주)를 취하도록 권하거든
> 이러한 은혜를 어이 아니 갚을런고.
> 내일 빌려주마 하고 큰 언약했거든
> 失約(실약)이 未便(미편)하니 말씀드리기 어려워라.

훌륭한 양반께서 친히 오셨으니 공짜로라도 소를 빌려주고 싶지만, 잘 구운 꿩고기와 잘 익은 술을 가져와서 부탁하는 사람이 있으니 그 사람한테 먼저 빌려줄 수밖에 없지 않으냐는 것이다. 참으로 지당한 말씀인데, 이걸 듣는 양반의 처지는 너무 처량하다. "나는 왜란 때 나가서 목숨 걸고 싸운 사람이며 양반이다"라고 외쳐봤자, 그 발언은 꿩고기와 술 한 잔만도 못한 것. 중세의 신분사회가 몰락하고 근대 이행기의 능력주의가 도래하는 순간을 이처럼 잘 요약하는 작품도 드물다. 연암 박지원이 「양반전」, 「호질」 등을 통해 외치는 메시지는 "이제 중세는 끝났다"는 것 아니었을까. 비슷한 시기, 세르반테스의 『돈키호테』가 외치는 것도 "이제 늙고 무능한 당신들의 세계는 끝났다"는 것 아니었을까.

헝가리의 문학비평가 게오르크 루카치(Gyorgy Lukacs)는 현대 드라마의 주제를 세대 차(generation gap)에 두었다. 그는 이 글에서 기성세대를 'no longer(더 이상 아닌 세대)'라 칭하고 신세대를 'not yet(아직 아닌 세대)'라 칭한다. 역사는 '아직 아닌 세대'가 '더 이상 아닌 세대'를 극복해 가는 과정이라는 것. 드라마도 그러하다는 것.* 모든 이야기에는 점차 상승하는 미래 세력의 희망과 소망이 담겨 있고, 하강하는 과거 세력의 절망과 아집이 담겨 있다.

---

* Gorge Lukacs, "The Sociology of Modern Drama", Eric Bentley ed., *The Theory of the Modern Stage*(Penguin Books, 1968), p. 426.

가짜와 진짜

가짜와 진짜를 분명하게 구분하기 위해서라도 엄격한 이분법이 필요하다. 진짜에 이르기는 어렵고 가짜로 사는 게 편한 세상이라면, 그 세상에서 진실하게 살아가는 게 오히려 억울하게 느껴질 수도 있을 것이다.

허술해 보이는 옛이야기 속에 담긴 날카로운 진실에 깜짝 놀랄 때가 있다. 오늘은 진짜와 가짜가 대결하는 진가쟁주(眞假爭主) 이야기. 옛날에 절간에서 공부만 하던 한 선비가 자신의 손톱과 발톱을 함부로 버리는 습관이 있었는데 쥐는 그가 손톱과 발톱을 버릴 때마다 주워 먹는다. 마침내 그 쥐는 선비로 둔갑을 하고 선비의 집에 나타나 주인 행세를 한다. 가짜를 몰아내달라고 고을의 원님께 하소연했지만, 원님은 엉터리 판결을 내려 진짜 선비는 집에서 쫓겨나고 가짜가 주인이 된다. 물론 어찌어찌해서 나타난 고양이의 도움으로 가짜 선비인 쥐의 정체가 밝혀지고, 진짜 선비는 다시 주인의 자리를 되찾는다.

사실 고양이가 가짜 주인을 몰아낸다는 설정은 현실에서 불가능한 이야기다. 그러나 손톱 발톱 하나 주워 먹고 "그러므로 나는 너다"라고 외치는 가짜들이 주변에 없는 것은 아니다. 요즘 정치판에도 이런 가짜들이 많은데, 말이 아까워 말을 줄인다. 어쨌든 해결책은 단호한 행동뿐이다. 애당초 선비가 가짜로 몰려 쫓겨날 뻔한 이유는 맨날 책상에 앉아 있던 책상물림이었기 때문이다. 이러한 진가쟁주의 민담은 책에서 배운 것은 가짜이고, 생활 속에서 가족과의 직접적인 관계 속에서 얻어진 것만이 진짜라는 사실을 넌지시 말해 주는 듯하다.

지금의 인간을 '인간 1.0' 정도의 버전으로 부른다면, '인간 2.0' 이후의 버전도 얼마든지 상상할 수 있다는 게 요즘 포스트휴머니즘의 주제이다. 인간이 점차 기계적인 것들로 보완 대체되면서 사이보그, 아바타, 안드로이드, 로봇, 인공지능 등으로 변할 수 있는데, 그렇다면 "어디까지가 인간일까" 하는 논의가 중요해진 것이다. '테세우스의 배'라는 고전적인 비유가 있긴 하다. 전쟁에서 승리하고 돌아온 테세우스의 배를 전시해 기념했는데, 세월이 지날수록 배가 낡아 일부를 계속 수리하고 교체하다 보니 어느 순간에 원래의 배는 거의 사라졌다는 것. 이제 인간이 테세우스의 배를 타고 인간 2.0 이후의 세계로 접어든 건 아닐까.

박완서의 소설 한 편도 기억난다. 「도둑 맞은 가난」(1975)은 진짜 가난과 가짜 가난을 대립시킨다. 어떤 가짜들은 가난마저 훔쳐다가 자신의 장식물로 쓴다는 것. "부자들이 가난을 탐하리라고는 꿈에도 생각 못 했다. 빛나는 학력, 경력만 갖고는 성에 안 차 가난까지 훔쳐다가 그들의 다채로운 삶을 한층 다채롭게 할 에피소드로 삼고 싶어 한다는 건 미처 몰랐다."* 오해의 소지가 큰 부분이지만, 그런 측면도 없지 않다. 언제나 가짜는 위험한 것이다.

---

* 박완서, 『복원되지 못한 것들을 위하여』(동아출판사, 1995), 158쪽.

비극과 희극의 차이

이야기에 관한 최초의 이분법은 연극을 비극(tragedy)과 희극(comedy)
으로 나눈 아리스토텔레스의 『시학』에서부터 출발할 수 있을 것
이다. 슬픔과 기쁨, 하강과 상승, 겨울과 여름 등의 이분법처럼 비
극과 희극은 선명한 대립점에 놓일 수 있다. 비극은 슬픈 이야기,
뭔가 심각한 주제를 담은 이야기로 생각하며, 희극은 단순히 웃음
을 위한 연극으로 간주하기 쉽다. 그러나 희극이 훨씬 지적인 장르
일 때도 있다.

    비극에는 도덕적으로 좀 더 완벽한 인물이 등장한다. 그러므
로 비극은 심각한 윤리적 주제를 다룬다. 비극의 주인공은 용기와
양심, 숭고한 의지를 가진 인물이다. 그러나 그 의지 때문에 그는
많은 고통을 겪게 되며, 결국에는 운명의 힘에 희생되고 만다. 다시
말해 비극을 성립시키는 조건은 주인공의 의지(will)와 그에 대립
하는 운명(destiny)의 힘이다. 주인공은 어떤 운명을 가지고 태어난
다. 주인공은 의지를 가지고 남보다 탁월한 능력과 용기로 이 운
명에 맞서 싸운다. 그러나 결국 주인공은 운명에 패배해 파멸하게
된다.

    반면 희극은 어리석은 인물을 등장시켜 인생의 우스운 면을
풍자한다. 평균적인 인격에 미달하는 상태에서 비롯된 결점과 부

조화에 대해 관객들은 오히려 자기 우월감을 느끼게 되며, 희극적인 웃음은 이러한 자기 우월감에서 비롯된다. 이처럼 희극에서는 대부분 일상적인 상태에서 벗어난 비상식의 세계를 과장된 시각으로 그린다. 웃음의 형태에는 여러 가지가 있다. 또한 다른 사람의 우연한 실수를 보고 웃는 수준의 웃음에서, 좀 더 지적인 웃음까지 웃음의 종류는 실로 다양하다. 허둥대며 실수를 연발하는 사람의 모습은 희극의 좋은 소재가 된다. 그러나 좀 더 사회적인 웃음은 정치와 성(性)에 대한 풍자에서 발견된다. 정치가들의 숨겨진 음모, 성을 왜곡하고 감추는 형식은 희극의 가장 보편적인 형식이다.

호레이스 월폴(Horace Walpole)은 "세상은 생각하는 자에게는 희극이고, 느끼는 자에게는 비극이다"고 말한 바 있다. 비극에서 관객들은 주인공의 운명에 연루된다. 관객들은 주인공과 일체감을 느끼면서 그들의 곤경에 동참한다. 그러나 희극은 거리감에 근거를 둔다. 희극의 관객은 동참하는 대신 멀리서 구경한다. 비극의 주인공은 운명(fate)에 휘둘리지만, 희극의 주인공은 우연과 운수(fortune)를 따른다. 맥베스가 저녁 식사를 잘한 다음 잠자리에 들었을 때 천정이 무너져서 죽었다면, 이는 지독히 나쁜 우연에 입각하고 있다는 점에서 희극이 된다. 어쨌든 비극과 희극의 차이에 대한 시인 바이런의 설명은 너무 명쾌하다. 비극은 죽음으로 끝나고, 희극은 결혼으로 끝난다는 것이다.*

---

* 김만수, 『스토리텔링 시대의 플롯과 캐릭터』(연극과인간, 2012), 33-35쪽.

비극과 희극의 혼종

이러한 비극과 희극의 형식은 고대 그리스 시대의 연극에서부터 계속된 전통적 장르이다(사실 역사를 따지면 비희극의 역사가 더 길다. 오히려 비희극이 이후 희극과 비극으로 분화되었다). 그러나 현대 연극에서는 비희극(tragicomedy)이라는 독특한 장르를 자주 활용한다. 인생에 어두운 면과 밝은 면이 있는 것처럼, 연극에 묘사된 현대인의 삶에도 비극과 희극적인 요소들이 섞여 있기 때문이다.

사뮈엘 베케트(Samuel Beckett)의 부조리극 「고도를 기다리며」는 '고도(Godot)'를 무작정 기다리는 두 사람의 이야기를 다룬다. 상당한 시간이 흐르고 고도가 오지 않는다는 사실을 알게 된 이후에도, 두 사람은 여전히 고도를 기다린다. 돌아오지 않는 고도를 기다리는 두 인물의 행동이 어리석으며 부조리하다는 점을 확인하는 것으로 이 연극은 끝난다. 그러므로 이 연극은 시작과 끝의 상황이 동일하며, 시작과 끝 사이에는 그저 기다림의 지루함만 가득 차 있을 뿐이다.

이 연극은 '고도'의 정체에 대한 해석으로 분분했던 부조리 연극으로 평가된다. 고도(Godot)가 신(God)을 상징한다는 해석이 있는 반면, 전혀 그렇지 않다는 해석도 만만치 않았다. 예를 들어 사뮈엘 베케트 자신은 '고도'를 마라톤 경주의 마지막 주자라고 밝힌 바 있다. 마라톤 경주가 거의 끝났는데도 아직 결승점에 도착하지 못한 마지막 주자 '고도'를 기다리다가 심심해서 서로 장난을 치면서 킬링 타임하는 것이 이 연극의 출발이라고 해석한 것이다. 지금까지의 연출 작업 속에서 '고도'는 적어도 다음 세 가지로 해석되었다.

첫째, 고도는 '신(God)'을 상징한다. 이 경우는 신이 사라진 20세기의 정신적 공백과 허무를 다룬 종교적 연극이 된다. 둘째, 고도는 '개(dog)'다. 이 경우는 'God'의 철자 순을 바꾼 것인데, 무대 위의 두 배우는 집을 나간 개를 기다리다가 심심해서 장난을 친다. 그것이 연극의 전부이다. 셋째, 고도는 연출가이다. 연출가가 아직 도착하지 않았는데, 갑자기 무대의 막이 오르고 관객들은 이미 자리를 차지하고 연극을 볼 채비를 하고 있다. 아무런 준비 없이 관객 앞에 선 배우들의 난처한 처지는 아무런 준비 없이 세상에 던져진 인생에 관한 은유로 볼 수도 있다.*

한때 서울 홍대 앞 산울림 소극장은 매년 「고도를 기다리며」라는 작품을 재해석해 올린 적이 있다. 우리가 기다리는 '고도'는 매년 다르기 때문이었을 것이다.

---

* 김만수, 앞의 책, 37쪽.

스타일 분리와 스타일 융합

서구 리얼리즘 문학의 변천 과정을 연구한 에리히 아우어바흐 (Erich Auerbach)는 고대 그리스 시대의 문학이 비극과 희극으로 엄격하게 양분되어 있었음에 주목한다.* 비극이 고귀한 신분의 귀족이나 영웅을 주인공으로 삼는 반면, 희극은 보통 사람보다 열등한 사람을 주인공으로 삼으며, 이러한 차이는 연극의 주제와 언어, 형식 등에 엄격하게 적용된다. 비극은 비극답게, 희극은 희극답게 각각의 스타일이 분리되어야 한다는 것이다. 아우어바흐는 이러한 엄격한 차이를 '스타일 분리의 법칙'이라 규정하고, 이러한 경계가 혼재되는 최초의 사례로 성서 속의 베드로를 든다. 베드로는 예수 그리스도의 모범적인 제자이고자 하는 점에서는 비극의 주인공에 가깝지만, 살아남기 위해 잔꾀를 부리고 거짓말을 하는 장면에서는 희극의 주인공에 근접한다. 베드로는 고상하면서도 열등한 인간이며, 이상과 현실 사이에서 부대끼는 인간이며, 이런 의미에서 현실 속의 우리 모습에 가장 근접해 있다. 아우어바흐는 희극과 비극의 엄격한 분리에서 벗어난 인물 유형인 베드로를 예로 들면서, 서구 리얼리즘 문학의 발달을 '스타일 분리의 법칙'이 점차 완화

---

* 에리히 아우어바흐, 김우창·유종호 옮김, 『미메시스: 고대·중세편』(민음사, 2000), 54쪽.

되고, '스타일 융합의 법칙'이 통용되는 과정으로 이해한다.

예수가 체포된 다음, 베드로는 적당한 거리를 유지하면서 예수를 데려가는 병정들을 쫓아간다. 그는 대담하게 제사장의 저택 뜰에 들어가서 구경꾼으로 가장하며 예수의 모습을 지켜본다. 한 하녀가 저 사람이 예수의 무리라고 말한다. 그는 아니라고 두 번이나 부인하지만, 그의 갈릴리 사투리가 들통나 위기에 빠지기도 한다. 그는 세 번이나 예수의 제자임을 부정한, 용기 없고 비루한 인간이다. 그러나 예수의 제자임을 부인한 그는 그 잘못으로 인해 '더 무서운 내적 경험'을 겪었으리라. 이러한 약점에서 출발하는 베드로가 기독교 전파의 반석이 되는 과정이 매우 흥미롭다. 비열함과 숭고함 사이에서 방황하는 이러한 '진자의 추'는 고대 그리스 시절의 엄격한 비극론으로는 접근할 수 없는 세계였던 것.

우리 시대의 문화에서는 '융합(fusion)'이 중시된다. 크로스오버(crossover), 융합(convergence), 혼종(hybrid) 등의 키워드로 설명할 수 있는 스타일의 융합은 앞으로의 ICT 산업에서도 중요한 개념이 될 것이다. 정보-커뮤니케이션-테크놀로지의 결합물인 ICT는 그야말로 앞으로의 IT 산업이 '커뮤니케이션'을 매개로 삼아 '인간과 인간의 관계', '인간과 도구(기계)와의 관계' 그리고 '인간과 자연의 관계'를 새롭게 변화시키고 서로 조화를 이루게 하는 기술로서의 RT(Relation Technology) 산업으로 진전될 것이라는 예측도 흥미롭다.*

---

* 김만수, 『문화콘텐츠 유형론』(글누림, 2011), 206-207쪽.

바다와 하늘의 대립

디즈니 애니메이션 「인어공주」에서 인어공주 에리얼(Ariel)은 마녀 우슐라(Ursula)와 파우스트적인 계약을 맺는다. 인어공주는 인간으로 변신할 수 있게 우슐라의 도움을 받는 대신, 우슐라에게 목소리를 팔아넘긴다. 좀처럼 이해하기 힘든 계약이지만, 어쨌든 이후에 인어공주는 뭍에 올라와 왕자와 사랑할 기회를 얻는다.

그런데 인어공주의 이름이 왜 에리얼일까. 학생들에게 왜 이름이 '공기', '하늘'을 연상시키는 '에리얼'이냐고 물었지만, 답이 없다. 나는 인어공주가 원한 게 육지에서의 삶이 아니라, 바다가 아닌 곳에서의 삶이었을 것이라는 식의 해석을 제시하지만, 그리 설득력 있는 답안은 아닌 듯하다.

어쨌든 인어공주는 지식을 얻기 위해서 영혼을 파는 중세 민담 속의 인물, 파우스트 박사와 비슷한 상황에 처한다. 「인어공주」에 나오는 노래 「Under the Sea」는 바다가 얼마나 멋지고 행복한 곳인지 노래한다. 그러나 에리얼은 바다 바깥의 세상에만 모든 관심이 쏠려 있다. 단지 멋진 왕자 때문은 아니라고 생각된다. 바다에서 벗어나기는 그녀의 숙명이었던 것. 유심히 보면, 마지막 장면도 좀 생소하다. 에리얼의 아버지 트리톤(Triton) 왕은 삼지창으로 그녀를 밀어내어 육지로 보낸다. 물고기가 아닌, 육지의 생명체가 되기 위해서는 다리가 필요했을 것이며, 삼지창은 공주에게 다리를 만들어주기 위한 수술 도구라고 해석해 보면 어떨까? 이 작품은 의외로 여성, 소수자의 딜레마를 다루고 있는 것으로 보이기도 한다.

「인어공주」는 물고기에서 진화해 포유류가 되고 인간으로 진화하고자 하는 소망을 보여주는 듯하다. 어쨌든 생명은 물속에서부터 시작되는 것. 그러나 '에리얼'이 그랬듯, 물속의 생명체가 더 많은 먹이와 활동을 위해 육지로 올라왔을 때, 육지는 그리 안온한 공간이 못 된다. 기온 변화도 급격하며 중력이 온몸을 누르므로 육지에서 살아남기 위해서는 강한 골격과 근육이 필요했을 것이다. 다시 말해 '더 빠르게, 더 높이, 더 강하게' 진화할 필요가 있는데, 올림픽 구호인 'faster, higher, stronger'는 이러한 생존 본능과 관련된 셈이다. 한때 우리나라 신발 시장을 장악했던 화승의 '르까프(Le CAF)' 또한 라틴어로 표현된 올림픽 구호 'Citius, Altius, Fortius(faster, higher, stronger)'에서 따온 것이라고 한다.

육지로 올라가고자 하는 물고기의 진화 과정은 곧 양서류와 파충류의 단계로 이어진다. 육지에 올라왔지만 중력의 힘을 아직 극복하지 못한 두 부류의 못난 생명체들이 있었던 것. 이들은 물과 뭍 사이를 왔다갔다하는 기회주의자인 양서류(양쪽에 서식하는)의 생존 전략을 취하거나, 아무리 비난해도 얼굴빛 하나 변함없는, 얼굴을 두껍게 함으로써 삶을 도모하는 파충류의 전략을 취하기도 한다. 우리 주변에도 파충류와 양서류에 가까운 분들이 아주, 간혹, 있는 듯하다. 내가 거기에 속하지 않는다면 참 다행.

입력 장치, 출력 장치의 중심: 「스타워즈」

「스타워즈」는 오리지널 시리즈(4-6편)에 이어 프리퀄 시리즈(1-3편)가 만들어지고, 그 이후에도 몇 편의 외전 등이 제작된 대표적인 스페이스 오페라이다. 이 영화는 역사가 짧은 미국의 건국 신화를 영화적으로 재현한 것이라는 해석이 많은데, '젊은 백인 남성'이 '늙은 유럽'을 물리치고 '동양적인 것'과 '이질적인 세계'를 끌어들여 새로운 제국을 만든다는 정도로 이해할 수 있을 것이다.

이 작품의 주인공 루크 스카이워커는 한때 멋진 제다이였으나 어떤 집착으로 인해 빌런이 되어버린 '다스 베이더'와 맞서 싸워 이겨야 한다. 그런데 다스 베이더는 죽어가면서 "내가 너의 아버지다"라고 말한다. 지금은 너의 적수이지만, 한때는 너의 아버지였다는 것. 미국에게 있어 대영제국, 유럽은 그런 존재가 아니었을까.

「스타워즈」는 늙은 유럽으로부터 독립을 쟁취하는 과정만 그린 것은 아니다. 이 영화의 좋은 점은 주인공 루크가 백인 중심의 사회에 얽매이지 않고, 새로운 세력과 연합해 가면서 제국의 영역을 넓혀 나간다는 점에 있다. 우선 주인공 루크는 백인우월주의자가 아니다. 그는 동양적인 것, 다인종적인 세계의 도움을 받아 새로운 제국을 만들어 나간다. 루크는 동양 무술(유도, 태권도)을 연상시키는 흰색의 도복을 입고 있으며 인도 요가승처럼 보이는 요다의 가르침을 받는다. 또한 거의 흉측스러워 보이는 여러 하이브리드한 괴물들과도 친구가 되어 적과 싸워나간다. 이러한 과정은 많은 이민자를 받아들이면서 새로운 연대와 희망을 만들어 가는 다인종, 다민족국가인 미국의 발전 과정을 제시한 것으로 볼 수 있다.

「스타워즈 4: 새로운 희망」은 제국의 압제에 맞서 싸우는 레아 공주가 적에게 체포된 후 로봇 R2-D2에 비밀 정보를 담아 외부로 유출하는 데에서부터 시작된다. 이 메시지는 주인공 루크에게 전달되어야 '새로운 희망'이 시작되는데, 여기에 원통형 청소기를 연상시키는 로봇 'R2-D2'와 황금빛 인간형 로봇 'C-3PO' 로봇이 결정적으로 기여한다. 이 두 로봇은 마치 듀오처럼 등장하는데, 유심히 보면 그들의 역할이 나누어져 있다. R2-D2는 매우 과묵하게 자신에게 내장된 정보를 보관하지만, 역할은 거기까지다. 반면 C-3PO는 600만 개의 언어를 사용할 줄 아는 로봇으로 맥락에 맞지 않는 말을 끊임없이 내뱉는 수다스럽고 허풍스러운 캐릭터이다.

내 생각으로는 R2-D2는 '입력 장치', C-3PO는 '출력 장치'에 해당한다. 이 두 로봇은 매우 훌륭한 입출력 장치이지만, 중간에 CPU(중앙처리장치)가 없으면 아무 역할도 하지 못한다. 그럼 CPU는 무엇인가? 당연하게도 이 영화의 주인공, 잘생긴 백인 남성 루크 스카이워커이다. 잘생긴 백인 남성을 CPU로 삼는다는 것, 이런 의미에서도 「스타워즈」는 미국의 건국 신화에 해당한다.

이분법을 넘어서기 위하여

우리는 우리 앞에 놓인 '두 개의 길' 사이에서 망설인다. 그리고 '가지 않은 길'에 대해 후회하기도 한다. 로버트 프로스트(Robert Frost)의 시 「가지 않은 길」은 이러한 이분법의 곤경을 잘 다룬다. "단풍든 숲 속에 두 갈래 길이 있더군요./몸이 하나니 두 길을 다 가 볼수는 없어/나는 서운한 마음으로 한참 서서/잣나무 숲 속으로 접어든 한쪽 길을/끝 간 데까지 바라보았습니다."

우리는 둘의 갈림길에서 운명적으로 어떤 하나를 선택할 수밖에 없는데, 그 길이 그리 쉬운 것은 아니다. 작가 최인훈의 데뷔작 「그레이 구락부 전말기」(1959), 『광장』(1960)은 이러한 이분법의 어려움을 통해 한국 사회의 미숙함과 폭력성을 묘사한다. 그레이 구락부에 속했던 일군의 젊은이들은 흑도 백도 아닌 그레이를 선택하고 싶었지만, 그들의 생각과 그들의 모임은 여지없이 깨지고만다. 『광장』의 주인공 이명준은 광장과 밀실 사이에서 방황한다. 남쪽은 개인적인 공간으로서의 밀실만 있는 곳이고, 북쪽은 밀실은 없고 광장만 남아 있는 곳이라는 것. 주인공은 이 둘의 이분법 사이에서 선택을 강요받지만, 어느 쪽도 자신의 영역은 아니었던 것.

둘 사이에서 어느 편에 속할 것을 강요받는 이야기는 이청준의 소설 『소문의 벽』(1971)에서 '전짓불의 공포'를 통해 제시된다. 한국전쟁 당시 경찰대와 공비가 수시로 마을을 번갈아 점령하던 시기, 경찰대인지 공비인지 알 수 없는 사람이 나타나 전짓불을 얼굴에 내비치며 당신은 어느 편인가를 묻는 공포스러운 상황이 그것이다.

이처럼 이분법은 가끔 위험하고 폭력적인 것으로 나타나지만, 그 내면에는 인간의 어리석음이 깔려 있는 것으로 볼 수도 있다. 영국의 정치 현실을 풍자한 것으로 알려진 조너선 스위프트의 『걸리버 여행기』는 이러한 흑백 논리의 어리석음을 '둥근 쪽'과 '뾰족한 쪽'의 대결로 풍자한다. 지금 국왕의 할아버지께서 소년이었을 당시, 계란의 둥근 쪽을 깨다가 손가락을 베는 사건이 일어났다는 것. 이렇게 되자 그의 아버지였던 당시의 국왕이 새로운 법을 만들어 모든 사람이 계란을 깰 때는 달걀의 뾰족한 쪽을 깨도록 명령하고, 이것을 어기는 사람이 있을 경우에는 엄한 벌을 내리기로 결정했다는 것. 그런데 국민이 이 법에 대해 몹시 화가 나서 이 문제로 인해 여섯 차례의 반란을 일으켰다는 것. 국민은 "뾰족한 부분으로 계란을 깨기보다는 차라리 죽음을" 택하겠다고 외쳐댄다는 것.

이분법이 위험하고 불충분한 것이라면 이제 그 논의를 끝낼 때가 되었다. 그리고 이에 중간 지점으로서의 회색, 그 '3의 영역'에 대해 논의를 할 시간이 되었다. 이분법의 세계에서 다루지 못한, 제3의 영역을 다음 장에서 다루어 보기로 한다.

3 이야기를 셋으로 나누기

이번 장에서는 이분법을 넘어서는 '3의 법칙'을 다루고자 한다. 민담에서는 위험한 여행길에 나선 주인공에게 비책이 적혀 있는 세 개의 주머니가 주어진다. 왜 주머니가 세 개일까. 분명 주인공이 세 번의 위기를 맞이하기 때문일 것이다. 또한 이야기에는 세 명의 형제가 등장한다. 왜 형제는 세 명일까. 왜 '숫자 3'은 고전적인 우화나 동화 속에서 매력적이고 강력한 힘을 발휘하는 것일까?

숫자 3을 공부하는 이유

몇 년 전, 폴란드에서 열린 한국학 학술대회에 참가한 적이 있다. 한국을 소개하기 위한 자리였지만, 폴란드와의 공통점이 없을까 생각해 보았는데, 그때 떠오른 이미지가 '제3의 지점'이었다. 한국을 다룬 외국 뉴스를 보면, 한국을 '한반도'라고 부르는 경우가 많은데, 여기에는 한국의 반도적 특성, 즉 대륙과 해양이 만나는 3의 지점으로서의 의미가 상당 부분 포함된 것으로 보였다. 사실 한국의 문화에 내재한 역동성, 복합성도 어찌 보면, 이러한 반도적 운명, 즉 대륙과 해양 사이의 갈등과 긴장 관계에서 얻어진 것이 아닌가 하는 생각도 들어서 "반도로서의 한국이 걸어온 국난의 길과 새로운 가능성의 길"을 주제로 삼아 글을 썼다. 지금도 한국은 중국과 러시아로 대표되는 대륙 세력, 일본과 미국으로 열려 있는 태평양의 해양 세력 사이에 놓여 있으며, 이러한 지정학적 위치는 대륙도 해양도 아닌, 제3의 길을 요구할 때가 많다.

나는 폴란드에서 이 논문을 발표하며, 폴란드인들에게 3의 의미는 무엇일까에 대해 약간 언급하기도 했다. 폴란드도 러시아와 독일이라는 강대국 사이에서 많은 고난을 겪었다. 2차 세계대전 중에 겪은 유대인 집단수용소의 비극, 1944년 8월 러시아와 독일의 전선 사이에 끼어 20만 명의 민간인과 저항군이 사망한 바르

샤바 봉기, 폴란드의 건국신화에 담겨 있는 세 마리의 독수리 등도 그것이거니와, 극단의 두 세력 사이에 낀 폴란드의 선택은 한국인의 선택과 무관하지는 않을 것으로 보였다.

이번 장에서는 이분법을 넘어서는 '3의 법칙'을 다루고자 한다. 민담에서는 위험한 여행길에 나선 주인공에게 비책이 적혀 있는 세 개의 주머니가 주어진다. 왜 주머니가 세 개 주어질까. 분명 주인공이 세 번의 위기를 맞이하기 때문일 것이다. 또한 이야기에는 세 명의 형제가 등장한다. 왜 형제는 세 명이 등장할까. 왜 '숫자 3'은 고전적인 우화나 동화 속에서 매력적이고 강력한 힘을 발휘하는 것일까?

한 이론가는 그 이유를 이야기의 균형이라 말한다. 주인공이 한번 시도해 처음에 이루어 버리면 긴장이 없다. 주인공이 두 번 시도해 성공을 하면 긴장은 있되, 클라이맥스가 충분히 구축되지 않는다. 그러므로 세 번째의 설정이 매력적인 것이다. 그러나 네 번째를 설정하면 지루해져 버린다. 등장인물도 마찬가지이다. 한 사람은 모두의 흥미를 끌기에는 부족하다. 두 명은 가능하지만 역시 흥미를 끌기에는 너무 옹색하다. 셋이 알맞다. 예측 못 할 일들도 가능하고 너무 복잡하지도 않다. 그러니 작가는 '숫자 3'의 덕목을 심각하게 고려하라. 삼세 번의 원칙은 너무 단순하지도 않고 너무 복잡하지도 않고 알맞기 때문이리라.*

---

* 로널드 토비아스, 김석만 옮김, 『사람의 마음을 사로잡는 스무 가지 플롯』(풀빛, 1997). 98쪽.

'3의 법칙'의 다섯 가지 유형

사람들이 좋아하는 마스터 플롯을 유형화한 크리스토퍼 부커는
이러한 이야기의 비밀을 '3의 법칙(rule of three)'이라 명명한 바 있다.
왜 많은 이야기들은 세 명의 인물, 세 개의 사건, 세 개의 배경을 메
인 프레임으로 활용하는가. 농담처럼 들릴지 모르지만, '숫자 3'의
덕목을 말한 위의 저자는 "2는 너무 적고 4는 너무 많으니, 3을 택
한다"고 말하기도 했다. 이 글에서는 농담과도 같은 이 표현을 좀
더 구체화하는 데에서 출발하기로 한다. 일단 '3의 법칙'을 네 가지
유형으로 나눈 크리스토퍼 부커의 이론을 먼저 소개하고,* '순환
형'을 다섯 번째 유형으로 하나 추가해 보기로 한다.

첫째, '단순-축적형(simple or cumulative three)'이다. 세 개의 반복되
는 사건은 비슷한 수준의 가치를 가지며, 주인공은 단순하고 점진
적으로 변환된다. 예컨대 신데렐라는 세 번의 시험을 거치면서 순
차적으로 재투성이의 부엌데기에서 아름다운 처녀로, 아름다운
공주로 존재 변환된다.

둘째, '전진-상승형(progressive or ascending three)'이다. 「잭과 콩나
무」에서 잭은 콩나무에 오를 때마다 좀 더 비싼 보물을 훔쳐온다.

---

* Christopher Booker, "Epilogue to Part One: The Rule of Three(the role played in stories
by numbers)", *The Seven Basic Plots: Why We Tell Stories*(Continuum, 2010). pp. 229-237.

동-은-금 순서로 보물을 얻는 이야기는 우리나라의 설화인 「나무꾼과 금도끼」 이야기에서도 전형적으로 나타난다. 후퇴-하강형을 생각해 볼 수도 있는데 이는 전진-상승형의 변형이다. 예컨대 「빨간 모자」에서 여주인공은 늑대에게 세 번 질문하지만, 그때마다 좀 더 어려운 위기 상황으로 굴러떨어진다.

셋째, '대조-부정형(contrasting or double-negative three)'이다. 첫째와 둘째는 셋째와 대조되며, 대조된 두 쌍은 모두 부정된다. 「아기돼지 삼 형제」에서 낮잠만 자는 첫째, 폭식만 하는 둘째는 열심히 일하는 셋째와는 대조적인 캐릭터를 가진다. 열심히 일하는 셋째가 긍정적인 반면, 첫째와 둘째는 부정적인 캐릭터로 제시되는데, 이러한 대조-부정에도 세 명의 인물을 자주 등장시킨다.

넷째는 '변증법적 형식(dialectical three)'이다. 첫째와 둘째는 극단을 취하며, 셋째는 중간을 선택한다. 「골디락스(Goldilocks)」에서 주인공은 너무 뜨거운 것, 너무 차가운 것을 피하고 중간을 선택함으로써 성공한다.

다섯째는 '순환형'이다. 가위바위보에서 전형적으로 드러나듯, 여기에는 영원한 승자가 없다. 계절이 순환하듯, 어느 한쪽이 승리하는 듯싶다가도, 이내 다른 것으로 대체되고 결국에는 순환의 사이클을 보인다. 여기에서는 영원한 승자도 패자도 없으니, 모두들 희망을 품고 살아갈 활력을 얻을 수도 있다.

시작, 중간, 끝의 세 단계

모든 스토리에 3개의 사건이 점층적으로 배열된다는 것을 도식화한 이론은 결코 적지 않다. 다음과 같이 간단한 도표를 만들어보자.

3분법의 사례			설명
1막	2막	3막	시나리오 작법에서 3막 8장의 구조
시작	중간	끝	아리스토텔레스의 『시학』
문제	보조	해결	토마스 파벨의 서사학 이론
정	반	합	변증법 논리의 전개 과정
전제	실험	결론	과학자들의 실험
ready	steady	go	달리기 경주의 방식

스토리를 세 단계로 나누고 이를 다시 여덟 단계로 세분화한 '3막 8장'의 이론은 할리우드 영화 시나리오의 대표적인 지침서로 알려진 로버트 맥키(Robert McKee)의 작법서에 제시되어 있다. 이 도식에 따르자면, 1막에서는 주인공과 주변 인물이 소개된 다음, 주인공의 삶을 흔들어 놓게 될 사건(도발적 사건)이 제시된다. 2막에서 주인공은 더 이상 돌아갈 수 없는 상황에서 여러 관문을 통과하며 위기와 변화를 겪는다. 그리고 3막에서는 주인공의 목표가 달성되거나 인격적인 변모를 이루어 내적 평화에 이른다.

물론 이러한 개념은 일찍이 아리스토텔레스의 『시학』에 제시된 '시작-중간-끝'의 개념과 유사하다. 하나 마나 한 이야기처럼 들리지만, '시작'이란 앞부분이 없고 뒷부분만 있는 것, '끝'이란 더 이상 뒷부분이 없는 상태로 설명된다. 좀 허망한 설명인 듯 보이지만, 웰메이드 플레이(well made play)일수록 이 도식에 딱 맞아떨어진다. 이 도식은 지금까지 이야기의 플롯을 설명하는 가장 고전적인 법칙으로 알려져 있다.

토마스 파벨(Toma Pavel)의 서사학 이론은 이야기를 '문제-해결(problem-solution)'의 대립쌍으로 명쾌하게 설명한다는 점이 특징적이다. '문제-해결'의 쌍은 교육학, 경영 기법 등에서 자주 사용되는 도식이다. 이것은 이야기가 시작되는 지점을 '문제'의 출발 지점으로, 문제가 '해결'되는 부분을 종결의 지점으로 설명하고 있어, 매우 유용한 이야기 문법으로 간주되었다. 그러나 파벨은 실제 텍스트를 분석하는 과정에서 문제와 해결 사이에 '보조(auxiliary)'라는 용어를 자주 사용한다. 문제는 그냥 쉽게 해결되는 게 아니라, 매우 길고 복잡한 중간 과정을 거친다는 점을 부정할 수 없었기에 '보조'라는 용어를 사용한 셈인데, 이런 관점에서 보면 파벨의 서사 이론도 '문제-해결'의 2분법보다는 '문제-보조-해결'의 3분법에 가깝다고 볼 수 있다.

두 번 실패한 다음에 성공하라

논리학에서 말하는 '정-반-합'의 구조, 과학자들의 진리 탐구 방식인 '전제-실험-결론'도 3단계의 이야기로 구성되어 있지만, 달리기 경주의 출발 장면 'ready-steady-go(준비-정지-출발)'에도 어떤 플롯의 비밀이 숨겨져 있다.

한 이론가는 이를 "1막에서는 주인공을 나무에 오르게 하고, 2막에서는 나무를 흔들어, 3막에서는 나무에서 떨어지게 하라"는 충고로 요약한다. 이야기의 첫 단계에서 주인공은 나무에서 떨어진 상태, 즉 실패의 길에 놓여 있는 듯 보이지만, 마지막 단계에서는 마침내 승리한다. 가난한 나무꾼이 두 번의 정직한 행동 끝에 부자가 되는 그리스 신화의 「금도끼 은도끼」 이야기는 매우 단순한 '인생 역전담'이지만, 여기에도 '숫자 3'이 주는 매력이 숨겨져 있다.

「금도끼 은도끼」에서 나무꾼은 실수로 도끼를 연못에 빠뜨린다. 낙심하고 있던 차에 헤르메스(한국 동화에서는 산신령으로 나타남)가 나타나서 "이 금도끼가 네 도끼냐?"고 묻는다. 정직한 나무꾼은 "아닙니다."라고 답한다. 다시 헤르메스가 "이 은도끼가 네 도끼냐?"라고 묻는다. 정직한 나무꾼은 다시 "아닙니다."라고 답하면서 "제 도끼는 쇠도끼입니다."라고 말한다. 그러자 헤르메스는 정직한 마음씨를 칭찬하며 금도끼, 은도끼, 쇠도끼 모두를 나무꾼에게 준다.

「금도끼 은도끼」 또는 「헤르메스와 간사한 나무꾼」으로 알려진 이솝 우화인데, 이야기가 다소 중복적이다. 나무꾼의 정직함을 알기 위해서는 금도끼 하나면 충분하지 굳이 은도끼까지 언급할 필요는 없는 것으로 보인다. 그런데, 왜 옛이야기는 이처럼 중복적이고 비효율적으로 사건을 반복하는가?

그 이유는 간단하다. 그렇게 해야 재미있기 때문인데, 여기에도 '3의 법칙'이 숨어 있는 듯하다. 『인간의 마음을 사로잡는 스무 가지 플롯』의 저자 로널드 B. 토비아스는 탈출의 플롯을 분석하는 장에서 "두 번 실패한 다음에 성공하라"는 충고를 제안한다. 처음 탈출은 당연히 실패한다. 두 번째 탈출은 좀 더 용의주도하고 완벽해 보이지만 이 단계에서 성공한다면, 결말은 너무 허약하다는 것이다. 두 차례의 모든 계획이 좌절된 다음이 와일드카드를 쓸 차례이다. 기대하지 않은 일들이 벌어지고 지옥조차 무너져 내린다. 너무 절망적으로 보이지만, 예상하지 못했던 상황이 벌어지거나 주인공의 영리함에 의해 상황이 바뀐다. 주인공은 지금까지 항상 불리한 지경에 처해 있었지만, 도덕적 우월성 때문에 마침내 성공하는 것이다. 영화 「빠삐용」이 그런 예이다.*

---

* 로널드 B. 토비아스, 김석만 옮김, 『인간의 마음을 사로잡는 스무 가지 플롯』(풀빛, 1997), 175쪽.

『삼국지』의 천하삼분지계

'가위바위보'는 영어로는 'PAPER, SCISSORS, STONE(ROCK)'으로 알려져 있다. 민속학자들은 중동의 어디쯤을 가위바위보의 출생지로 설명하는 듯하지만, 어쨌든 이는 한국뿐 아니라 세계 전역에 퍼져 있는 듯하다. 어렸을 적 가위바위보를 '짱께뽀'라고 했던 기억이 나는데, 그 어원을 주먹질로 다툰다는 의미의 '쟁권법(爭拳法)'으로 풀이하는 견해도 있다. 정확한 어원을 찾고 싶어 위키피디아 등을 찾아보았는데 'janken', 'ro-sham-bo' 등만 소개되어 있고, 정작 '쟁권법'에 대해서는 언급이 없다.

가위바위보의 구성 요소는 '연쇄순환형'이라 이름 붙일 수 있을 것이다. 가위바위보에서 영원한 승자는 없다. 가위는 바위에게 지고, 바위는 보에게 지고, 보는 가위에게 진다. 이러한 연쇄적인 순환은 이야기에도 자주 활용되는데, 그 전형적인 사례로 들 수 있는 게 나관중의 소설 『삼국지연의』가 아닐까 싶다.

이 소설의 재미는 위, 오, 촉 세 나라가 서로 팽팽하게 대립하는 삼국정립(三國鼎立)의 구조에서 찾을 수 있는데, 소설 속 제갈량이 제시한 '천하삼분지계(天下三分之計)'는 제갈량의 단순한 계략이나 책략이 아니라, 이야기를 재미있게 끌어가기 위한 작가의 서술 방책이기도 하다.

이 소설에서 위, 오, 촉의 대립은 '천, 지, 인'의 대립으로도 볼 수 있다. 조조의 위나라는 형식적으로나마 한나라 황실을 옹위하고 있으니 한나라의 정통성이라는 천(天)의 이념을 가진다. 손씨 가문의 오나라는 강남 지방의 풍부한 물산과 많은 인구를 거느리고 있다는 점에서 지(地)의 풍요로움을 가진다. 반면 유비의 촉나라는 척박한 땅과 미약한 세력에도 불구하고 관우, 장비와의 의형제적 결합, 제갈량과 5호 장군으로 대표되는 최고의 인재들로 구성되어 인(人)의 혜택을 가진다. 세 나라는 천-지-인 중에서 한 가지 요소만 가지기 때문에 팽팽한 긴장감을 형성하는데, 그 원리는 '연쇄순환형'에서 찾을 수 있을 것이다. 소설『삼국지』가 동아시아 각국에서 영원한 사랑을 받고, 최근에는 게임「삼국지」등으로 대중적인 인기를 이어갈 수 있는 배경에는 이러한 '숫자 3'의 매력이 숨어 있는 듯하다.

인생에 영원한 승자는 없다. 한쪽이 일방적으로 승리하는 듯싶지만, 어느 순간에 기우뚱 무게중심이 이동하고 약자로 보였던 사람이 그 약함으로 인해 오히려 승리하는 역설이 벌어지기도 한다. 겨울을 물리치고 봄이 오는 듯싶지만, 어느 순간 계절이 바뀌면 봄도, 여름도, 가을도 차례차례 자리를 물려주며 물러간다. 이런 면에서 보면, 연쇄순환형은 인생의 진리를 말해 주는 듯하다.

해, 달, 별의 사랑

'3의 법칙'은 인물과 사건에서 반복된다. 대부분의 민담에서 집안의 셋째 아이는 가장 약한 존재이지만 점차 '전진-상승'해 마침내 가장 강한 존재가 된다. 한편 「잭과 콩나무」에서 주인공 잭은 세 번 나무에 오르며, 그때마다 더 큰 보물을 훔쳐온다. 이런 이야기는 긍정적인 방향에서의 전진이지만, 주인공에게 닥치는 위기나 시련의 강도가 점차 강해지는 패턴도 있다. 예컨대 「빨간 모자」에서 여주인공은 늑대에게 처음에는 약하게 유혹의 말을 듣는 정도에 그치지만, 세 번째 위기 국면에서는 늑대에게 잡아먹히기까지 한다. 어쨌든 주인공은 세 차례의 단계를 거치면서 점진적으로 능력이 향상된다.

인물이나 사건이 세 번 반복되면서 그 강도가 점차 강해지는 패턴을 '전진-상승형'이라 부를 만한데, 이는 조금만 관점을 바꾸면 '후퇴-하강형'이라 부를 수도 있다. 예를 들어, 금도끼-은도끼-쇠도끼 이야기는 관점에 따라 '후퇴-하강형'으로도 혹은 '전진-상승형'으로도 볼 수 있다. 금-은-동으로 전개될수록 보물의 물질적인 가치는 낮아지지만, 보물에 유혹당하지 않는 주인공의 정신적인 가치는 점차 고양된다.

이러한 패턴은 가히 역설이라 부를 만한데, 해-달-별의 상징에서도 고스란히 반복된다. 얼핏 보면, 해가 가장 빛나는 듯 보이지만 사실은 가장 멀리 떨어져 있어 희미하게 보이는 별이 훨씬 더 크고 강하다는 사실을 통해 우리는 '전진-상승형'의 이야기 패턴을 새삼 확인한다.

셰익스피어의 연극 「베니스의 상인」은 이에 대한 재미있는 사례를 제공한다. 유대인 상인 샤일록의 부당한 요구를 지혜와 기지로 물리치고 약혼자를 구해 낸 여주인공 포샤에게 또 하나의 미션이 주어진다. 아름답고 총명한 포샤는 아버지의 뜻에 따라 세 개의 작은 상자들 중에서 좋은 것을 선택하는 사람을 배필로 맞아들이기로 한다. 세 개의 상자는 각각 금과 은과 납으로 만든 상자였다. 금과 은을 고른 두 구혼자는 부호이고 왕자이기도 했지만 포샤의 사랑을 얻지 못했고, 세 번째 청혼자인 바사니오만이 납으로 된 상자를 골라 구혼에 성공한다. 정신분석학의 창시자 프로이트는 반짝이는 금이 태양을, 은이 달을 상징하는 반면, 희미한 색채의 납은 '별'을 상징한다고 해석한 바 있다.* 왜 그는 별로 빛나지 않는, 납으로 된 상자에 주목했을까. 어둠과 망각 속에 버려진 '무의식'이 인간에게 더없이 소중한 것임을 강조하기 위한 것이 아닐까.

금과 은의 화려함을 이긴 납의 우중충함에 대한 셰익스피어의 생각, 프로이트의 해석에는 인생에 대한 값진 교훈 하나가 깔려 있다. 희미한 존재로서의 납이 화려한 금과 은을 물리칠 수 있는 선택의 지점에서, 우리는 무엇을 연상해 볼 것인가? 우리 앞에 놓인 납 상자를 보며 조용히 생각해 볼 일이다.

---

* 지크문트 프로이트, 정장진 옮김, 「세 상자의 모티브」, 『예술, 문학, 정신분석』(열린책들, 2003). 267쪽.

왜 많은 국가들이 삼색기를 사용하는가

자본주의와 공산주의를 이념의 두 축으로 보는 견해는 보수와 진보, 자유와 평등을 이념의 두 축으로 보는 견해만큼이나 오래된 것이다. 프랑스의 국기는 파랑-하양-빨강의 세 가지 색으로 구성되어 있는데, 이는 각각 자유-평등-박애를 상징하는 것으로 알려져 있다. 프랑스의 삼색기는 자유=자본주의, 평등=공산주의의 이념적 지향을 반영하면서 이러한 극단에 대한 화해의 방법으로 '박애'를 내세운 점이 특이한데, 이때의 '박애'는 기독교적 사랑, 혹은 형제애, 조국애 등으로 번역될 수도 있지만 어쨌든 대립항의 중간형, 혹은 변증법적 화해의 과정으로 제시된 점이 흥미롭다.

위키피디아를 참조해 보니, 전 세계 국가의 국기 중 79개가 세 가지 색상을 가로 혹은 세로로 배열하는 '삼색기'의 형식으로 되어 있다. 프랑스의 인접국인 독일 국기는 검정-빨강-노랑이 가로로 배열되어 있고, 이탈리아의 국기는 녹색, 하양, 빨강이 세로로 배열되어 있다. 왜 많은 나라들이 세 가지 색채, 혹은 세 가지 상징적인 요소를 통해 자신의 정체성을 표현하는 것일까? 내가 좀 더 시간과 능력이 있다면, 삼색기에 감추어진 각 나라들의 사연들을 모아 스토리텔링하는 이야기책을 기획하고 싶을 정도이다.

이러한 삼색기에 담긴 사연들을 한마디로 뭉뚱그려 표현하자면, 대립하는 두 요소를 인정하되 이를 넘어서기 위해 3의 요소를 개입시킨 것이라 볼 수 있다. 이는 중간형, 혹은 변증법의 형식이라 부를 만한데, 여기에는 가장 평범한 듯싶으면서도 삶의 가장 중요한 진리가 담겨 있다고 볼 수 있다.

영국의 민담 「골디락스(Goldilocks)」가 전형적인 사례일 것이다. 주인공인 골디락스는 숲속에서 길을 잃고 헤매다가 빈집을 찾아 들어갔다. 집 안 식당에는 죽 세 그릇이 있었는데 너무 뜨거운 것도 너무 차가운 것도 아닌, 적당하게 따뜻한 죽을 찾아 먹는다. 침실의 침대도 너무 딱딱하거나 너무 부드러운 것의 중간을 택한다. 또한, 뜨거운 수프, 차가운 수프의 중간을 택해 적당한 온도의 수프를 선택한다.

요즘 '골디락스 경제'는 높은 성장에도 물가가 안정적으로 유지되어 국민의 삶의 여건이 호전되는 '가장 이상적인' 경제 상태를 비유하는 용어로 사용된다. 어쩌면 극단을 피하고 중간을 선택하는 것이 좋다는 평범한 진리야말로 우리가 최종 도달해야 할 변증법적 진리가 아닐까 싶다. 중간형을 취하는 주인공의 태도는 평범해 보이지만, 가장 치열하게 선택한 변증법적 탐구의 결과일 수도 있다.

나는 가끔 제3의 위치에 놓인다. 1, 2등이 아닌 제3의 위치에 놓이니 자랑할 건 없지만, 1과 2의 극단적 대립의 바깥에 머물러 있다는 게 다행이라 생각될 때도 많다. 많은 작가들이 숫자 3을 좋아하는 이유도 여기에 있을 것이다.

작가 김동리가 제시한 '제3의 휴머니즘'

1967년 삼성출판사에서 간행된 김동리의 『단편선집』에 실린 단편 25편 중 16번째 작품인 「아들 삼형제」는 앞뒤에 실린 쟁쟁한 단편들을 물리치고 내 기억에 가장 또렷이 남아 있다. 첫 문장부터 굉장하다. "큰아들은 사내답고 둘째아들은 인심 있고 막내아들은 얌전하다고 그 어머니는 동네 사람들을 만날 적마다 자랑을 하곤 했다."*

물론 그 세 아들은 전혀 훌륭하지 않다. 사내답다는 큰아들은 늙은 엄마를 폭행할 때 '사내답고', 인심 있다는 둘째아들은 처자의 눈치만 살필 뿐 엄마에게는 어떤 '인심'도 보이지 않는다. 물론 '얌전'하다는 막내아들도 그냥 무능할 뿐이다. 어머니는 이런 못난 아들들을 동네 사람들에게 자랑하고 다니지만, "그러나 동네 사람들은 아무도 그녀의 말을 곧이듣지 않는다."

어디에서 좀 본 듯한 익숙한 어머니 형상인데, 청년 김동리가 1936년에 썼던 단편 「바위」에도 이런 어머니 형상이 등장한다. 이 작품에서 엄마는 자식들에게 마침내 버려지고 문둥병에 걸려 죽어가지만, 죽음의 순간까지도 신성시되는 바위 앞에서 자식들의

---

* 김동리, 『김동리 대표작 선집 1』(삼성출판사, 1967). 281쪽.

행복을 빈다. 이 작품의 결말 부분에는 작가 김동리의 독특한 시선이 감춰져 있는데, 작가는 문둥병 거지이자 마침내 고통스러운 죽음을 맞이하는 그 여인을 '타인의 기준'을 빌려 불행한 인간이라 규정해서는 안 된다고 말하는 듯하다. 그녀를 불행하다고 생각하는 것 자체도 '타인의 기준'일 수 있으며, 그 엄마에게는 '그 엄마 나름의 운명'이 있다는 것이다. 지금 페미니즘의 시선에서 보면, '여성 자체'의 시선이 전혀 보이지 않는 운명론에 불과하겠지만, 타인의 기준으로 인간을 파악하지 않고, 각자에게 부여된 자신만의 운명을 충실하게 사는 것이 중요하다는 것, 이것만큼은 김동리가 주창한 '제3의 휴머니즘'의 핵심으로 보인다.

중세의 어둠을 물리치고 개인에게 자율성을 부여한 휴머니즘 운동이 제1 휴머니즘이라면, 무산자에게도 평등의 사회를 만들어주자는 운동이 제2 휴머니즘이라면, 개인이 각자 원하는 바대로 사는 게 바로 휴머니즘의 종착이니, 그게 바로 제3 휴머니즘이라는 것. 사회에서 천대를 받는 무당이 되건, 동네 사람들로부터 조롱을 받는 못난 엄마가 되건 상관없다는 것. 본인이 원하는 대로 살아가는 것이야말로 '인생의 구경적(究竟的) 형식'이며, 제3 휴머니즘이라는 것. 좀 이상하게 들릴지 모르지만, 작가 김동리는 이런 방식으로 삶에 대한 제3의 시선을 제공했다.

김수현 TV 드라마 「어디로 가나」

김수현 극본의 TV 드라마 「어디로 가나」는 1992년 11월 SBS 창사 1주년 특집극으로 방영되었다. SBS 창사 1주년을 기념한 드라마로 제작되었는데, 새로운 방송국의 탄생을 축하하기 위한 키워드로서의 젊음, 희망, 행복 등의 주제를 다루지 않고, 오히려 늙음, 죽음 등의 침통한 주제를 다루었다. 창사 기념 드라마로 보기에는 참 의외의 접근 방식이었던 것으로 기억된다.

죽은 다음에는 '어디로 가나'를 문제 삼은 듯한 이 드라마에는 죽음을 앞둔 노인이 등장한다. 아들 삼 형제 중 누가 노인을 부양할 것인가 묻는 이 작품의 주제는 셰익스피어의 「리어왕」 이후 지속적으로 다루어진 노년의 슬픔과 분노를 다룬다.

세 아들 중 누가 부양을 책임져야 하는데, 모두들 사정이 그만그만하다. 장남, 차남, 막내아들에게는 그만한 사정이 있다. 병원 개업의 자금 마련을 위해 처가댁에 의존할 수밖에 없었던 장남은 이 교장 부양의 책임을 절감하면서도 처가 눈치를 보느라 자신의 생각을 관철할 수 없다. 어찌 보면, 장남은 양심과 처벌에 고통받는 초자아(superego)의 형상이기도 하다. 차남은 학원 강사를 하는 아내에 얹혀사는 인물임에도 불구하고, 골프와 다이어트에만 관심을 두는 이기적인 인물이다. 매사에 잔꾀를 부리고 일신의 편안함만을 추구하는 경향을 보이는 차남은 충동적인 이드(id)의 전형에 해당한다. 막내아들은 아직 경제적으로 자립하지도 못한 채 아내와 두 아들의 생계를 책임지며 좁은 집에서 어렵게 산다. 그는 오랫동안 집안의 말썽꾸러기로 제대로 어른 대접조차 받지 못했고, 아내와의 결혼조차 집안에서 인정받지 못할 정도의, '버려진 자식'이었다. 그러나 태권도장을 운영하던 막내아들은 경제적 형편이 어렵지만, 거의 충동적으로 아버지 부양의 책임을 스스로 떠맡는다. 그는 현실적인 어려움에도 불구하고 자신의 뜻을 관철해 나간다는 점에서 현실과 고투하는 자아(ego)의 한 측면을 보여주기에 부족함이 없다.

이처럼 세 아들은 각기 초자아, 이드, 자아의 한 측면을 대표하면서, 옛이야기에서 통용되는 안정적인 '3의 법칙'을 확보한다. 물론 이 작품의 주제가 세 아들의 캐릭터 차이에 초점을 둔 것은 아니다. 어떤 차이에도 불구하고, 인간은 누구나 죽는다는 것, 그러나 죽음 이후에도 사랑, 고통, 추억은 후손들에게 전해진다는 것. 그것이 '어디로 가나'에 대한 대답이 될 것이다.

30년 전 최고의 드라마 작가는 단연 김수현이었다. 김수현 드라마 「사랑이 뭐길래」가 방영되는 시간에는 도로에 택시가 줄어들고 음식점에서 음식을 주문하는 것도 실례가 되었다는 말이 나돌 정도였다. 이제 극작가 김수현을 기억하는 사람들이 거의 없는데, 어쨌든 이제 우리는 '어디로 가나'라고 다시 한번 물어볼 일이다.

예술의 의미: 정치와 종교의 바깥에서

1990년에 신설된 문화부의 초대 장관 이어령은 전국연극인대회에 참석해 1991년을 '연극·영화의 해'로 지정하겠다고 선포했다. 1991년은 여러 면에서 연극영화의 비약적인 성장기였는데, 어쨌든 1991년 말 연극영화의 해를 마감하는 송년 기념 공연을 올리기 위해 당대 최고의 작가였던 이강백에게 작품을 의뢰한다.

1991년 12월 한국배우협회에서 기념 공연으로 올린 이강백 희곡의 제목은 「동지섣달 꽃 본 듯이」였다. 동지섣달의 호된 추위에 피는 꽃은 무엇일까. 희귀하나 그만큼 값진 꽃. 이강백은 그 꽃의 의미를 '연극'과 연결했다. 연극인들은 '동지섣달' 같은 냉혹한 현실을 견디며 연극을 올리고 있으니, 그 연극이야말로 '동지섣달에 핀 꽃' 아니던가.

연극의 앞부분에는 제주도의 '살모(殺母) 설화'가 활용된다. 굶는 자식들에게 먹을 것을 주기 위해 어머니는 물이 끓는 솥에 몸을 던진다. 굶주림에 거의 실성했던 자식들은 솥 속의 고기를 먹고는 기운을 차리지만, 어머니가 없어졌다는 것을 알게 된다. 열두 자식이 모두 실성해 버리지만, 어쨌든 정신을 차리고 어머니를 찾아 나서야 한다. 아들 세 형제는 없는 어머니를 찾아 정처 없는 방랑의 길을 떠난다.

이강백 연극 속의 세 아들은 갖은 고생 끝에 마침내 어머니를 찾아낸다. 첫째는 나라에서 가장 큰 힘을 가진 정치인으로 성장한 다음, 권력을 이용해 어머니의 초상을 내걸고 어머니의 외모를 그대로 닮은 '외면의 어머니'를 찾아낸다. 둘째는 나라에서 제일가는 스님이 되어 어머니의 실체가 부처님의 마음속에 있다는 깨달음을 얻어냄으로써 '내면의 어머니'를 찾아낸다. 셋째는 가난한 연극패의 우두머리가 되어 연극판에서 만난 여인과 결혼하지만, 가난에서 벗어나지 못한 채 전국을 떠돌아다니는 불쌍한 연극인으로 살아간다. 셋째는 어머니를 찾을 수 없었지만 자신과 함께 연극인의 길과 생활인의 길을 함께 걷는 아내의 모습에서 '살아 있는 어머니'의 모습을 발견한다.

첫째	정치	현실	외모만 닮은 어머니는 진짜가 아니다.
둘째	종교	관념	실재하지 않는 어머니는 진짜가 아니다.
셋째	예술	현실+관념	어머니의 사랑, 연극의 가치에 대한 긍정과 예찬

자식을 위해 목숨을 바치는 어머니, 관객의 기쁨을 위해 춥고 어려운 연극의 길을 가는 이 땅의 배우들이야말로 작가 이강백이 그리는 '동지섣달'의 매운 추위를 이기고 핀 희귀한 꽃, 혹은 인동초였으리라. 그는 이 작품에서 연극이야말로 정치, 종교보다 더 가치 있는 게 아니냐고 말하는 듯했다.

예비시련, 본시련, 영광시련

이야기의 주인공들은 세 번의 시련을 겪는다. 민담의 주인공이 겪는 모험은 주인공이 좀 더 높은 단계로 나아가기 위한 '시련(test)'이라고 규정할 수 있는데, 이는 'A→F→C(계약-투쟁-보상)'의 도식으로 단계화할 수 있다.*

A는 계약(Agreement)을 의미하는데, 민담의 주인공은 어려운 숙제를 떠안을 때 모종의 계약에 연루된다. 주인공은 괴물에게 납치당한 공주를 구출해 오면, 공주와 결혼을 할 수 있고 왕위를 물려받을 수 있다는 계약을 맺는다. F는 본격적인 투쟁(Fight)을 의미하는데, 주인공은 괴물과의 투쟁을 통해 자신의 계약을 성취해 나간다. C는 승리의 결과로 얻는 보상(compliment)을 의미한다. 어려운 시련을 거쳐 왔기 때문에 그에 합당한 보상이 주어져야 하는 것이다.

이러한 'A→F→C'의 과정은 각각 자격시련, 본시련, 영광시련으로 표현될 수 있다. 자격시련(qualifying test)은 주인공이 과연 그에 합당한 자격을 갖추고 있는지에 대한 시련이다. 민담에서는 대개 주인공이 약한 동물을 사랑한다든지 힘이 약한 노인을 돕는 등

---

* 안 에노, 홍정표 옮김, 『서사, 일반기호학』(문학과지성사, 2003), 81-87쪽.

의 심성을 갖추고 있으면 자격시련을 통과한다. 다음 단계는 본시련(main test) 혹은 결정시련(decisive test)이다. 본시련이야말로 주인공과 악당의 일대 대결이며, 이를 통해 주인공의 자질이 입증된다. 마지막 시련은 영광시련(gloryfying test)인데, 여기에서 이겨야만 비로소 행복한 결말을 얻는다.

이러한 도식에 잘 맞는 예로는 신데렐라 이야기를 들 수 있다. 신데렐라는 계모와 두 자매의 악행을 '인내'하고 '착함'으로 대응한다. 이를 통해 신데렐라는 '거지에서 부자로'라는 성공담의 주인공이 될 만한 자격을 부여받는다. 이러한 자격시련의 하이라이트는 마녀 할멈으로부터 받은 멋진 수레와 의상 등이다. 신데렐라는 무도회에 가서 아름다운 용모와 의상 등으로 왕자의 사랑을 얻는 데 성공한다. 무도회 장면은 본시련에 해당한다. 그러나 신데렐라에게는 마지막 시련이 기다리고 있으니, 그것은 발의 크기가 유리 구두에 꼭 맞아야 한다는 점이다. 발에 꼭 맞는 구두는 영광시련이라는 마지막 단계에 해당한다.

세 단계의 시련 중에서 유독 관심을 끄는 게 영광시련이다. 신데렐라의 못된 두 언니는 발뒤꿈치와 발가락을 잘라 가면서까지 유리 구두에 발을 맞추려 하지만, 실패 후 절름발이가 되고 결국에는 죽음에 이른다. 왜 영광시련 장면에 하필 딱딱한 구두 신기를 배치하고 두 언니의 끔찍한 죽음까지 배치한 것일까에 대해 의문이 드는데, 이는 다음 장에서 살펴보자.

영광시련을 거친 자

인생의 중요한 고비를 두 번 넘기고도 마지막에 해피엔딩에 도달하지 못하는 사람이 있을 수 있다. 예를 들어, 열심히 인내하고 공부해서 '자격시련'을 통과한 다음에 그 자격증으로 소기의 성과를 거두어 '본시련'을 통과한 사람은 사회적으로 인정받는 성공인이다. 그러나 그들도 아직은 마지막 '영광시련'은 통과하지 못한 사람들로 볼 수 있다.

'영광시련'이란 자신의 노력과 성취에 합당한 보상을 의미한다. 그렇다면 영광시련을 통과하지 못한 사람들의 공통점은 무엇일까. 요즘 용어로 치자면, 밖에서는 성공했지만 집안을 소홀히 해서 가족들로부터 인정을 받지 못한 사람들이 여기에 해당하지 않을까 싶다.

그런데 꼭 그렇게만 단정 지을 수 있을까. 다시 「신데렐라」 이야기로 돌아가 보면 어떨까. 그냥 이렇게 생각해 보자. 착하고 예쁜 신데렐라가 있었는데, 결국 유리 구두가 발에 맞지 않아 왕자와의 결혼을 이루지 못했고. 그래서 평생 못된 계모와 두 의붓언니한테 시달리며 불행하게 살았다면?

나는 민담의 전승자들이 이야기를 도덕적이거나 종교적인 교훈으로 이끌어가지 않고, 그야말로 평생을 어렵게 살아가야 하는 민중들의 삶의 의지를 반영하는 쪽으로 이끌어간다고 생각한다.

이런 관점에서 「신데렐라」를 읽으면, 이야기의 교훈성이 의외로 간단하게 풀린다.

여자 팔자는 뒤웅박이라는 것. 원래 뒤웅박이란 호박의 윗부분을 도려내고 속을 파내어 투박한 용기로 사용하던 것을 말하는데, 결국 여성의 수동성을 전제로 한 팔자타령을 의미한다. 여성이 아무리 노력해도 결국은 남성의 운명에 따를 수밖에 없다는 이러한 팔자소관이 서양의 「신데렐라」 이야기에도 반영되어 있다는 것은 참 놀라운 일이다. 아무리 착해도 아무리 예뻐도 유리 구두가 안 맞으면 끝장인 신데렐라의 삶은, 당신의 삶이 '영광'으로 보상받지 못하더라도 그것을 받아들여야 한다는 교훈의 변형 아닐까 싶어 마음이 착잡하다. 민담의 전승자들은 그토록 예쁘고 착한 자신의 딸들이 단지 유리 구두에 발이 맞지 않았다는 이유만으로 인생의 영광을 누리지 못한 채 평생을 힘겹게 살아가야 하는 현실을 받아들여야 했을 것이다. 내 딸은 그토록 착하고 예쁘건만, 단지 유리 구두가 발이 맞지 않아서 평생 가난하게 살고 있구나. 참 억울하지만 참는 것 외에는 도리가 없구나. 미안하지만 「신데렐라」 이야기에도 그렇게 나오더구나. 물론 신데렐라의 유리 구두는 현실의 가장 밑바닥을 두루 거치면서 도달한 삶의 지혜라는 식의 해석도 있긴 하다. 그러나 여전히 유리 구두를 신은 일은 너무도 힘들고 억울하구나.

「신데렐라」의 최초 형태가 9세기 중국의 민담인 「예센(葉限)」에서 발견된다는 것과 연관 지어, 유리 구두는 중국의 오랜 풍습인 전족(纏足)을 의미한다는 견해도 있기는 하다. 시기적으로 좀 맞지 않지만, 재미있는 해석이다.

개, 개구리, 새의 언어

착하고 어리숙한 바보가 동물들의 도움을 받아 성공에 이른다는 이야기는 매우 흔한 민담 유형에 속한다. 그림 형제가 채집한 「세 가지 언어」가 특히 재미있는데, 가장 낮은 자가 가장 높은 자가 되는 성공담의 전형적인 사례인 이 이야기에도 '3의 법칙'이 숨어 있다.

주인공은 스위스 백작의 아들인데, 조금 늦되는 아이였던 모양이다. 백작은 미련한 아들을 교육하기 위해 유명한 스승님을 물색하고는 그 먼 곳으로 아들을 유학 보낸다. 그런데 아들은 1년 동안의 공부 끝에 고작 "개들이 짖는 소리를 알아듣는 법"을 배워 온다. 실망한 아버지는 이듬해에 다른 스승님을 찾아 또 유학을 보내지만, 이번에는 "새들의 말을 알아듣는 법"을 배워 온다. 삼세판의 법칙대로, 아버지는 다시 세 번째 유학을 보내는데, 이번에는 "개구리들의 울음소리를 알아듣는 법"을 배워 온다. 유명한 스승님을 3년이나 모셨는데도 고작 개/새/개구리의 말을 배워 오는 것에 그친 바보 아들에 실망한 백작은 아들을 없애버리라고 명령하는데, 백작의 시종들은 차마 죽이지는 못하고 숲속에 버려두고 돌아온다. 이후 바보 젊은이는 떠돌다가 어느 성에 도달한다.

이 성에는 사나운 개들이 우글거리는데, 이 개는 가끔 산 사람을 먹이로 던져주어야 할 정도로 사나운 괴물들이다. 젊은이는 개들과 대화하는 법을 배웠기 때문에 개들에게 다가가 대화를 시도할 수 있었다. 젊은이는 개들과의 대화를 통해 개들이 어떤 저주를 받아 탑 밑에 감춰져 있는 보물을 보호하는 일을 억지로 맡았을 뿐이라는 사실을 알게 된다. 개들의 사정을 충분히 이해한 주인공은 막판에 보물을 얻는다. 이 일을 해결한 후, 로마로 향하던 젊은이는 개구리들의 울음소리를 듣는데, 개구리의 말을 이해할 수 있는 그는 개구리들의 말이 자신이 교황에 등극할 것이라는 예언임을 알게 된다. 황당한 예언이지만, 곧이어 이번에는 새가 나타나 젊은이의 양쪽 어깨에 내려앉음으로써 교황이 되라는 하느님의 계시를 전한다. 마침내 교황의 자리에 등극한 젊은이는 그 새들이 속삭여 주는 언어를 그대로 따라 함으로써 성스러운 미사를 성공적으로 집전하는 교황으로서의 역할을 성공적으로 수행한다. 가장 낮은 자인 바보가 가장 높은 자인 교황이 된 것이다.

요즘 애완견 훈련사들의 인기가 높다. 사실 동물의 언어를 이해한다는 것은 언어 자체에 대한 이해라기보다는 동물의 감정에 공감하고 이해할 줄 아는 부드럽고 착한 마음씨에서 출발하는 게 아닌가 싶다. 민담에서는 약한 동물이나 노인을 돕는 주인공이 결국 성공에 이르는데, 거기에는 그럴 만한 이유가 있는 것이다.

초자아, 자아, 이드

그림 형제의 「세 가지 언어」에서 바보 주인공은 여러 위기를 거치지만, 그때마다 개/개구리/새의 언어를 알아듣는 특이한 능력으로 인해, 세상에서 가장 높은 자인 교황의 자리에 오른다. 바보가 교황이 되다니, 너무 황당하다.

바보가 배운 '세 가지 언어'가 각각 무엇을 상징하는가에 대해서는 여러 의견이 있다. 어떤 이론가는 여기에 등장하는 개/개구리/새를 각각 육지/물/하늘로 해석한다. 쉽게 말해, 개/개구리/새를 이해한다는 것은 그들이 사는 육지/물/하늘의 세계, 즉 육해공(陸海空)의 세계를 이해한다는 뜻이니, 산전수전 다 겪은 자의 넓은 지혜를 상징한다는 것이다.*

어떤 심리학자는 그가 배운 개/개구리/새의 언어를 각각 자아, 이드, 초자아의 언어로 해석한다. 그는 왜 개의 이야기가 제일 먼저 언급되는가에 대해서도 자세한 해석을 제공한다. 그에 의하면, 개는 사람과 가장 가까이 살면서 사람과 가장 유사해 보이는 동물이지만, 또한 본능적인 자유를 표상하는 존재임에 주목한다. 즉, 개는 물어뜯을 자유, 제멋대로 배설할 자유, 그리고 억제하지 않고 성적인 욕구에 빠질 자유, 충성과 우정 등의 가치까지 표상하

---

* Christopher Booker, *The Seven Basic Plots: Why We Tell Stories*(Continuum, 2010), p. 233.

므로, 주인공이 가장 먼저 받아들여야 할 '자아'를 표상한다는 것이고, 그런 이유에서 가장 먼저 배워야 할 인격적 측면이다. 개들은 선사시대부터 이런 역할을 해왔고, 사람을 도와 적을 쫓고 야만인과 다른 맹수들을 다루는 데 새로운 길을 제시해 왔다는 것이다. 또한 개구리는 사람의 마음 가운데에서 가장 오래된 부분인 본능(instinct)을 상징한다. 개구리는 민담「개구리 왕(The Frog King)」에서 드러나듯, 인간의 성적인 측면을 표상하는데, 그 이유는 개구리가 개나 새 어느 쪽보다 동물체로 진화하는 초기 생명 형태이고, 본능은 자아와 초자아 이전에 존재하는 인격의 부분이기 때문일 것이다. 한편 하늘을 높이 날 수 있는 새들은 영혼의 자유를 상징하는데, 이처럼 새는 이 이야기에서 초자아를 나타낸다. 초자아는 높은 목적과 이상을 기르고, 환상과 상상의 완벽성을 가지고 날아오르는 것이다. 어쨌든 그의 논의에 따르면 이 아들은 바보스러운 듯 보이지만 개를 통해 자아를 배우고, 개구리를 통해 본능(성)을 받아들이고, 마지막에는 새를 통해 초자아의 언어를 배움으로써 좀 더 통합적이고 전체적인 인격에 근접해 간다는 것이다.*

민담을 해석할 때 과잉 해석을 삼가고 그냥 있는 그대로 이해하는 것도 좋은 방법일 듯하다. 스위스 백작의 아들이었으니 스위스에서 통용되는 프랑스어, 독일어, 라딘어를 각각 배워 온 게 아닌가 해석해도 좋을 듯하고, 그냥 많은 동물들의 언어를 배워 왔다고 받아들이기만 하면 될 듯도 하다. 4년째 유학을 갔더라면, 어떤 동물의 언어를 배워 왔을까.

---

* 브루노 베텔하임, 김옥순·주옥 옮김, 『옛이야기의 매력 1』(시공주니어, 1998), 165-167쪽.

하늘, 땅, 바다

올림포스의 12신을 분석해 보면, 남녀의 비율이 절반씩임을 알게 된다. 그중 남성 신은 좀 캐릭터가 단순한 편인데, 제우스와 두 형제는 세상을 셋으로 나누어 관장한다.

(1) 제우스(하늘): 냉정한 승부 근성으로 전체를 지배하는 제왕/독재자.

(2) 포세이돈(바다): 예측하기 힘든 감정의 바다에서 살아가는 예술가/학대자.

(3) 하데스(땅): 내면세계에 사로잡힌 은둔자/마법사.

이들 세 형제는 하늘, 바다, 땅이라는 서로 다른 영역을 지배하면서 제왕, 예술가, 철학자로서의 인격적 특성을 가지고 살아가는데, 이러한 캐릭터가 부정적인 에너지에 집중하면 그들의 성격적 결함인 '그림자'가 나타나기도 한다. 훌륭한 제왕도 가끔은 독재자가 되며, 예술가는 포악한 학대자, 은둔자는 사악한 마법사가 될 수도 있는 것이다. 이러한 남성 신들의 삼분법은 하늘/바다/땅을 지배하는 여성 신들에게도 그대로 되풀이된다.

(1) 아테나(하늘): 아버지의 딸/중상모략가.

(2) 아프로디테(바다): 매혹적인 뮤즈/팜 파탈.

(3) 데메테르(땅): 양육자/과잉 보호형 엄마.

투구를 쓴 형상으로 잘 알려진 전쟁과 지혜의 신 아테나는 아버지 못지않은 잘난 딸이며, "다른 여성들은 못 해도 나는 할 수 있어"라는 자부심을 가진, 그야말로 전쟁의 승리자인 것이다. 그러나 그 부정적 속성은 자신의 목적을 성취하기 위해서라면 무슨 일도 서슴지 않는 중상모략가로 나타나기도 한다. 감정의 영역인 깊은 바닷속으로부터 완벽한 미의 이미지를 가지고 나타난 아프로디테에게는 팜 파탈이라는 부정적인 속성이, 온갖 생명을 길러내는 양육자로서의 데메테르가 신경질적인 과잉 보호형 엄마로서의 부정적인 속성이 나타나는 것도 재미있는 현상이다.

빅토리아 린 슈미트는 『캐릭터의 탄생』*에서 올림포스의 신들을 중심으로 45개의 캐릭터를 분석하는데, 부엌의 화로를 지키는 것으로 알려진 헤스티아 등을 입체적으로 분석한다. 늘 밥이나 하는 조용한 여신이지만, 한번 화나면 걷잡을 수 없다는 것. 내 현실 속의 여성상을 보니, 이런 관점이 정말 정확하게 맞아떨어진다.

태양의 신 아폴론을 별로 인기 없는 캐릭터로 취급하는 것도 조금도 이상치 않다. 아폴론이 지배하는 낮은 노동, 이성, 초자아의 시간인 반면, 디오니소스가 지배하는 밤은 휴식, 감성, 이드의 시간이기 때문. 적어도 나는 열심히 일 안 한다고 혼나는 낮의 시간보다 재즈와 맥주가 있는 밤의 시간이 훨씬 좋다.

---

* 빅토리아 린 슈미트, 남길영 옮김, 『캐릭터의 탄생』(바다출판사, 2011).

영국 민담 「아기돼지 삼 형제」

영국의 작가 제이콥스가 편찬한 영국 민담 중에서 「아기돼지 삼 형제(Three Little Pigs)」는 서로 다른 재료를 가지고 집을 짓는 세 마리의 돼지를 다룬다. 집이 대충 완성되었을 때 나쁜 늑대가 나타나 지푸라기(straw)와 나뭇가지(stick)로 지은 집을 강력한 입김으로 날려버린다. 그러나 늑대는 벽돌(brick)로 지은 셋째의 집을 파괴하지는 못한다. 대략적인 줄거리를 다섯 개의 서사 단위로 나누어 소개하면 다음과 같다.

1. 엄마 돼지는 아기돼지 삼 형제를 집에서 내보낸다.
2. 첫째 돼지는 지푸라기로 집을 지은 후 낮잠을 즐긴다. 둘째 돼지는 나뭇가지로 집을 지은 후 폭식을 즐긴다. 셋째 돼지는 벽돌로 집을 짓는다.
3. 늑대가 첫째와 둘째 돼지의 집을 입으로 불어 허물어뜨린다. 늑대는 셋째 돼지의 집을 입으로 불어 공격하지만 성공하지 못한다.
4. 늑대가 굴뚝으로 침입한다. 세 돼지는 물을 끓인다. 늑대는 끓는 물에 의해 죽는다.
5. 아기돼지 삼 형제는 행복하게 산다.

영국 민담 "Three Little Pigs"가 궁금해서 원본을 찾아 읽어 보았는데, 원본의 제목에서부터 뭔가 문제가 생겼다. 우리나라에 는 모두 「아기돼지 삼 형제」로 번역되어 있는데, 사실 제목대로라 면 「세 마리 아기돼지」로 번역하는 게 맞다. 이야기 어느 대목에도 이들 돼지가 수컷이라는 단서가 없기 때문이다. 돼지를 의인화해 친근감을 주기 위해 '삼 형제'로 번역한 듯하나, 페미니즘을 강조 하는 어떤 작가가 이를 '세 자매'로 번역해도 하등 잘못이 없을 것 이다. 사소한 문제처럼 보이지만, '삼 형제'로 번역하는 순간, 이 작 품의 주제가 조금 바뀐다. 먹을 것도 자제하고 잠도 줄이고 열심히 벽돌을 찍어내어 집을 지어야 하는 게 모두 '남자'의 소명으로 고 정되기 때문이다.

집은 안 짓고 맨날 잠만 자는 첫째 돼지는 우리들 집안의 장남 들과 흡사하다. 장남은 동생들 앞에서 어른 노릇을 강요받았기 때 문에 의젓하기는 하나 활동적인 인간은 못 된다(그래서 잠만 잔다). 반 면 차남은 형과 경쟁해야 하기 때문에 욕심이 강하다(그래서 둘째는 폭 식을 일삼는다). 물론 셋째는 착하고 부지런하다(모든 민담의 공통점).

나는 첫째가 초자아, 둘째가 이드, 셋째가 자아를 상징한다고 해석한 바 있다. 초자아가 윤리적인 존재여서 좋은 듯하지만 삶의 기쁨을 제대로 누리지 못하는 듯하고, 이드는 삶의 좋은 에너지가 될 수 있지만 절제가 부족하다는 점에서 건강한 자아로 전환될 필 요가 있다. 실제로 나는 삼 형제의 막내인데, 이런 이유에서인지 '막내 파이팅' 쪽의 결론으로 논문을 마친 바 있다.*

---

* 김만수, 「'The Rule of Three' in the Growth Stories—Gangbaik Lee's Drama 「Like looking at the Flower in the Midwinter」」,《비교한국학》, 2015.08.

부모로부터 자립하는 일의 어려움

「아기돼지 삼 형제」의 첫째 서사 단위에서 주인공은 안락한 집에서 분리되어 새로운 세계로 출발한다. 분리(separation)와 출발(departure)은 이야기의 시작을 의미하는데, 이때 주인공의 부모는 모두 부재하거나 한쪽이 없는 경우가 많다. 아빠 돼지가 없는 이 집 안에서 세 마리의 돼지들은 속히 성장해 어른으로 자립하는 길밖에 없다. 이들은 엄마의 명령에 따라 집에서 나와야 한다. 집으로부터의 분리, 새로운 세계로의 출발이 소명으로 주어진 것이다.

둘째 서사 단위는 세 마리의 돼지에게 부여된, '집 짓기'라는 소명을 다룬다. 첫째와 둘째는 집짓기의 소명에 충실하게 따르는 대신에 식욕과 수면욕에 탐닉한다. 열심히 일하지 않고 게으름을 피우는 두 형제에게 어떤 불행이 곧 닥칠 것으로 예상되지만, 낮잠만 자는 첫째와 먹을 것에 탐닉하는 둘째의 모습을 목격하노라면 여러 명의 형제가 함께 살던 전통적인 가정의 모습이 연상되어 슬며시 웃음이 나온다.

셋째 서사 단위는 늑대의 공격이다. 늑대를 동물원에서 본 적이 있는데, 결코 한순간도 자리에 앉아 쉬는 경우가 없다. 끊임없이 으르렁거리며 우리 안을 배회하는 늑대는 무지막지한 힘과 공격성, 마초적인 어떤 것을 연상시킨다. '늑대 같은 놈'이라는 욕설은 남성에 내재할 수 있는 지독하고 동물적인 공격성에 대한 언급일 것이다. 늑대는 매우 힘이 강하다. 그러나 늑대는 벽돌로 만든 셋째의 집을 무너뜨릴 수는 없다. 아무리 동물의 힘이 강하다 해도, 불의 힘으로 단련된 단단한 벽돌을 이겨낼 수는 없기 때문이다. 인간은 늑대에 비해 힘이 약하지만, 어느 측면에서는 늑대에 비해 강하다. 왜냐하면 인간은 불을 사용하는 동물이니까. 셋째는 불로 잘 구운 벽돌이 있었기에 늑대의 원시적인 힘(입김) 정도는 극복할 수 있다.

넷째 서사 단위는 끓는 물을 언급한다. 늑대는 근육의 힘과 점프력도 좋아 높은 굴뚝까지 오른다. 그리고 굴뚝을 통해 집의 내부로 진입을 시도하지만, 셋째가 끓는 물을 준비해 둔 까닭에 결국 죽고 만다. 셋째가 늑대를 물리칠 수 있었던 이유는 지혜이다. 이 민담이 아르네-톰슨 분류 체계에서 '지혜로운 동물(wise animal)'로 분류되는 이유는 여기에 있을 것이다.* 동물적인 힘으로 늑대와 맞설 수는 없지만, 셋째는 불을 사용함으로써 늑대의 막강한 힘과 맞설 수 있는 것이다.

다섯째 서사 단위는 행복한 결말이다. 그런데, 분가를 명령한, 혹은 세 자식을 집에서 내쫓은 엄마 돼지는 어찌 되었을까? 민담에서는, 그 어떤 버전에서도 엄마 돼지의 후일담에 관심이 없다. 자식 사랑은 '내리사랑'이며, 자식이 부모를 더 잘 챙기는 '치사랑'은 동서고금에 모두 드문 것으로 보여 다소 씁쓸하지만, 원래 부모-자식의 관계는 이처럼 분리되고 자립하는 관계로 끝나는 게 마땅하다.

---

* 아르네-톰슨 분류 체계에서는 '지혜로운 동물(wise animal)'을 다룬 B124로 분류되었다.

대립적인 캐릭터: 자연 대 문명

「아기돼지 삼 형제」는 '대립적인 셋(contrasting three)' 유형에 속한
다.* 이 민담에 등장하는 세 유형의 캐릭터는 세 개의 요소가 아니
라 이항 대립적인 두 개의 속성이기도 한데, 그 대립항은 곧 자연
과 문명의 대립이다. 이 민담에서 노동, 절제, 지혜를 보여주는 셋
째에게 '문명'의 속성이 부여된다면, 수면욕과 식욕에 사로잡힌 두
형은 물론, 자기의 힘만 믿고 설쳐대는 늑대에게는 '자연'의 속성
이 부여된다.

'지혜로운 동물(wise animal)'이라는 개념 자체가 문명(지혜) 대 자
연(동물)의 대립항에 근거하거니와, 이 민담에서 막내는 힘이 센 늑
대와 세 차례 대결함으로써 문명과 자연의 대결을 극대화한다. 첫
째 대결에서는 강한 벽돌집을 만들어 늑대로부터의 공격에서 이
긴다. 둘째 대결은 '시간 지키기'인데, 이때에도 셋째는 기지를 발
휘해 승리한다. 셋째가 늑대와 시간 약속을 한 다음, 한 시간 먼저
도착해서 이득을 얻은 후, 늑대가 미처 도착하기 전에 집으로 도망
쳐 온다는 설정은 원래 민담에는 없지만 제이콥스의 창작본에 이
르러서 추가된 듯하다. 20세기 초반, 이미 산업혁명을 완수한 영국
에서는 노동자들의 시간 지키기가 가장 중요한 노동 윤리였을 것

* Christopher Booker, *The Seven Basic Plots: Why We Tell Stories*(Continuum International
Publishing Group, 2010).

이라는 생각이 들고, 이러한 윤리를 강조하기 위해 작가는 셋째가 늑대보다 시간을 잘 활용해 성공했다는 이야기를 삽입한 듯하다.

그리고 마지막 대결에서는 셋째가 끓는 물로 늑대를 죽게 만들어 최종적인 승리를 거둔다. 늑대는 강한 호흡으로 지푸라기 및 나뭇가지로 만든 집을 무너뜨리지만, 막내가 만든 벽돌집을 허물지는 못한다. 그 이유는 무엇일까. 지푸라기 및 나뭇가지로 만든 집은 '자연' 상태의 재료를 이용한 집이지만, 벽돌집은 흙과 물의 결합물에 '불'을 더한 것, 즉 '문명'이 개입된 집이기 때문이다. 또한 힘이 센 늑대가 굴뚝을 넘어 집안으로 침투해 들어올 때에도, 셋째는 끓는 물로 늑대를 물리친다. 물과 흙으로 빚어진 벽돌을 더욱 단단하게 만들어주는 '불'의 힘, 늑대를 죽일 수 있을 정도의 뜨거운 물을 끓이는 '불'의 힘, 그것이 가장 중요한 '문명'의 요소임은 이미 레비스트로스의 『야생의 사고』에서 충분히 논의된 바 있다.

세 형제의 배열 순서가 이본에 따라 상승형과 하강형으로 나타난다는 점도 재미있다. 우리에게 익숙한 이야기 유형은 막내인 셋째가 벽돌로 집을 지어 늑대를 물리친 다음 두 형을 살려내는 방식이지만, 베텔하임이 인용한 이본에는 가장 사려 깊은 큰형이 벽돌로 집을 지어 아직 미숙하고 철없는 두 동생을 구하는 방식으로 구성되어 있다.* 물론 리얼리즘의 측면에서 보면, 첫째 돼지가 가장 사려 깊고 신중하며 능력도 뛰어난 게 자연스럽다. 그러나 민담에서는 대개 막내의 승리를 내세운다. 세 명의 형제 중 막내가 성공한다는 이야기는 옛이야기에서 두루 통용되는 형식이기 때문이다.

---

* 브루노 베텔하임, 김옥순·주옥 옮김, 『옛이야기의 매력 1』(시공주니어, 1998) 참조.

동화계의 세 공주: 웃지 않는 공주

「백설공주」, 「잠자는 미녀」, 「인어공주」는 동화계의 세 공주라 칭할 만하다. 「백설공주(Snow White)」의 여주인공은 독 사과가 목에 걸려 질식 상태였는지 얼굴이 '눈처럼 하얗고' 창백하다. 「잠자는 미녀(Sleeping Beauty)」의 여주인공은 생일잔치에 초대받지 못한 요정의 저주로 인해 성년이 되기까지 16년간 잠든 상태로 머물러 있다. 「인어공주(The Mermaid)」에서 인간이 되고자 한 인어공주는 마녀와의 계약을 통해 인간의 다리를 얻는 대신 자신의 목소리를 반납한다(목소리를 반납한다는 것은 자신의 의견을 말할 기회를 박탈당하는 것과 마찬가지다. 인어공주는 말을 하지 못하게 되는데, 어떤 보수적인 남자들은 여자들이 말하지 않는 것을 좋아한다).

동화계의 대표적인 세 공주 모두 예쁘기는 하지만, 굳이 다른 공통점을 찾자면, 인간으로서의 성장이 정지된 상태이거나 감정이 모두 억압된 상태의 인물들이라는 점이다. 분석심리학의 용어를 사용하자면, 이들 세 공주는 살아 있기는 하지만, 인간의 풍요로운 원천인 무의식의 작동이 정지된 상태, 즉 '살아 있는 죽음(living dead)'의 상태에 해당한다고 볼 수 있다.

웃음과 활력을 잃어버린 여주인공의 부정적인 그림자는 오페라 「투란도트」 속의 공주처럼 난폭한 여성상으로 등장하기도 한다.「투란도트」속의 부정적인 공주는 퀴즈를 낸 다음, 퀴즈를 풀지 못하는 남성들을 모두 죽인다. 아예 웃지 않아 부왕의 근심 걱정이 된 공주들도 있다. 이들 '웃지 않는' 공주를 웃게 하기 위해 부왕은 널리 구혼자를 찾는다. 그리고 대부분의 구혼자들은 공주를 웃기는 데에 성공하지 못해, 죽음을 맞이하기도 한다.

오랫동안 아동문학, 애니메이션에서는 수동적인 공주, 창백한 공주, 웃지 않는 공주를 주요 모델로 삼은 듯하다. 인어공주는 말을 잃어버린 미녀라 왕자님의 사랑을 받은 건 아닐까. 백설공주는 웃음과 삶의 활력을 잃어버려 얼굴이 창백한 게 아닐까. 잠자는 미녀는 가시덤불로 보호막을 쌓고 갇힌 공간에서 잠을 자듯 지내야 했던 규방의 아녀자 아니었을까.

공간에 갇혀 있는 수동형의 여주인공이 공간을 뛰쳐나오는 데까지는 많은 시간이 걸린 듯하다. 그림 형제 민담「라푼젤」에서 라푼젤은 긴 머리칼을 늘어뜨려 왕자를 끌어들였고 이를 통해 갇혀 있던 높은 탑에서 탈출할 수 있었다.

심리적 측면에서 보면, '웃지 않는 공주'의 병적 근원은 순종, 봉사, 인내, 억압 등의 감정들이며, 이들은 웃을 때 비로소 자유와 해방감, 행복에 이를 수 있다. 이런 면에서 보면, 영국 민담「잭의 거래(Jack's Exchange)」에서 바보 잭이 '가죽 방망이'를 휘둘러 '웃지 않는 공주'를 웃기고 왕의 사위가 된다는 결론은 꽤 파격적이다. '가죽 방망이'는 남근의 상징이기 때문.

4 기호학과 구조주의

우리는 기호에 둘러싸여 있다. 기호는 대부분 말과 글의 형태로 통용되어 왔지만, 21세기의 디지털 사회에서 기호는 사진, 이모티콘, 동영상 등의 형태로 더 많이 사용된다. 글과 그림, 그리고 다양한 상징과 지표로 구성된 기호를 이해한다는 것은 기호를 사용하는 인간과 사회를 이해하는 일의 출발점이 된다.

우리는 기호를 만들어내는 주체이자, 기호를 해석하고 소비하는 주체이기도 하다. 이 글에서 조금 더 언급하고자 하는 구조주의는 기호의 창조와 해석에 관여하는 프레임으로서의 구조에 주목할 것을 요구한다. 좀 까다로운 작업처럼 보이지만, 기호학과 구조주의에 대한 공부는 모든 이야기 공부의 출발점이 될 수 있다.

기호학: 사회적 약속의 출발점

주인공은 모든 사람이 책상을 책상이라 부르는 것에 싫증을 느낀다. 왜 사람들은 책상을 책상이라고 부르고, 의자를 의자라고 하고, 침대를 침대라고 부르지? 도대체 왜 그렇게 불러야 하는 거지? 그는 어느 순간부터 '침대'를 '사진'이라고 부르기로 결정한다. "피곤하군, 이제 사진 속으로 들어가야겠어." 그러나 침대를 사진으로 부르는 것으로 끝나지는 않았다. 침대에서 일어나 의자에 앉으려다가 새로운 고심에 빠진 것이다. 그래서 이제 의자를 '시계'라고 부르기로 결정한다. 이제 그에게는 침대에서 일어나 의자에 앉는 동작이 "사진에서 일어나 시계에 앉는 동작"이 되어버린 것인데, 그 이후의 일을 이루 설명하기는 힘들다. 어쨌든 이 이야기는 슬프게 시작되어 슬프게 끝난다. 회색 외투를 걸친 이 늙은 남자가 사람들을 이해할 수 없게 되었다는 것은 그렇게 나쁘지 않았다. 이보다 훨씬 더 나쁘게 된 것은 사람들이 그를 이해할 수 없게 된 것이다. 그래서 그는 이제 말을 하지 않았다. 그는 침묵했고, 자기 자신하고만 이야기했고, 인사조차 하지 않았다.

　　스위스의 작가 페터 빅셀은 『책상은 책상이다』*에서 언어와

---

* 페터 빅셀, 김광규 옮김, 『책상은 책상이다』(문장사, 1990).

인간의 관계에 대한 흥미로운 질문을 던진다. 언어는 사회적 약속으로 존재하며, 이를 무시한다면 모든 문명, 모든 세상은 존재하지 않을 수도 있다는 사실을 재미있게 드러내기 때문이다.

위의 책에 실린 또 하나의 짤막 단편 「지구는 둥글다」도 이와 관련된 우화를 보여준다. 이 단편은 지구가 둥글다는 사실을 믿을 수 없어 직접 경험으로 확인하고자 하는 주인공의 어리석음을 다룬다. 그는 지구본을 구한 다음, 자기 집에서 출발해 자기 집으로 돌아오는 길까지 지구본 위에 직선을 긋고 그 길을 똑바로 걷기로 결심한다. 물론 그는 출발 지점에서부터 난관에 부딪힌다. 가장 가까운 이웃집부터가 난관의 시작이었다. 그 집 울타리를 돌아가면 되겠지만, 직선에서 벗어날 수는 없어서 그는 사다리를 타고 이웃집을 넘어가기로 작정한다. 문제는 점점 더 복잡해진다. 위험한 사다리를 타자니 안전한 등산화도 필요하고 밧줄과 구급낭도 필요해진다. 가다가 만날 강을 건너자면 보트가 필요한데, 보트를 타고 가자니 강가에까지 보트를 옮길 수레가 필요하다. 1개의 보트와 1개의 수레면 될 듯싶었는데, 강 너머까지 수레를 날라다 줄 또한 척의 보트가 더 필요하고, 또 그 보트를 담을 수레가 필요해진 것이다.

물론 그 길을 떠난 남자를 다시 목격한 사람은 아직 없다고 한다. 언어는 사회적 약속이다. 언어의 규칙을 다루는 기호학은 이러한 전제에서 출발한다. 그 전제를 받아들인 사람은 무작정 지구 위를 걷기보다는 지구본을 바라보며 지구에 대해 공부하기를 원할 것이다. 기호학이 제시하는 약속의 세계를 소개하고자 한다.

감자를 대신하는 기호: 『걸리버 여행기』

조너선 스위프트의 풍자소설 『걸리버 여행기』에는 감자(대상체)를 사기 위해 감자를 직접 들고 가야 하는 사람들의 이야기가 나온다. 감자라는 '말/기호(표상체)'가 없다면 감자라는 '대상체/물체'를 설명할 수 없기 때문에, 감자라는 물체를 직접 들고 가야 한다는 것이다. 다시 말해, 우리는 감자를 사기 위해 감자를 직접 들고 가야 하는 불편함을 줄이기 위해 감자라는 말을 사용하는데, 이러한 말을 '표상체(기호)'라고 부른다.

　미국의 철학자 찰스 퍼스(Charles Sanders Peirce)는 '대상체(물체)' 와 '표상체(기호)'를 통해 우리가 얻는 관념을 '해석체'라 부르고, 대상체-표상체-해석체 사이의 관계를 보여주는 기호 삼각형을 그린다. 아래 〈표〉에서 왼쪽 아래의 '대상체'는 물체 그 자체이다. 우리는 대상체를 직접 표현할 방법이 없기 때문에, 이를 대신할 수 있는 '표상체'를 만들어낸다. 그 표상체는 '기호'로 나타나는데, 우리는 그 기호를 통해 어떤 정신적인 개념, 즉 '해석체'를 떠올린다는 것이다.

대상체(object): 기호가 지시하는 것, 물체.

표상체(representamen): 기호가 취하는 형태. 기호(sign).

해석체(interpretant): 기호에 의해 만들어지는 관념.

기호학의 관점을 처음 제시한 학자로는 프랑스의 페르디낭드 소쉬르, 미국의 찰스 퍼스를 거론하는데, 두 사람의 공통점은 물체(대상체)와 해석체 사이에 놓인 표상체에 주목했다는 점에 있을 것이다. 대상체가 '기호내용'이라면, 표상체는 이를 기호로 대체한 '기호표현'이다. 기호내용은 기의(記意), 시니피에(signifie), signifier 등으로 부르기도 하며, 기호표현은 기표(記標), 시니피앙(signifiant), signified 등으로 부르기도 한다.

대상체와 해석체를 매개하는 기호로서의 '표상체'는 두 가지 일을 동시에 수행한다. 기호가 일단 만들어지면, 그것이 대표하는 어떤 것(물체/대상체)을 은연중 항상 지시(refer to)한다. 그래서 대상체는 기호 주변에 있어도 좋고 없어도 좋다. 좀 더 나아가면 기호는 실제 대상체를 잠적시키는 역할을 한다고 말할 수 있다. 기호는 대상체를 시야 밖으로 사라지게 한다. 오히려 대상체가 기호 주변에 얼씬거리면 기호가 대표로서의 구실을 수행하는 데에 방해가 된다는 것이다.* 다시 『걸리버 여행기』로 돌아가 보면, 감자라는 '기호'를 사용하는 순간 더 이상 '감자'를 들고 다닐 필요가 없어진 것이다. 기호가 중요한 이유는 여기에 있다.

---

* 김경용, 『기호학이란 무엇인가』(민음사, 1994), 30-31쪽.

기호표현의 세 가지 방식

감자를 사기 위해 감자를 시장에 직접 들고 가야 하는 어리석음을 피하기 위해 우리는 '감자'라는 기호를 사용한다. 우리는 시장에서 감자를 사야 할 때 감자를 그림으로 그려서 보여줄 수도 있고, 감자 포대를 보여줌으로써 거기에 담길 내용물이 감자라는 점을 인식시킬 수도 있고, 감자 요리를 먹는 시늉을 보임으로써 감자를 연상시킬 수도 있다. 미국의 철학자 퍼스는 이 점에 따라 기호를 만드는 방식을 세 가지로 나누었다. 도상(icon), 지표(index), 상징(symbol)이 그것이다.*

　　도상은 대상을 시각적으로 모방한 것이다. 원시인들의 동굴 벽화나 초기의 한자가 차용한 상형의 원리들은 도상을 이용한 것이다. 물론 현대에도 도상은 강력하게 사용된다. 컴퓨터 화면에 펼쳐진 그림들, 스마트폰에 배열된 각종 어플리케이션들은 우리가 직관적으로 그 기능을 유추할 수 있도록 디자인된다. 자동차 운전 중 만나는 교통신호는 따로 열심히 공부하지 않아도 그림만으로 대충 그 의미를 파악할 수 있다. 각종 소셜미디어에 사용되는 이모티콘(emoticon)도 감정(emotion)을 그림으로 잘 표현한 도상의 일종이다.

---

* 김경용, 앞의 책, 40-44쪽.

지표는 대상에 대한 직접적이고 존재론적인 연계를 지닌 기호로 쉽게 설명된다. 지표는 그 대상의 일부이거나 그 대상과 인과론적인 관계로 연결되어 있어 수용자에게도 그렇게 인식된다. 예를 들어 연기는 불의 지표이고, 기침은 코감기의 지표다. 범행 현장에 있는 단 한 사람의 발자국은 그가 범인일지 모른다는 지표로서의 의미를 보여준다. 피사체를 찍은 사진은 빛의 작용에 의해 필름에 각인된 한 대상의 지표이다.

이에 반해 상징은 사람의 약속에 의해서 결정되는 것으로서 주로 학습에 의해 이루어진다. 예를 들어 문자, 언어, 모스 부호, 그래프의 곡선, 지폐, 주판, 전기 회로도, 아날로그 계산기용 테이프 등이 이에 해당한다. 도상과 지표가 자연적이고 물리적인 약호인 반면, 상징은 인공적이고 자의적인 점이 특징이다. 도상, 지표와 같은 단순한 약호와 복잡한 상징을 구분하는 가장 중요한 요소는 부호화(encoding)와 해독화(decoding)의 정도 차이다. 도상과 지표의 경우, 부호화와 해독화의 과정은 단순하다. 이에 반해 상징의 경우, 이 과정이 매우 복잡하다. 따라서 상징의 원활한 사용을 위해서는 학습 과정이 필요하다.

어쩌면 우리의 사회생활은 '기호의 우리' 속에서 '우리의 기호'를 사용하는 것으로 이해될 수 있다. 이러한 기호 체계에 익숙해져야 우리는 그 사회 속에서 정상적인 사람으로 간주된다. 다시 말해, 우리의 사회화 과정은 도상, 지표, 상징 등의 학습 과정에서 출발한다.

기호로 기호를 비판하기

1970년대 한국의 '박치기 영웅' 김일은 단순한 프로레슬러가 아니었다. 그가 단신의 몸으로 서양의 덩치 큰 선수를 박치기로 물리칠 때, 그것은 한국인의 승리, 동양인의 승리였다. 한국인은 그의 승리에 많은 은혜를 입었다. 우리도 승리할 수 있음을, 우리도 잘 살 수 있음을 김일의 승리에서 얻었으니, 그야말로 그를 한국의 신화라 불러도 좋았다. 그러나 어느 순간 '프로레슬링은 가짜'라는 소문이 퍼지면서 그의 승리는 순식간에 잊혔고, 프로레슬링의 인기도 그걸로 끝났다.

기호학자 롤랑 바르트(Roland Barthes)의 『신화론』(1957)에는 레슬링에 대한 짤막한 글이 실려 있다. 그는 우리의 생각을 뒤바꾸어 놓는다. 권투가 야만이며, 오히려 레슬링은 문화라는 것. 권투는 야생의 진짜 힘을 겨루지만, 프로레슬링은 이미 약속된 규칙(기호 체계) 내에서 움직인다는 것. 한 치도 규칙에서 벗어나지 않는 힘겨루기야말로 문화적인 것, 기호학적인 것이라고 그는 주장한다.

실체보다 기호가 더 중요하다는 바르트의 생각은 좀 지나친 면이 있다. 그러나 기호 체계는 기호가 구성하는 의미를 밝히는 데에만 사용되는 게 아니라, 기호에서 벗어난 '균열'을 파악하는 데에도 유효하게 사용될 수 있다는 점을 기억해 둘 필요가 있다. 예를 들어, 우리가 서부극을 즐길 때, 우리는 서부극이 의존하는 관습과 기호 체계를 즐기는 동시에 그것들에서 벗어나는 순간의 이상한 균열을 즐긴다고 볼 수 있는 것이다.

존 포드 감독, 존 웨인 주연의 서부극 「리버티 밸런스를 쏜 사나이」(1962)를 말하려다 서론이 길어졌다. 이 작품은 존 웨인이 걸친 느슨한 셔츠, 셔츠 위의 보안관 표지, 멋을 부린 머플러만으로도 존 웨인의 정통 서부극임을 알 수 있다. 우리는 이 영화를 보면서 내내 기호를 소비하면 된다. 악당들이 모여 있는 주점, 겁먹은 시민들, 마지막 결투가 이루어지는 광장, 크로마 키(chroma Key) 방식으로 촬영한 황야의 말 타는 장면 등 이 영화는 클리셰(cliche)로서의 기호로 가득 차 있다.

그러나 우리는 천편일률의 클리셰로 가득 찬 이 영화에서 점차 '균열'들을 만나기 시작한다. 이 영화는 서부에서 총 잘 쏘는 보안관의 시기가 끝날 무렵을 배경으로 한다. 총 잘 쏘는 보안관 톰(존 웨인 분) 대신 법률가인 랜스(제임스 스튜어트 분)가 보안관 역을 대체한 것. 이제 총이 지배하던 야만의 시대는 끝나고, 법률이 지배하는 문명의 시대로 돌입하기 시작한 것. 존 웨인도, 존 포드도 이제 서서히 퇴장을 준비해야 하는 시기가 된 것. 이 영화는 서부극의 관습적인 기호 체계를 이용하면서, 서부극의 관습이 이제 끝났음을 보여준다. 이처럼 기호는 기호를 부정할 때도 사용되는 법이다.

디자인: 기존의 기호에서 멀어지기

영화 「정오에서 3시까지」는 1977년 제작된 찰스 브론슨 주연의 서부극인데, 내용은 의외로 간단했다. 서부 개척 시대의 어느 한 순간을 그리는데, 한 여인이 우연히 집에서 만났던 한 남자에 대해 회상하는 내용이다. 만난 시간은 '정오에서 3시까지' 겨우 3시간. 여자는 남자를 "키가 190센티미터를 넘고, 매우 잘생긴, 우정을 위해서라면 목숨도 내놓을 만큼 용감한 남자"로 기억하는데 남자는 키가 큰 미남도 아니고, 그저 비열한 은행 강도였던 것. 여자는 남자의 행동 중 몇 개의 우연을 통해 그 남자를 아주 멋진 남자로 기억하는데, 그 여자의 어리석은 환상이 영화의 주제가 될 만큼 중요한 것일까 생각해 보았다.

결국 이 영화는 서부극 자체에 대한 비판으로서의 서부극이지 않았을까 생각해 본다. 정오에서 3시까지 잠깐 만난 남자의 모습은 그저 환상에 불과하다는 점. 서부극에서 다루는 현실도 이처럼 그저 서부 개척 시대의 일부분을 보여주는 환상에 불과하다는 점을 이런 식으로 보여준 게 아닌가 싶었다. 서부극은 전성기도 길었지만, 그게 스러져가는 와중에도 끈질기게 많은 명작을 남겼다. 앞 장에서 다룬 「리버티 밸런스를 쏜 사나이」도 여기에 해당하며, 「늑대와 춤을」, 「아바타」, 「스타워즈」, 「만달로리안」 등도 서부극의 최후를 보여주는 서부극이라 불러야 할 것 같다. 이들은 공히 서부극을 통해서 서부극의 몰락을 보여준다.

언어학(기호학)을 배울 때 첫 번째 명심해야 할 사항이 언어(기호)는 사회적 약속이라는 것이다. 우리는 그 사회적 약속을 통해서만 상호소통이 가능하다. 한국인은 한국어라는 사회적 약속을 알지 못하는 사람과 대화를 나누기 힘들다. 야구 선수들은 야구의 규칙을 공유하지 못한 사람과 함께 경기를 할 수 없다. 규칙, 사회적 약속, 사회적 규범 등은 오랜 시간 동안 자연스럽게 형성되고 공유되는데, 갑작스러운 사회적 약속이 필요할 경우, 새로운 기호 체계를 인위적으로 만들기도 한다. 예컨대 IP(Internet Protocol)는 인터넷을 사용하기 위해 서로 인위적으로 약속한 규범(프로토콜)이다.

그러나 기호는 사회적 약속을 깨트리는 데에도 사용될 수 있다. 예를 들어, 서부극은 꽤 오랜 시간에 걸쳐 형성된 하나의 거대한 기호 체계인데, 그 기호는 언젠가 깨지기 위해 존재하는 것인지도 모른다. 사회적 약속은 고정불변이 아니라, 언제든 거듭 수정되고 변형된다. 한국어의 문법도, 서부극이라는 장르의 서사 규칙도, 시나 소설의 소통 방식도 언젠가는 바뀐다.

기호를 부수는 것을 '디-자인(de-sign)'이라 부르면 어떨까. 기존의 기호(sign)를 파괴하고(destroy), 기존의 기호 체계로부터 분리되는(detach) 행위가 바로 새로운 디자인인 셈.

속고 속이는 게임

그림 형제의 민담 「헨젤과 그레텔(Hänsel and Gretel)」에는 부모와 어린 자매, 그리고 마녀가 등장하는데, 모두들 기호를 활용하는 데 능란하다. 줄거리를 정리하면 다음과 같다.

(1) 가난한 나무꾼 아버지, 마음씨 고약한 계모는 먹을 식량이 부족해지자 남매인 헨젤과 그레텔을 깊은 숲속에 버리기로 한다. 우연히 이를 들은 두 아이는 밤에 몰래 나가 하얀 조약돌을 주워 오고, 다음 날 숲으로 들어가는 길에 이 돌들을 땅바닥에 흘려둔다. 아이들은 버려지지만, 숲길에 뿌려둔 조약돌을 따라 무사히 집으로 돌아온다.

(2) 계모는 다시 한번 아이들을 버리기로 계획한다. 이번에는 아이들이 외출할 기회를 아예 차단해 흰 조약돌을 갖출 수 없게 한다. 아이들은 길을 표시하기 위해 빵 조각을 떼어 길에 뿌려두지만, 산새들이 쪼아 먹어버리는 바람에 결국 숲속에서 길을 잃고 만다.

(3) 허기진 채로 숲속을 헤매던 중 남매는 너무 맛있는 과자로 만들어진 집을 발견하고, 허겁지겁 그것을 먹는다. 하지만 그것은 미끼였고, 늙은 마녀인 할머니는 헨젤을 살찌워 잡아먹기 위해 우리 안에 가두고 그레텔을 하녀처럼 부린다.

(4) 늙은 마녀는 헨젤이 살이 쪘는지 확인하기 위해 팔을 내밀어 보라

고 하지만 헨젤은 우리 안에 있던 뼈다귀를 내밀어 위기를 모면한다. 마녀는 그레텔을 먼저 잡아먹기 위해 오븐의 온도가 적당한지 들어가 보라고 유인하지만, 그레텔은 꾀를 부려 도리어 마녀를 오븐 안으로 밀어 넣어 죽게 한다. 마침내 마녀를 처치한 헨젤과 그레텔은 그곳에 있던 보석들을 가지고 집으로 돌아온다.

이 이야기에는 기호학의 여러 측면이 재미있게 드러나 있다. 먼저 (1)에서 두 아이는 흰 조약돌을 기표(기호의 표지)로 남겨둠으로써 자신의 안전한 귀가를 보장받을 수 있었다. 그야말로 기표가 생존의 방편이었던 셈이다. 그러나 기표가 완벽한 것은 아니다. (2)에서는 빵조각을 기표로 남겨두었는데, 그 기표는 사라져버려 위기에 빠지게 된다. 또한 (3)에서 아이들은 '먹음직한 과자로 만든 집'이라는 표면적인 기호표현에 속아서 그 감추어진 기호내용, 즉 '죽음에 빠질 만한 위험'을 간과한다. 그러나 (4)에서 아이들은 눈이 침침한 마녀를 속이기 위해 '뼈다귀'나 '오븐' 등의 기호표현을 역이용해서 멋지게 마녀를 속인다.

누가 가장 기호를 잘 이용했나? 1번 아이들의 부모, 2번 마녀, 3번 헨젤과 그레텔. 정답은 3번인 듯하지만, 계모와 마녀도 기호학의 달인이기는 하다. 아이들이 흰 조약돌을 기호로 이용한다는 것을 안 계모는 아예 조약돌 사용할 기회를 없애기도 하고, 마녀는 맛있어 보이는 과자집이라는 기호표현을 사용해 아이들을 유인하는 데 성공했기 때문이다.

기호표현과 기호내용

소쉬르에 의하면, 기호는 기표와 기의가 종이의 양면처럼 결합되어 있는 상태로 정의된다. 그는 사물을 표현하기 위한 가시적인 기호, 즉 기표(기호표현, 시니피앙, signifier)를 중시했고, 그 기표를 통해 기의(기호내용, 시니피에, signified)에 도달할 수 있다고 보았다. 다시 말해, 기호는 다음과 같은 도식으로 표시된다.

기호(sign) = 기표(signifier/signifiant) + 기의(signified/signifié).

이러한 기호 체계에 관한 학문을 기호학(Semiotics)이라 일컫는데, 소쉬르는 언어학자이기 때문에, 기표라는 말 대신에 '음성'이라는 용어를 주로 사용했다. 그러나 기표는 음성으로만 존재하는게 아니다. 도로에 그어진 황색 선, 사거리의 신호등, 목욕탕을 나타내는 표지, 디지털 미디어 속의 동영상 등의 물질적 형태도 기표로 작용한다.

위의 민담 「헨젤과 그레텔」에서 가장 능숙한 기호 사용자는 두 아이였다고 말한 바 있는데, 그중에서도 1, 2위를 정해야 한다면 어떨까? 1번 헨젤, 2번 그레텔.

먼저 헨젤의 경우. 그는 조약돌을 길에 뿌려두는 아이디어를 제시했고, 눈이 침침한 마녀 할멈이 헨젤을 잡아먹기 위해 살이 쪘는지 확인하려 할 때, 의도를 간파하고 손목을 내미는 대신에 버려진 뼈다귀를 내미는 책략을 사용한다. 그는 사물보다 중요한 게 기표라는 것을 간파하고 거짓 기표와 거짓 기의를 유도해 냈다. 그런데 이야기의 뒷부분으로 갈수록 여동생인 그레텔의 활약이 돋보인다. 두 아이가 집으로 돌아가는 도중에 강을 건너야 하는 마지막 난관에 부딪혔을 때의 이야기가 그중의 하나. 강을 건널 수 없어서 절망에 빠져 있을 때 오리가 나타나 그들을 한꺼번에 태워주기로 하는데, 동생 그레텔이 조용히 제동을 걸고 나선 것. "안 돼. 이 오리는 우리 두 사람이 함께 타기에는 너무 작아. 한 번에 한 사람씩 건너야 해." 두 아이가 오리 한 마리의 등에 올라타기에는 좀 위험하다는 판단을 내릴 만큼 현명해진 것이다. 이 정도 되면, 동생 그레텔의 승리!

그런데 이 모든 이야기가 끝난 다음에 전혀 필요 없어 보이는 이상한 결말이 사족처럼 붙어 있다! "이야기는 이걸로 끝입니다. 저기 쥐 한 마리가 달아나고 있군요. 저놈을 잡는 사람은 그 털가죽으로 큼직한 모자 하나를 만들 수 있을 테지요."*

이런 이상한 결론을 말하는 자는 누구일까. 아까 열거하지는 못했는데, 3번 서술자(narrator)를 정답으로 제시해야 할 것 같다. 서술자는 쥐 털가죽만으로도 두 아이의 큼직한 모자 하나 정도는 만들 수 있다고 말한다. 무시무시한 마녀 할멈을 무찌른 아이들이 이토록 작다는 것을 보여주기 위해 '쥐 한 마리'를 등장시킨 서술자야말로 가장 뛰어난 이야기꾼이고 기호학자라는 생각이 든다.

---

* 그림 형제, 앞의 책, 164쪽.

감추어진 기호로서의 사랑: 김유정의 「동백꽃」

 사랑의 감정은 '사랑한다'는 말로 표현되어야 한다. 그러나 가끔 말을 하지 않음으로써, 혹은 엉뚱하게 다른 말을 사용함으로써 '사랑'을 표현하기도 한다.

　아주 오래전에 「사랑의 마음을 전하는 컨벤션의 변화」라는 제목의 글을 써본 바 있다.* 나는 그 글의 첫 대목에서 『삼국유사』에 나오는 「헌화가」 이야기를 먼저 다루었다. 신라 시절 이야기인데 한 노인은 꽃을 꺾어 수로부인에게 바치면서 「헌화가」를 불러 사랑을 표현한다. 사랑의 마음을 전하기 위해 노래를 사용했지만, 꽃 한 묶음이 더 큰 효력을 발휘했을지도 모른다. 물론 요즘에는 명품 가방을 하나 선물해야 사랑의 감정을 잘 표현했다고 보는 듯도 한데, 어쨌든 사랑의 마음이 반드시 언어적 표현을 통해서만 전달되는 것은 아니다.

　꽃과 노래, 비싼 가방이 사랑의 기호표현으로 사용될 수 있다면, 때로는 꽃 대신 '감자'를 주는 것으로도 사랑의 감정을 표현할 수 있을 것이다. 소년 소녀의 풋사랑을 그린 김유정의 단편 「동백꽃」(1936)에 그 '감자'가 등장한다. 소녀 주인공 점순이는 갑자기 소

* 김만수, 『희곡 읽기의 방법론』(태학사, 1996), 48-53쪽.

년 앞에 감자를 내민다. "느 집엔 이거 없지?" 하고 생색 있는 큰소리를 하고는, 제가 준 것을 남이 알면은 큰일 날 테니 여기서 얼른 먹어버리란다. 그리고 또 하는 소리가, "너, 봄감자가 맛있단다."* 여기에서 '점순이'가 꽃 대신 감자를 선물한 게 특별히 잘못된 행동은 아니다. 단지 실수가 있다면, "너, 봄감자가 맛있단다." 뒷부분에 쓸데없이 "느 집엔 이거 없지?"라는 언어적 기호를 부가함으로써 가난한 소작인 아들의 자존심을 건드렸다는 점이다.

자존심 상한 소년은 감자를 거절하고, 호의를 거절당한 점순이는 "눈에 독을 올리고 한참 나를 쏘아보더니, 나중에는 눈물까지" 살짝 비친다. 그러나 이 작품의 끝부분에서 점순이는, "그리고 뒷에 떠다 밀렸는지 나의 어깨를 짚은 채 그대로 퍽 쓰러진다. 그 바람에 나의 몸뚱이도 겹쳐서 쓰러지며, 한창 피어 퍼드러진 노란 동백꽃 속으로 폭 파묻혀 버렸다." 함께 넘어진 두 남녀는 "땅이 꺼지는 듯이 온 정신이 고만 아찔"한 감정에 빠진다. 우리는 이런 사랑의 장면이 좀 더 자세하게 묘사되기를 기대해 보지만, 그러나 이 정도의 묘사를 끝으로 이 단편은 끝난다. 뒤 대목은 더 재미있다. "너, 말 마라!" "그래!" 점순과 '나'는 새로운 '비밀'을 하나 약속하고는, 하나는 산 위로 하나는 마을로 도망가 버리는 것이다. 독자로서는 조금 야속한 느낌을 가질 수 있다. 독자는 그들의 사랑의 장면에서 다시 한번 배제되었기 때문이다.

그러나 가끔은 이런 침묵이 더 강할 때가 있다. 가끔 기호표현은 기호내용을 드러내지 않음으로써 더 빛을 발하기도 한다.

---

* 이상·김유정, 『날개/동백꽃 외』(동아출판사, 1995), 323-331쪽.

감추어진 기호 찾기의 놀이: 황순원의 「소나기」

소년 소녀의 풋사랑 이야기로는 황순원의 「소나기」(1952)를 빼놓을 수 없다. 이 짧막한 단편은 서울에서 내려온 소녀가 개울의 징검다리 한가운데 앉아서 물장난을 하는 장면에서 시작된다. 숫기 없는 시골 소년은 소녀가 차지하고 있는 징검다리를 건너질 못하고 마냥 기다리는데, 그런 소년에게 소녀가 대뜸 돌을 던진다. 소녀가 꽤 당차다는 느낌이다. 그 대목을 조금씩 따라가 보자.

소녀가 징검다리에서 "훌" 일어나 소년에게 "이 바보"라고 외치며 조약돌을 던진다. 이 조약돌은 소년의 가슴 한가운데에 박혔을 법하다. 그다음 문장들은 단발머리를 나풀거리며 막 달리는 소녀, 소녀를 가리는 갈밭의 갈꽃들, 그 위의 청량한 가을 햇살을 마치 '카메라의 눈'처럼 조금씩 쫓아간다. 그리고 소녀의 모습이 가려지자, 소년은 발돋움을 하며, 이번에는 한 움큼 움직이는 갈꽃, 갈꽃을 들고 있는 소녀, 그 천천한 걸음, 유난히 맑은 가을 햇살이 차례로 잡힌다. 더욱 흥미로운 부분은 다음 단락의 '조약돌'이다. 이를 영화적 장면으로 재구성해 본다면 다음과 같다.*

---

* 황순원, 『카인의 후예』(동아출판사, 1995), 531-532쪽.

⑴ 소녀는 물속에서 하얀 조약돌 하나를 집어 든다. 그다음에는 소년을 향해 조약돌을 던지며 뭐라 외친다.

⑵ (소리) "이 바보."

⑶ 소년은 달아나는 소녀의 뒷모습을 보기 위해 발돋움을 한다.

⑷ 소녀의 뒷모습은 나풀거리는 단발머리만 잡힌다. 소녀는 갈밭 사잇길로 들어서지만 갈밭으로 인해 소녀의 모습은 감춰진다.

⑸ 상당한 시간이 흐른다.

⑹ 소녀는 갈꽃을 안고 천천히 걸어간다. 소녀 아닌 갈꽃이 들길을 걸어가는 것만 같다.

⑺ 소년은 이 갈꽃이 아주 뵈지 않게 되기까지 그대로 서 있다.

⑻ 소년은 물이 묻은 조약돌을 주머니에 넣는다.

⑼ 이후 소년은 주머니 속 조약돌을 주무르는 버릇이 생겼다.

황순원의 단편 「소나기」에도 사랑이라는 기호표현은 등장하지 않는다. 그러나 무심코 던져진 '조약돌' 하나, 무심코 들리는 '이 바보' 소리, 나풀거리는 단발머리 속에는 소년이 소녀에게 느끼는 사랑의 감정이 진하게 담겨 있다. 심지어는 갈밭으로 인해 가려진 소녀의 모습 속에서도 상상의 아름다움이 담긴다. 소년은 갈밭 사잇길로 사라진 소녀를 보기 위해 발돋움을 했듯, 독자인 우리도 잔뜩 긴장한 채 발돋움의 자세를 취해야 한다.

작가는 이 짤막한 단편에서 그 풋풋한 사랑의 세계를 직접적으로 디테일하게 보여주지 않는다. 그저 한두 개의 소품들, 예를 들어 위의 '조약돌'이나 작품 끝부분의 '흙물이 묻어 있는 옷' 등을 통해 잠깐씩 드러낼 뿐이다.

핵심 사건과 부수적 사건

작고 사소한 기호이지만, 그것이 오히려 더 길고 강력한 여운을 남기는 경우가 있다. 책상 안에 보관된 조약돌 하나, 길 가다 무심코 마주친 어떤 사람의 환한 미소, 내가 거닐었던 골목길 귀퉁이의 흐릿한 가로등 하나에도 그런 추억이 남아 있을 수 있는 것이다. 앞장에서 다룬 황순원의 단편 「소나기」에도 이런 기호들이 흩어져 있다.

사실 이 단편의 결말은 조금 허술하고 허망하다. 소년과 소녀가 들판에 나갔다가 소나기를 만났는데, 그 뒷이야기는 거의 없고 여러 날 앓다가 약도 변변히 쓰지 못하고 죽었다는 후일담만 담담하게 서술되기 때문이다. 한여름에 소나기 좀 맞았다고 해서 바로 죽었을까, 아니면 지병이 있어 시골로 요양 왔지만 결국 병마를 이기지 못하고 죽었을까 등등의 상상을 해볼 수는 있지만, 어쨌든 허술하고 허망한 것은 사실이다.

그러나 작가 황순원은 소녀가 죽기 전에 "흙물이 묻어 있는 옷을 꼭 그대로 입혀서 묻어 달라"는 유언을 남기는 것으로 결말을 처리해 이런 허술함을 넘어선다. 소녀가 소중하게 여기는 '흙물이 묻어 있는 옷'에는 소년과의 추억이 고스란히 압축되어 있기 때문이다.

러시아 형식주의자 토마셰프스키는 소설 속의 사건을 '구속 모티프(bound motif)'와 '자유 모티프(free motif)'로 나눈다. 구속 모티프는 서사의 전개에 필수적인 사건이어서 앞뒤 부분이 서로 긴밀하게 얽힌 구속 관계를 형성하는 반면, 자유 모티프는 생략해도 사건의 진행에 크게 지장이 없는 사소한 사건들로 구성된다. 전자를 중심가지, 후자를 잔가지에 비유할 수 있겠는데, 이와 비슷한 개념을 롤랑 바르트는 '핵(nuclei)'과 '촉매(catalyzers)'라는 용어로, 시모어 채트먼은 '중핵(kernels)'과 '위성(satellites)'이라는 용어로, 포터 에벗은 '구성적 사건'과 '보충적 사건'이라는 용어로 각각 사용한다.*

이런 예를 들면 어떨까. 주인공이 공항에서 비행기를 타기 위해 한 시간 정도 대기한다. 이 서사에서 '구성적 사건'은 공항에서 대기하는 사건, 비행기를 타고 다른 곳으로 이동하는 사건 등으로 이어지겠지만, 실제 서사는 잠시 '구성적 사건'에서 벗어나 공항 로비에서 한 시간 동안 벌어지는 사소한 일상사들, 가벼운 공상들로 채워질 수 있다. 물론 '구성적 사건'은 스토리 차원에서 필수적인 사건이다. 그것은 스토리를 앞으로 진행시킨다. 반면 '보충적 사건'은 스토리를 앞으로 진행시키지 않으며, 그것이 없다고 해도 스토리는 여전히 그대로 남을 것이다. 그러나 우리는 그 사소한 '보충적 사건'을 기억할 때도 많은 법이다.

---

* H. 포터 에벗, 우찬제 외 옮김, 『서사학 강의─이야기에 대한 모든 것』(문학과지성사, 2008). 55-57쪽.

'노란 꽃'의 존재: 귄터 아이히의 「꿈」

봉준호 감독의 영화 「설국열차」(2013)는 일종의 폐소공포증 (claustrophobia)을 다룬다. 영원히 궤도 위를 달리는 설국열차 속에서 그들은 다른 세상을 상상할 기회마저 박탈당한 채 폐쇄된 공간에 산다. 물론 이 영화 속의 집단 주인공들은 기차의 꼬리 칸에서 머리 칸으로 어렵게나마 점진적으로 나아간다. 그 과정은 어둠에서 빛으로 나아가는 과정이자, 수렵에서 농경으로, 고대와 중세에서 근대로 나아가는 인류의 역사를 상징적으로 재현하는 것으로도 보인다. 열차의 꼬리 칸은 어둡고 머리 칸은 금속성으로 빛난다. 어둠이 야만이라면 빛은 문명인바, 꼬리 칸의 반란자들은 문명의 세계로 나아가기 위해 '횃불'을 들고 나아간다. 그러나 그들이 횃불만으로 세상을 다 밝혀낼 수 있었을까. 이 영화는 횃불로는 밝혀낼 수 없는 새로운 세상, 즉 폐쇄된 설국열차의 문을 열고 눈으로 뒤덮인 미지의 세상으로 나아갈 때 만날 수 있는 새로운 세상을 암시하는 것으로 끝난다.*

기호(sign)는 관념(idea)과는 달리 청각이나 시각으로 감각 가능한 것이라야 한다. 그러나 눈에 보이는 것만 진실인 것은 아니다.

---

* 김만수, 「신화적 상상력: 봉준호의 「설국열차」에서 「기생충」까지」, 『옛이야기의 귀환』(강, 2020), 223-254쪽.

우리는 가끔 기호의 바깥에 대해 사유할 필요가 있는데, 우리는 이상한 기호 규칙(울타리)에 사로잡혀 있을지도 모르기 때문이다.

독일 전후문학의 강렬한 견인차였던 귄터 아이히는 라디오 드라마 「꿈」(1949)을 통해 파시즘의 광기에 빠져 제2차 세계대전의 비극에 휘말린 독일 사회의 한 측면을 알레고리로 제시한 적이 있다. 이 작품은 '얼굴을 알 수 없는 네 명의 사나이'에 의해 갑자기 끌려가 기차에 실린 후 기차 속에서 자식을 낳으며 4대째 살아가는 한 집안의 이야기를 다룬다. 할아버지는 기차 바깥의 세계를 생생하게 기억하지만, 대를 이어 내려갈수록 그 기억은 흐릿해지고 손자 대에 이르러서는 바깥 세계의 존재에 대해 아예 상상조차 못한다. 할아버지는 바깥 세계의 '노란 꽃'인 민들레에 대해 중얼거리지만, 손자와 손자며느리는 아이들에게 '노란 꽃'이 존재한다는 따위의 거짓말을 가르치지 말라고 할아버지에게 대든다. 눈에 보이지 않는 것은 존재하지 않는 것이라고 믿기 때문이다.*

"보이지 않는 것은 존재하지 않는다"고 믿는 사람들에게 보이지 않는 것도 실재할 수 있으며, 보이는 것보다 더 중요할 수도 있다는 것을 가르치는 일은 어려운 일이다. 파시스트들에 의해 조작된 사실만을 믿고 파시즘의 광기에 빠져 있던 당대의 독일인들에게 귄터 아이히가 하고 싶었던 말은 무엇이었을까.

---

* 김광규, 『귄터 아이히 연구』(문학과지성사, 1983), 102-118쪽.

플라톤의 '동굴의 비유'

플라톤은 '동굴의 비유'를 통해 철학을 알지 못하는 자를 동굴 속에 갇힌 죄수들에 비유한다. 이 죄수는 다만 한 방향으로만 볼 수있을 뿐이다. 왜냐하면 그는 쇠사슬에 속박되어 있기 때문이다. 그리고 그의 뒤쪽에는 불이 있고 앞쪽에는 담벽이 있다. 죄수들과 벽사이에는 아무것도 존재하지 않는다. 그러므로 그들이 보는 것은다만 벽에 비치는 그들 자신의 '그림자'와, 그들 뒤에서 움직이고있는 사물들의 '그림자'뿐이다. 그러므로 그들이 이 그림자를 '실재(實在)'라고 보는 것은 불가피한 일이다. 그들은 대상에 대한 합당한 '개념'을 가질 길이 없는 것이다.

그러나 마침내 어떤 사람이 이 동굴에서 도망쳐 태양 빛으로나가는 데 성공한다. 그는 처음으로 실재의 사물을 보며 자기는 이제까지 그림자에 속아 왔다는 것을 알게 된다. 그가 만일 통치자가되기에 합당한 부류의 철학자라면, 그는 그가 나온 동굴로 다시 들어가, 함께 속박되었던 이들을 만나 진리에 관해 가르칠 책임감을느낄 것이다. 그리고 그들에게도 동굴에서 나오는 길을 가르쳐 줄것이다. 하지만 동시에 그는 그들을 설복하기에 곤란함을 느낄 것이다. 왜냐하면, 그는 지금 태양광선 속에서 갑자기 어둠 속으로 들어왔으므로 그림자를 그들보다 더 분명히 보지 못할 것이며, 따라서 그는 동굴에서 나오기 전보다 더 어리석어진 것처럼 그들에게 보일 것이기 때문이다.*

플라톤이 설정한 '동굴'에 사는 어리석은 자들은 귄터 아이히의 「꿈」이 설정한 '기차' 속에서 바깥세상을 모르는 채 4대째 살아가는 가족을 연상시키며, 또한 영화 「설국열차」가 설정한 상황인 '폐소공포증'과도 유사점을 공유한다.**

원래 폐쇄 공간 속에서 형성되는 독특한 주제인 '폐소공포증'은 근대 연극의 박스형 무대(box stage)가 즐겨 사용하던 클리셰였거니와, 봉준호 감독은 폐쇄된 공간인 열차 속에서 벌어지는 인간의 여러 심리학적 징후들을 영화의 주제로 삼았다. 영화 「설국열차」는 기차 칸을 한 칸씩 전진할수록 사건도 전진하면서 동굴의 어둠에서 바깥세상의 빛을 향해 가는 과정을 그려낸다.

폐쇄된 공간에서 인간은 '우물 안 개구리'가 된다. 우물 안의 개구리에게는 우물이 세계의 전부처럼 보일 것이며, 하늘조차 우물 속에서 올려다본 우물의 둥근 테두리에 담긴 것이 전부일 것이다. 미디어에 갇혀 사는 우리가 우물 안의 개구리임은 당연하다. 오르테가 이 가세트는 "투명성을 가진 것(창문, 미디어, 채널)은 실체가 없는 것이니 그들의 눈에는 보일 리가 없다"고 한탄한다. 개구리는 자신이 우물에 갇혀 있음을 알아야 하며, 우리는 보이지 않는 투명한 존재로서의 미디어에 갇혀 있음을 알아야 한다.

---

* 버틀란드 러셀, 한철하 옮김, 『서양철학사』(대한교과서, 1995), 196쪽.
** 로널드 헤이먼, 김만수 옮김, 『희곡을 어떻게 읽을 것인가』(현대미학사, 1994), 164쪽.

프로프의 민담 유형론

고등학교 수학 시간에 수도 없이 $y=f(x)$를 반복했지만, 여기에 사용된 부호 f가 기능을 의미하는 'function'이라는 걸 안 것은 훨씬 이후의 일이다. 고교 시절 이런 내막을 알았으면 수학이 좀 더 쉽고 친근하지 않았을까 생각해 본다. 서양 수학에서 확립된 'function'은 중국에서 현지음 /hansu/에 가깝게 음차를 거치는데, 그것이 바로 함수(函數)였다고 한다. '함수'는 조선 후기에 중국을 거쳐 한국으로 이식되었을 것으로 추측되는데, 서사 이론을 공부하다가 'function'이라는 용어를 다시 만난 것은 블라디미르 프로프의 민담 유형론에 이르러서였다.*

러시아의 민담을 수집해 이를 유형화한 프로프는 민담의 이야기 전개를 31개의 서사 단위로 나누는데, 여기에 기능이라는 이름이 부여된다. 프로프가 설정한 민담의 31개 기능 중 앞부분 11개만 열거하기로 한다.

> 1. 가족 구성원 가운데 한 사람이 집을 떠나 있다.(부재)
> 2. 주인공에게 금지가 내려진다.(금지)
> 3. 금지를 위반한다.(위반)

---

* 블라디미르 프로프, 유영대 옮김, 『민담 형태론』(새문사, 2007) 참조.

4. 적이 정보를 찾으려고 시도한다.(탐색)

5. 적에게 희생자에 대한 정보가 제공된다.(누설)

6. 적이 희생자나 그가 가진 것을 획득하기 위해 희생자를 속이려 한다.(속임수)

7. 희생자가 속임수에 넘어가고, 자신의 의지와 상관없이 적을 돕게 된다.(연루)

8. 적이 가족 구성원 가운데 한 명에게 해를 끼치거나 손해를 입힌다.(손해)

9. 불행 또는 결여가 알려지고, 주인공에게 요청 또는 명령이 내려진다.(명령)

10. 탐색자가 저항을 결심하거나, 동의한다.(대항 개시)

11. 주인공이 집을 떠난다.(출발)

이러한 도식은 러시아 민담에만 적용되는 게 아니라, 심지어 성경에 나오는 아담과 이브의 에덴동산 추방에도 적용된다. 위의 기능대로 열거해 보면, 아담과 이브는 하느님의 '부재' 속에서 선악과를 따먹으면 안 된다는 '금지'를 '위반'한다. 뱀은 아담과 이브의 심리 상태를 '탐색'하는데, 그 결과 그들이 유혹에 약하다는 정보가 '누설'된다. 뱀은 '속임수'를 써서 이브를 유혹하는데, 아담은 이에 '연루'된다. 그들은 하느님과의 약속을 어긴 탓에 '손해'의 상태에 빠지고, '명령'과 '대항 개시'의 단계를 거쳐 마침내 '출발'한다(낙원에서 추방된다). 조금 순서가 뒤바뀌긴 했어도, 아담과 이브는 뱀(적, 악당)의 유혹으로 인해 하느님과의 약속(금기)을 위반하고, 집에서 추방됨으로써 비로소 진정한 이야기의 주인공이 되는 셈이다.

31개의 서사 단위

나머지 단계도 간단히 소개하면 다음과 같다.

12. 주인공이 시험당하거나, 심문받거나, 공격받는 등 마법의 도구나 조력자를 얻는 발판을 마련한다.(증여자의 첫 번째 기능)

13. 주인공이 미래의 증여자의 행동에 반응한다.(주인공의 반응)

14. 주인공이 마법의 도구를 획득한다.(마법의 도구 획득)

15. 주인공이 그가 찾는 대상이 존재하는 장소로 옮겨지거나, 인도되거나, 안내된다.(공간 이동)

16. 주인공과 적이 직접적인 싸움에 돌입한다.(투쟁)

17. 주인공이 표지를 받는다.(낙인, 표시)

18. 적이 패배한다.(승리)

19. 최초의 불행 또는 부족이 해소된다.(해소)

20. 주인공이 돌아온다.(귀환)

21. 주인공이 추적당한다.(추적)

22. 주인공이 추적에서 벗어난다.(구조)

23. 주인공이 집이나 다른 나라로 몰래 들어간다.(은밀한 도착)

24. 가짜 주인공이 부당한 요구를 제안한다.(부당한 요구)

25. 주인공에게 어려운 과제가 부여된다.(난제)

26. 과제가 해결된다.(해결)

27. 주인공을 인지한다.(인지)

28. 가짜 주인공 또는 적의 정체가 드러난다.(폭로)

29. 주인공에게 새로운 모습이 부여된다.(변신)

30. 적이 벌을 받는다.(처벌)

31. 주인공이 결혼을 하고 임금님이 된다.(결혼)

위 31개 기능을 읽다 보면, 어릴 적 읽던 옛이야기들이 하나둘 떠오른다. 늘 이야기의 첫 장면은 부모가 시장에 가거나 밭에 나가면서 시작된다('부재'). 외부인이 오면 절대 문을 열어줘선 안 된다는 '금기'를 내리는데, 주인공은 어김없이 이를 '위반'한다. 가족에게 위기가 닥치고 주인공은 집에서 '출발'하는데, '미래의 증여자'들이 나타나 '마법의 도구'를 주기도 한다. 주인공은 '공간 이동'해 마침내 적과 직접적인 '투쟁'에 돌입하고 곧 '승리'를 거둔다. 그러나 주인공은 약간의 상처('낙인, 표시')를 받고 '귀환'하는데, 적의 잔당 혹은 가짜 영웅이 주인공을 '추적'하기도 한다. 주인공은 집에 '은밀한 도착'을 하는데, 이는 『춘향전』의 이도령이나 그리스의 영웅 오디세우스의 경우에도 이상하리만치 닮았다. 주인공에게는 자신의 정체성을 밝히기 위한 '난제'가 주어지는데, 이도령은 멋진 한시를 한 방 날림으로써, 오디세우스는 남들은 감히 당길 수조차 없는 활시위에 활을 꿰면서 그 정체가 밝혀진다. 물론 결말은 악당의 '처벌'과 주인공의 '결혼'.

함수의 변형

블라디미르 프로프의 이야기 기능 11번은 '출발'인데, 출발을 보여주는 방식은 시간적, 공간적 배경의 차이로 인해 서로 다르게 나타난다. y=f(x)에서 x가 가변요소임을 상기해 보면, 'function 11(=출발)'에서 '출발'의 방식은 '배를 타고 간다', '말을 타고 간다', '걸어서 간다', '우주선을 타고 간다' 등으로 다양하게 나타날 수 있음을 쉽게 이해하게 될 것이다. 방식이야 어떻든, 기능 11번의 단계에서 주인공은 그냥 집에서 '출발'하면 되는 것이다. 이런 방식으로 프로프의 이야기 기능은 다양한 변형을 일으킨다.

또 하나의 방식은 다른 이야기와의 결합이다. 민담을 유형화하고 분류한 민속학자 스티스 톰슨은 '두 형제(Two Brothers)' 이야기가 '어부가 잡은 물고기', '드래곤 살해자(Dragon Slayer)' 유형과 연속적으로 결합하는 사례를 소개한다. 그가 정리한 이야기 유형의 결합 사례는 다음과 같다.

이야기는 먼저 '어부가 잡은 물고기'에서 출발한다. 어부는 물고기 중의 왕에 해당하는 물고기를 잡는다. 풀어달라고 사정하는 물고기를 여러 차례 풀어주자, 마지막 차례에 물고기는 자기의 몸을 갈라 주인공의 아내, 말, 개, 나무에게 나누어 먹여달라고 부탁한다. 어부는 집에 돌아와 물고기의 몸을 가른 다음 아내, 말, 개,

나무에게 각각 물고기를 먹인다. 같은 날 아내, 말, 개는 쌍둥이를 낳는다. 물론 나무도 쌍둥이로 탄생한다. 쌍둥이로 태어난 두 형제는 점점 성장한다. 쌍둥이 중에서 형은 바깥세상으로 나가기를 원한다. 마침내 형은 쌍둥이 나무로 만든 칼을 차고 쌍둥이 말과 개를 데리고 길을 떠난다. 그러나 만일 그에게 불행이 닥치면, 그의 쌍둥이 나무는 시들 것이고 동생이 그를 구하러 갈 것이다. 얼마 후 그는 한 왕궁에 도착한다(그다음에는 '드래곤 살해자' 유형의 이야기가 나온다. 이 젊은이는 드래곤을 물리치고 공주와 결혼한다). 그는 왕이 되었지만 어쩌다가 마녀의 유혹에 빠져 죽을 위기에 처한다. 이 순간 고향에 남아 있던 쌍둥이의 집에서는 정원에 있던 쌍둥이 나무가 시든다. 동생은 이를 보고 형이 위험에 처했음을 알게 된다. 그는 형이 왕이 되었던 도시에 도착하고 마녀의 마법에 걸려 돌로 변했던 형을 마법의 상태에서 풀려나도록 만든다. 마침내 마녀는 죽고 두 형제는 다시 왕궁으로 돌아온다.*

　　이야기는 몇 개의 모티브나 유형이 결합하고, 어떤 가변요소를 다른 것으로 대체하면서 다양한 이야기로 변용된다. 용감한 쌍둥이 형제, 우연히 얻은 행운, 괴물과의 대결, 공주와의 결혼, 평화의 회복 등의 이야기는 이런 방식으로 전승되는 것이다.

---

* Stith Thompson, *The Folktale*(Holt, Rinehart and Winston, 1946), pp. 24-27.

20개의 서사 단위

프로프의 31개 이야기 기능을 외우는 건 쉽지 않은 일이다. 그레마스는 그것을 20개의 서사 단위로 압축하고, 이를 다시 6개의 행위소로 단순화해 행위소 모델(actant model)을 제시한 다음, 이를 다시 4개의 의미 단위 즉 기호 사각형(semiotic square)으로 압축한다. 그리고 최종적으로는 모든 서사 단위가 문제-해결의 대립쌍이며, 이는 상태동사(be)와 행위동사(do)의 조합으로 나타난다는 야심 찬 구조 문법을 제시한다(이를 면밀하게 정리해 제시한 이론가는 로널드 슐레이퍼인데, 국내에는 아예 소개조차 되지 않은 듯하다). 슐레이퍼의 정리에 따르면, 31개 이야기 기능은 다음과 같은 20개의 서사 단위로 압축된다.*

1. 부재
2. 금지/위반
3. 탐색/누설
4. 속임수/연루
5. 가해/결핍
6. 명령/결심

---

* Ronald Schleifer, *A. J. Greimas and the Nature of Meaning: Linguistics, Semiotics and Discourse Theory*(Croom Helm, 1987), p. 122.

7. 출발

8. 시험의 할당/시험의 직면

9. 조력자와의 만남

10. 공간 이동

11. 투쟁/승리

12. 표시

13. 결핍의 청산

14. 귀환

15. 추적/구조

16. 몰래 도착

17. 어려운 과제/성공

18. 인지

19. 적이 드러남/주인공이 드러남

20. 처벌/결혼

20개를 외우는 게 31개보다 쉽기는 하다. 그레마스가 31개를 20개로 환원하는 작업에는 레비스트로스의 제안, 즉 요소의 출현과 요소의 부정, 즉 'a vs non a'의 관계가 큰 역할을 했다고 한다. 어쨌든 이야기는 문제에서 해결로, 집에서의 분리(separation)에서 집으로의 귀환(return)으로, 이접(disjunction)에서 연접(conjunction)으로 구조화된다.

이야기의 흐름도

앞 장에서 이접과 연접이라는 용어를 사용했는데, 독자들은 이런 용어를 처음 접할 수도 있다. 이 용어는 국어사전에도 영어사전에도 없는(더구나 원래는 프랑스어로 되어 있음) 그레마스의 신조어인데, 분기점을 뜻하는 'junction'을 연상하면 그 뜻을 짐작할 수 있다.

그레마스는 분기점에서 갈라지는 것을 'dis-junction', 분기점에서 합쳐지는 것을 'con-junction'이라 지칭하는데, 이를 굳이 뜻풀이하면 '분리'와 '결합'에 가까울 것이다. 그런데 초기 한국의 기호학자들이 'disjunction/conjunction'을 번역할 때, '이접(離接, 분리-접촉)/연접(連接, 연결-접촉)'이라는 용어를 새로 만들어 사용하는 통에 더 어렵게 느껴지는 듯하다. 이제라도 쉽게 그레마스 서사학의 이론을 풀이하자면, '이접/연접' 대신에 '분리/결합' 정도의 용어를 사용하는 게 어떨까 싶다.

이야기는 어떤 지점에서 만나고 헤어진다. 주인공이 그러하고, 사건 또한 그렇다. 클로드 브레몽은 소포클레스의 연극 「오이디푸스 왕」의 사건을 분기점에서 벌어지는 사건의 연쇄로 정리했다.* 불행하게도 분기점마다 오이디푸스는 가장 나쁜 가능성을 선

---

* S. 리몬-케넌, 최상규 옮김, 『소설의 시학』(문학과지성사, 1985), 42-48쪽.

택하고, 그 가장 나쁜 가능성이 연쇄적으로 일어남에 따라, 오이디푸스는 가장 좋은 상태(한 나라의 왕자)에서 가장 나쁜 상태(아버지를 죽이고 어머니와 결혼하는 등)로 떨어진다. 이 연극은 끝까지 달려가는, 요즘 용어로는 '막장 드라마'라고 할 수 있는데, 이를 대충 몇 개의 흐름도로 제시하면 다음과 같다.

1. 왕과 왕비가 갓난아기인 오이디푸스를 버린다.
2. 오이디푸스는 친구와의 말다툼 끝에 자신의 운명을 알아차린다.
3. 오이디푸스는 재난을 피해 코린토스 국을 떠난다.
4. 오이디푸스가 삼거리에서 마차 탄 일행과 만나 싸운다.
5. 오이디푸스가 스핑크스의 퀴즈를 푼다.
6. 오이디푸스가 왕비와 결혼한다.

위의 여섯 단계 중 한 단계에서라도 NO를 선택한다면, 이야기는 평범하게 끝날 것이지만, 한 번도 샛길로 빠지지 않는 YES만의 선택으로 인해 이야기는 비극적 결말로 치닫는다. 이 이야기에서 라이오스 왕의 운명은 가장 좋은 상태에서 가장 나쁜 상태로 악화되어 가며, 반면 테베시의 상태는 가장 나쁜 상태(역병의 창궐)에서 가장 좋은 상태(스핑크스의 퇴치)로 향상되어 가는 과정을 보여준다. 필자는 위의 여섯 개 정도만 기억할 수 있는데, 이야기의 갈림길은 수도 없이 많다. 물론 브레몽이 그린 흐름도(flow chart)도 그 갈림길의 일부만 표시할 뿐이다. 중요한 것은 그 이야기의 갈림길을 언젠가는 완벽한 순서도로 그려낼 수도 있을 거라는 점이다. 구조주의 서사학은 이런 단계를 향해 조금씩 진전하는 듯하다.

서술자로서의 세헤라자드

앞 장에서 소포클레스의 연극 「오이디푸스 왕」에 대한 흐름도를 제시해 보았다. 위의 여섯 개 사건 단위는 각각 YES/NO 중에서 어느 쪽을 선택하느냐에 따라 이야기가 달라진다. 즉, 우리가 알고 있는 연극 「오이디푸스 왕」에서의 이야기 전개는 모두 YES를 선택했을 경우에 해당한다. 그러나 만약 우리가 위의 흐름도에서, 각각 NO를 선택했다면?

1. 오이디푸스는 (왕과 왕비 곁에서) 그냥 평범하게 산다.
2. 오이디푸스는 (자신의 운명을 알아차리지 못한 채) 그냥 평범하게 산다.
3. 오이디푸스는 (코린토스 국에서) 그냥 평범하게 산다.
4. 오이디푸스가 (아버지를 살해하는 죄를 짓지 않고) 그냥 평범하게 산다.
5. 오이디푸스가 (왕이 되지 못한 채) 그냥 평범하게 산다.
6. 오이디푸스가 (왕비와 결혼하지 않은 채) 그냥 평범하게 산다.

1에서 6까지 모든 결론은 '그냥 평범하게 산다'이며, 이런 경우 매력적인 연극으로서의 이야기는 끝장이다. 어찌 보면, 매력적인 이야기는 YES/NO의 갈림길에서 절대 '그냥 평범하게 산다'의 편을 선택하지 않을 것이다. 인생은 평범한 게 좋을 수 있지만, 이야기가 평범한 것은 도대체 참을 수 없다.

　이야기의 종결을 끝까지 미루는 서술 전략은 『아라비안나이트』 속의 서술자 세헤라자드에게서 찾아볼 수 있다. 세헤라자드는 여성 혐오에 빠져 밤마다 여성과 동침하고 아침에는 여성을 살해하는 잔인한 왕 앞에서 희생물이 될 처지에 놓인다. 세헤라자드는 살아남기 위해 왕에게 재미있는 이야기를 들려주다가 궁금증을 야기한 상태에서 이야기를 끊는다. 왕은 뒷이야기를 듣기 위해 세헤라자드를 살려두며, 세헤라자드는 이러한 고비를 넘겨가며 '천일(天一)' 일 동안 이야기를 지속해 나간다. 물론 여기에서 '천일'은 1001이라는 구체적인 날짜나 에피소드를 뜻하는 것은 아니며, 그냥 많다는 뜻, 끝없이 이어진다는 뜻을 담는다. 세헤라자드는 밤마다 작은 '마이크로 아크'를 쌓아 나가며, 이 이야기는 왕이 세헤라자드를 사랑으로 맞이한다는 결말 부분의 '매크로 아크'로 이어진다.

　이야기에서 서술자가 중요한 이유는 여기에 있다. 세헤라자드는 이야기를 통해서 자신의 목숨을 건졌으며, 여성 혐오에 빠진 왕의 병적인 증상을 치료해 주었으며, 중동의 이러저러한 조각 이야기들을 『아라비안나이트』라는 책으로 묶어 많은 동서고금의 독자들에게 감동을 주었다. 세헤라자드의 재미난 이야기가 없었다면, 세헤라자드는 물론 왕도, 동서고금의 독자도 존재할 수 없는 것이다.

　서사 이론에서 서술자(narrator)를 가장 핵심 개념으로 삼아야 하는 이유도 여기에 있다. 누가 이야기를 이끄는가? 작품 바깥의 작가? 작품 속 주인공? 주인공과는 별개의 서술자? 이에 대한 엄밀한 논의에서 시작해 볼 일이다.

인터랙티브 서사

국문과 희곡론 수업 시간에 학생들에게 가장 재미있는 연극이 무엇인가에 대해 질문한 적이 있다. 어떤 대답이든 가능하겠지만, 내가 준비한 정답은 '내가 참여하는 연극'. 아무리 재미있는 공연이라 해도 그것은 단지 지켜보는 입장에서 얻을 수 있는 재미이고, 진짜 재미는 내가 직접 연극 활동에 참여하는 것이다.

　　뉴욕대학 공연예술학부 교수였던 리처드 쉐크너는 비교연극학, 공연학의 뼈대를 세운다. 그는 동서고금의 연극 형태를 비교하면서, 서구 근대극이 잃어버린 것에 대해 귀중한 조언을 한다. 서구 근대극은 돈을 지불하고 무대를 지켜보는 수동적인 관극 행위에 불과하고, 진짜 생생한 연극은 공연의 '이전'과 '이후'를 포함한 전체로서의 연극 행위에 있다는 것이다. 공연은 공연을 위해 사람들을 모으고 자금과 무대 등을 준비하는 '공연 이전'의 작업(warming-up), 공연이 끝난 다음에 공연의 감동(여파, aftermath)을 안고 일상으로 복귀하는 '공연 이후'의 작업이 중요하지, 공연 이전과 공연 이후를 뚝 잘라낸 '공연' 자체는 그저 보여주기에 불과하다는 것이다. 그의 작업에서 '참여(participation)'는 공연의 가장 중요한 키워드가 된다.*

---

* 리차드 쉐크너, 김익두 옮김, 『민족연극학』(신아, 1993), 480쪽.

‘참여’가 다시 관심의 대상이 된 것은 불과 20년 전, 할리우드 영화계에서였다. 어느 순간부터, 비디오 게임이 급성장하면서 게임 산업의 매출이 슬그머니 영화의 매출을 넘보기 시작했고, 어느 순간 영화를 넘어선다. 참고로 2021년 기준, 게임 산업의 글로벌 수익은 1,800억 달러로, 영화 산업 매출의 10배 수준이라고 한다. 비디오 게임이 영화 산업을 추월할지도 모른다는 위기감의 시점에서 할리우드 영화계에서는 ‘참여’의 개념을 영화에 담기 위해 다양한 시도를 하는데, 그중의 하나가 인터랙티브 영화(interactive movie)이다. 인터랙티브 영화에서는 하나의 단일한 서사가 진행되는 게 아니라, 게이머(유저, 관객)의 선택에 따라 다른 서사로 이어질 수 있다.

　인터랙티브 영화 「디트로이트 비컴 휴먼」은 이러한 서사를 잘 보여주는 사례이다. 한때 자동차 생산 도시로 유명했던 디트로이트가 몰락한 후, 디트로이트의 경제를 이끌어가는 것은 인간보다 임금이 싼 안드로이드들이다. 이들은 인간의 지배와 멸시 속에서도 가정부, 경찰, 돌봄 등의 직업에 종사하면서 나름 성실하게 살아가고자 한다. 그러나 참을 수 없는 임계점이 계속 들이닥치고, 그때마다 안드로이드들은 YES/NO의 선택 지점에 놓인다. 물론 그 선택을 하는 것은 영화 속의 안드로이드가 아니라, 인터랙티브 영화 바깥의 게이머(관객)이다.

　‘참여’는 타자의 고통에 동참하는 일이며, 참여자들은 이를 통해 타자를 이해하는 계기에 이른다. 게이머, 유저, 참여자, 수용자, 독자, 관객의 참여가 중요한 이유는 여기에 있다.

스토리 창작 주체에 대한 새로운 관점

스토리 창작이 작가의 천재적인 재능, 개성, 열정, 영감에서 비롯된다는 믿음은 근대문학 전반의 전제일 것이다. 그런데 미디어와 플랫폼의 폭발적인 증가와 변화 속에서 작가와 창작 주체에 대한 굳건한 믿음이 흔들리는데, 이 상황으로 인해 새로운 '서사 이론'이 필요한 시점이 되었다. 향후의 서사 이론은 무엇을 다루어야 할까.

첫째, 개인 창작 대신 집단 창작이 일어나는 시점에서 '협업 작가'의 존재를 인정해야 한다. 우선 영화나 TV 드라마에서 '한 사람의 작가'라는 개념이 서서히 붕괴하고 있다. 대중 영화에서는 장르와 주제의 선택에서부터 인물과 상황의 설정, 그리고 좀 더 세분화된 집필과 수정에 이르기까지의 길고 복잡한 과정이 제작자, 기획자, 연출, 스토리 작가, 보조 작가 등의 여러 단계로 세분화되어 전체적인 그림을 완성해 간다. 이 과정에서는 작가 개인의 창조적인 개성보다는 전체와의 유기적 협업이 좀 더 강조될 수밖에 없다.

둘째, 여러 논리적 알고리즘의 끝에 생성된 인공지능에 의한 창작이다. 이 또한 스토리를 만들어내는 주체의 일환으로 인정되어야 할 것이다. 컴퓨터가 인간처럼 생각을 할 수 있는가에 대한 문제는 앨런 튜링(Alan Turing)의 '튜링 테스트'와 이에 관한 존 설(John Searle)의 반론인 '중국인 방' 이야기를 통해 잘 알려져 있다. 튜링은 우리가 인간과 컴퓨터를 구분할 수 없는 단계에 이른다면, 컴퓨터가 지능을 가진다고 보아도 되지 않겠느냐는 제안을 한 바 있다. 반면 '중국인 방'은 존 설이 튜링 테스트로 기계의 인공지능 여부를 판정할 수 없다는 것을 논증하기 위해 고안한 사고 실험인데, 존 설은 여기에서 어떤 컴퓨터 프로그램도 그 스스로에 의해 마음의 시스템과 같은 효과를 주는 데 충분하지 못하다는 결론을 도출한다. 어쨌든 인간의 마음 없이도 창작이 가능할지도 모른다는 인공지능의 출현에 대해 기존의 서사 이론이 답할 차례가 된 것이다.

셋째, 참여적 텍스트의 수용이다. 롤랑 바르트는 그의 저서 『텍스트의 즐거움』(1973)에서 작품 속의 의미를 아무 비판, 저항 없이 수동적으로 수용하는 텍스트를 '읽는 텍스트(lisible, readerly text)'라 규정하고, 이와는 달리 독자가 능동적으로 참여할 수 있는 텍스트를 '쓸 수 있는 텍스트(scriptible, writerly text)'라고 규정하면서, 독자가 능동적으로 독서 과정에 참여하는 일의 중요함을 강조하며, 작가보다는 독자를 우위에 두는 독특한 문예 이론을 만들어낸다. 그의 독특한 문예 이론은 이른바 '저자의 죽음'이라는 키워드로 연결되는데, 그는 독자가 주체가 되는 새로운 형태의 글쓰기를 주장한 셈이다. 고정된 의미보다는 생성되는 의미를 중시하는 그의 이론은 상호텍스트성, 하이퍼텍스트, 디지털스토리텔링 등의 새로운 이야기 현상을 설명하는 이론으로서의 선도성을 인정받았다.

최근에는 후기 고전주의적 서사 이론이 제시되고 있다.* 이 이론들의 핵심은 작가 위주에서 벗어나 주제, 장르, 프레임, 상호작용 등의 개념을 제시하고 있는데, 좀 더 본격적인 논의가 필요하다.

---

* Jan Alber and Monika Fludernik, *Postclassical Narratology-Approaches and Analyses*(The Ohio State University Press, 2010).

5 디지털 시대의 이야기 형식

사실 우리는 에디슨의 발명 덕택에 밝은 조명 아래에서 책을 읽고 야간 극장에서 연극이나 영화를 볼 수 있는 셈이다. 이후 기술적으로 진전된 영화, 라디오, TV의 전면적 보급으로 인해 우리는 매스미디어의 사회에 진입한 것인데, 이는 19세기까지 주도적이었던 이야기 양식, 즉 문학과 연극의 세계와는 다른 것이었다. 1880년을 전후한 이 시기의 혁명을 전기혁명이라 부른다면, 1980년을 전후한 시기부터 시작된 새로운 혁명은 전자혁명이라 불러야 할 것이다. 전자와 반도체의 혁명으로 볼 수 있는 이 시기부터 우리는 컴퓨터, 인터넷, 모바일 등의 새로운 미디어를 갖게 되었는데, 전자 미디어는 미세하고 분산적인 방식으로 소통하는 새로운 형식, 즉 소셜 미디어의 형식을 여는 데 기여했다.

이제 우리는 근대 이전의 이야기 형식, 근대의 전기 미디어, 근대 이후의 전자 미디어의 형식이 공존하는 세상에 사는 셈이다. 이에 따라 이야기 형식은 어떻게 변화하는가.

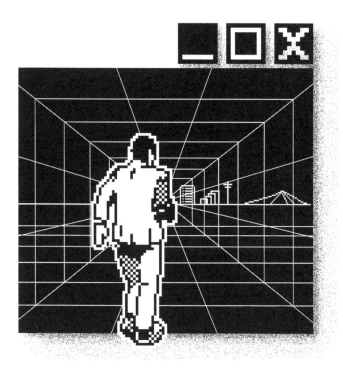

미디어: 달을 보지 말고 손끝을 보라!

어느 스님께서 내가 '달'을 가리켰는데 왜 사람들은 내 '손끝'만을 보느냐고 일갈하신 적이 있다. '손끝'은 지엽적인 것이며, 그것을 통해 보여주고자 하는 '달'의 의미가 더 중요하다는 것을 강조한 말씀인 듯하다. 그러나 나는 '달'보다 '손끝'이 더 중요하다고 생각한다. 지시되는 대상(기호내용, 기의)보다 지시하는 수단(기호표현, 기표)이 더 중요하다는 기호학의 가르침 때문이다.

100년 전쯤 스페인의 철학자 오르테가 이 가세트는 미학 에서 이 『예술의 비인간화』에서 이 문제를 다룬다. 저자는 "독자 제현이여, 여러분이 창문 너머로 뜰을 바라보는 모습을 한번 생각해 보시라."라고 전제한 다음, 이런 경우 우리는 시선을 창문 있는 곳에서 멈추지 않고 창의 유리를 관통해서 뜰의 화단이 있는 곳까지 연장한다는 점을 새삼 상기시킨다. 다시 말해 우리가 보려고 하는 대상은 뜰이니까 시선을 곧바로 그곳까지 연장하는 것이며, 이 경우 중간에 놓인 창문의 존재에 대해서는 의식을 하지 못한다는 것이다. 물론 창문의 유리가 투명하면 할수록 우리가 창문을 의식할 수 있는 정도는 그만큼 낮아진다. 그가 강조하는 점은 사람들이 창문 밖의 '꽃'을 감상하는 데에 정신이 팔려 '창문'이라는 존재를 잊는다는 것이다. 그에 의하면, 정원에 놓인 꽃들의 아름다움에 대해 이러쿵저러쿵 말하는 것은 19세기적인 낡은 방식이며, 20세기 예술과 철학은 꽃에 대해 말하는 대신 꽃을 감상할 수 있게 하는 '창문'의 프레임에 대해 발언해야 한다는 것이다.*

그가 '꽃'과 '창문'의 비유를 통해 말하고자 하는 바는 예술에 있어서 '내용'과 '형식'의 관계이다. 우리는 예술작품을 감상할 때 '내용'만 감상해서는 안 되며, 예술을 예술답게 만드는 '형식'에 대해서 민감하게 반응해야 한다는 점이다. 이런 생각을 연장해 보면, 우리가 매일 저녁 접하는 TV 연속극에서 우리가 정말 보고 있는 것은 TV라는 프레임이다. 프레임 안에서 남녀의 사랑 이야기, 가정에서의 사소한 일상사 등이 상당히 다채롭게 펼쳐지는 듯하지만, 우리가 정말 오래 보고 있는 것은 프레임으로서의 TV인 것이다.

그가 강조한 '창문'은 과연 무엇일까. 프레임으로서의 미디어(media)가 그것 아닐까. 미디어는 나와 대상 사이를 연결하는 매개체이자 운반체이다. 오르테가는 미디어를 통해 선택되고 필터링되는 세상에 대한 비판적인 시각을 제공해 준다. 영화 「트루먼 쇼」(1998)도 기억난다. 이 영화에서 그의 삶이 카메라의 시선으로 포착되고, 그 삶이 미디어를 통해 중계되기 시작하면, 그 삶은 예전의 일상적인 삶과는 전혀 다른 모습을 띤다. 우리가 '달'보다 그것을 가리키는 '손끝'을 주목해야 하는 이유는 여기에 있다.

---

* 오르테가 이 가세트, 장선역 옮김, 『예술의 비인간화』(삼성출판사, 1979), 319쪽.

구술문화와 문자문화

호메로스의 『오디세이아』가 천병희 번역으로 새롭게 출간되어 읽기 시작했는데, 완독하기까지 며칠이 걸렸다. 이야기를 끌어가는 방식이 너무 생소해서 읽기 힘들었는데, 결국 작품의 끝부분에 이르러서는 실소하고 말았다. 오디세우스가 마침내 아내 페넬로페가 있는 집에 도착하는 장면인데, "노파는 페넬로페에게 남편이 도착했다는 말을 전하러 환호성을 올리며 이층 방으로 올라갔다"라는 내용을 전하는 서사 방식이 너무 특이하다.

아내 페넬로페는 이런 말을 전하는 노파를 실성했다고 비난하면서, 그래도 나이가 있으니 노파를 혼내지는 않겠다고 말하는데, 이런 식의 부차적인 이야기에 너무 품을 많이 들인다. 젊었던 시절 남편이 멧돼지 사냥할 때 입은 흉터에 대해 언급하고, 신혼 시절의 남편이 올리브나무로 어찌어찌해서 침상을 만들었다는 언급까지 무려 206행에 걸쳐 구구절절하게 설명하고 난 다음에야 페넬로페는 비로소 거지 행색의 오디세우스가 남편임을 인정하고 포용한다.* 어쨌든 아내 페넬로페가 남편의 얼굴을 한참 동안 알아보지 못한다는 설정이 너무 억지에 가깝고 진도가 느린 서사인데, 지금으

* 호메로스, 천병희 옮김, 『오뒷세이아』(숲, 2015), 495쪽.

로부터 100년쯤 후의 독자들은 21세기 시, 소설의 서사 전개 방식이 얼마나 느리고 이상한 것인지에 대해 불평할지도 모르겠다.

월터 옹의 『구술문화와 문자문화』*는 문자 대신 말에 의존하던 '구술문화'의 시대에서 문자가 본격화된 '문자문화'의 시대로 이행하는 과정에 벌어지는 여러 가지 언어적, 사회적 현상을 분석한 바 있다. 문자문화로 이행하면서 기록의 중요성이 강조되고, 시각의 우위, 논리와 조화의 중시 등의 특징이 드러난다는 것인데, 그의 분석 중에서 가장 흥미로운 부분은 이제 문자문화에서 구술문화의 시대로 다시 회귀하는 경향이 벌어지고 있다는 것이다. 그는 전화, 라디오, 텔레비전이 우리를 '2차적인 구술성'의 시대로 끌어들인다는 점, 이 새로운 구술성은 예전의 구술문화와 놀랄 만큼 유사하다는 점을 강조한다. 다시 말해, 구텐베르크의 활자술 이후 책의 보급을 통해 구술문화에서 문자문화로 이행되는 양상이 지배적이었다면, 20세기 이후의 각종 전기 매체 등에 의해 문명이 다시 구술문화의 시대로 회귀하는 양상을 보인다는 것이다. 문자문화가 시각의 우위성, 논리적인 일관성과 조화를 중시하는 데 반해, 구술문화는 장황하고 수다스럽고 감정적이고 참여적이다. 우리가 사용하는 소셜미디어를 생각해 보자. 새들의 지저귐을 뜻하는 트위터(twitter) 속에서 우리는 수없이 수다를 떨며, 얼굴 책을 뜻하는 페이스북(facebook)에서 우리는 감정적이고 감각적인 글쓰기를 하고 있지 않은가. 이러한 매체들의 역사 속에서 우리의 문명은 어떤 변화를 겪는가에 대해 생각해 볼 단계가 되었다.

---

* 월터 J. 옹, 이기우·임명진 옮김, 『구술문화와 문자문화』(문예출판사, 1995).

소설의 탄생에서 소설의 쇠퇴까지

이안 와트의 『소설의 발생』*은 대니얼 디포의 모험소설 『로빈슨 크루소』, 새뮤얼 리처드슨의 연예소설 『파멜라』 등 19세기의 영국 소설이 어떤 시대적, 사상적 배경 속에서 형성되었는가를 고찰한다. 예를 들어 『로빈슨 크루소』의 주인공은 경제적 이윤이 있는 곳이라면 어디로든 달려갈 극단적인 자본 논리가 몸에 밴 인간이며, 그는 신의 섭리조차 자신의 이윤을 합리화하는 쪽으로 해석하는 인물이라는 것. 그러므로 이 작품이야말로 프로테스탄트 윤리와 자본주의의 관계에 대한 탁월한 형상화라는 것이다. 또한 성적 결벽증과 포르노그래피에 가까운 관음증 사이를 끊임없이 진동하는 리처드슨의 소설 『파멜라』는 낭만적 연애의 관념, 지극한 개인주의가 얽힌 근대 시민계급의 도덕적인 심리 상태를 잘 묘파한다는 것이다.

　　이안 와트는 이러한 문화적, 사상적 배경 외에도 노동계급과 여성 독자의 사회적 지위 향상, 경제 여건의 호전 등을 소설의 발생 요인으로 제시한다. 여성들이 물레질, 뜨개질, 빵 만들기, 맥주 제조, 양초와 비누 만들기 등의 가사에서 점차 해방되었다는 점, 공익

---

* 이안 와트, 강유나·고경하 옮김, 『소설의 발생』(강, 2009).

도서관과 순회도서관의 발전, 읽고 쓸 줄 아는 사람의 점진적인 증가, 점진적인 여가 시간의 증가, 책을 읽을 수 있는 공간의 확보, 값싼 서적을 제작할 수 있는 서적업자들의 등장 등이 소설 발생의 요인이다. 또한 작가들은 인쇄업과 서적 판매업, 신문 잡지에 종사하는 사람들과 다양하게 접촉함으로써 독서 대중의 새로운 관심사와 능력에 부응하는 작품을 쓰기 시작했다는 것이다.

이완 와트의 책은 1958년에 출간되었다. 반세기가 지난 지금의 시점에서 이 책 『소설의 발생』을 다시 읽어보니, 소설의 발생 요인이 이제는 오히려 소설의 쇠퇴 요인으로 작용하는 듯하다. 읽고 쓰는 사람의 증가, 대중 교육의 보편화로 인해 소설이 흥성할 수 있었지만, 이제 더 많이 배운 사람들이 소설 이외의 다른 독서물들을 찾기 시작한 듯 보인다. 여성의 여가 시간이 늘고 노동자들이 일요일의 휴식을 가지게 된 점도 소설 독서의 요인이 되었지만, 더 많은 시간과 여유가 주어지는 순간 독서 대중은 독서보다 더욱 본격적인 여가(스포츠, 쇼핑, 여행 등)를 즐기게 된 듯하다. 값싼 소설을 제작할 수 있는 인쇄업의 발달이 소설의 흥성에 보탬이 되었다면, '종이 없는 세상'을 지향하는 전자 매체의 발달로 인해 종이책은 이제 사양 산업이 되어 있다.

이처럼 소설은 어떤 요인에 의해서 발생과 성장의 풍요를 누린 반면, 그 어떤 요인에 의해서 다시 쇠퇴의 길로 접어든 듯하다. 소설의 발생 요인이 곧바로 소설의 쇠퇴 요인이 되는 현상 사이에 걸린 시간은 길게 잡아야 불과 300년인 듯싶다. 소설은 근대와 더불어 시작되었고, 근대의 종말과 함께 끝나는 게 아닐까 하는 생각도 든다.

전기 미디어와 전자 미디어

고대 그리스 문명 이후, 지금까지 산업의 생산력은 1,800배 증가했지만, 연극의 생산성만큼은 전혀 증가하지 않았다고 한다. 20년 전쯤 어느 연극 연출가한테 들은 말인데, 출처와 근거가 확실하진 않지만, 새겨들을 만하다. 생산력의 증대가 별로 기대되지 않는 농업 분야에서도 개간 농업의 확대, 품종의 개량, 화학비료의 사용 등으로 인해 적어도 10배 이상은 생산력이 늘지 않았을까 싶기도 하고, 전력과 기계의 전폭적인 지원을 받는 공업 분야에서는 훨씬 더 높은 생산성 증가로 이어졌을 것이라 생각된다. 반면 연극은 예나 지금이나 물리적인 무대 위에 오른 배우의 육성과 동작이 거의 전부이며, 배우-관객-무대 사이의 물리적인 관계도 고대 그리스 연극과 별 차이가 없어 보인다.

사실 연극이 전혀 발전하지 않은 것은 아니다. 지금의 연극은 무대 조명을 대부분 전기에 의존하고 있어 횃불이나 램프에 의존했을 고대의 연극과는 다르며, 배우들이 마이크를 사용하고 무대에서 녹음된 음향 효과를 사용한다는 점도 고대 연극에서는 찾아볼 수 없는 생산성의 증가 요소라 볼 수 있다. 어쨌든 20세기 이후 전력의 사용은 연극 분야에도 큰 영향을 미쳤다.

전기 발명의 역사를 다 서술할 수는 없지만, 토머스 에디슨이

축음기(1877), 전화(1879), 백열전구(1879), 키네토그래프(1882) 등의 발명을 통해 전기의 산업화와 상용화를 주도한 것만큼은 잘 알려져 있다. 사실 우리는 에디슨의 발명 덕택에 밝은 조명하에서 책을 읽고 야간 극장에서 연극이나 영화를 볼 수 있는 셈이다. 에디슨 이후 기술적으로 진전된 영화, 라디오, TV의 전면적 보급으로 인해 우리는 매스미디어의 사회에 진입한 것인데, 이는 19세기까지 주도적이었던 이야기 양식, 즉 문학과 연극의 세계와는 다른 것이었다. 어떤 문학 연구가는 페이지(page)와 스테이지(stage)의 라임을 사용해, 문학(page)과 연극(stage)의 시기가 끝나가고 있음을 자조적으로 묘사하기도 했다.

1880년을 전후한 이 시기의 혁명을 전기 혁명이라 부른다면, 1980년을 전후한 시기부터 시작된 새로운 혁명은 전자 혁명이라 불러야 할 것이다. 전자와 반도체의 혁명으로 볼 수 있는 이 시기부터 우리는 컴퓨터, 인터넷, 모바일 등의 새로운 미디어를 갖게 된다. 이전 시기를 전기 미디어의 시대라 부른다면, 이후의 시기는 전자 미디어의 시대라 불러야 할 것인데, 전자 미디어는 미세하고 분산적인 방식으로 소통하는 새로운 형식, 즉 소셜미디어(social media)의 형식을 여는 데 기여했다.

이제 우리는 페이지와 스테이지의 형식, 전기 미디어의 형식, 전자 미디어의 형식이 공존하는 세상에 살게 된 셈이며, 이런 의미에서 미디어(media)에 대한 새로운 이해가 필요하게 되었다.

라디오의 서사

전통 시대의 사람들은 평생 백 리 남짓의 거리 내에서 한평생을 살았다는 말이 있다. 예전에는 이웃 마을의 처녀와 통혼을 하거나 간단한 물물교환을 위해 시장을 이용하는 경우에도 대략 한나절 정도 걸으면 되는 거리 내에서 이루어졌을 가능성이 크다. 그곳에서는 모든 일이 더디게 일어난다. 발 없는 말이 천 리를 간다는 속담이 있긴 하지만, 정말 천 리 바깥까지 어떤 뉴스가 전파되려면 매우 긴 시간이 필요했을 것이다.

　이런 시절에도 급한 뉴스를 전해야 할 일이 있었을 터인데, 이중 가장 빠른 수단은 봉수(烽燧)이지 않았을까 싶다. 시야가 널리 확보되는 높은 산의 봉우리를 중심으로 전국을 봉수의 네트워크로 연결한 다음, 위급한 상황이 생기면 불을 피워 낮에는 연기, 밤에는 불빛으로 신호를 보내는 형식인 봉수 체계는 직접 소식을 전달하는 역참(驛站) 체계와는 별개의 시스템인데, 어찌 보면 봉수 체계가 0과 1의 값으로 표현되는 최초의 디지털 신호가 아닌가 싶기도 하다. 평상시에는 봉화 0개, 위급 시에는 봉화 1개.

　물론 최초의 디지털 신호는 무선통신에서 찾아야 할 것이다. 전자기파나 음파를 이용한 무선통신의 위력을 일반인들이 실감한 것은 1912년의 타이태닉호 사건이었다고 한다. 무선전신회사에 근무하던 21세의 한 청년은 타이태닉호의 침몰을 세계에 알리고 72시간 동안 혼자 교신함으로써 통신의 위력을 함께 보여준다. 그러나 모스 부호를 이용한 무선통신 기술은 한정된 부호 코드를 사용한 한정된 커뮤니케이션에 불과했으며, 이러한 기술이 인간의 음성이나 음악을 직접 전송할 수 있게 된 것은 훨씬 이후의 일로 알려져 있다. 최초의 라디오 방송은 1906년 미국의 레지널드 페센덴에 의해 크리스마스 메시지와 함께 음악 두 곡과 시 한 편을 방송을 통해 송출하는 실험에 성공하면서 시작되었으며, 이어 1925년에는 아시아에서 최초로 일본에서 라디오 방송이 시작되고, 1927년에는 경성방송국에서 시작된 것으로 되어 있다.

라디오의 출현은 20세기 커뮤니케이션 역사에서 가장 큰 사건으로 기록된다.* 라디오는 최초로 음악을 일정한 거리에서 끊기지 않고 무제한으로 들을 수 있게 해주었다. 따라서 라디오는 고전음악을 비롯한 소수파 음악의 유일한 보급자이자 음반 판매의 가장 강력한 수단이 되었다. 더욱 중요한 점은, 라디오는 출현과 함께 우리가 사는 시공간의 개념을 송두리째 바꾸어놓았다는 점이다. 라디오는 전 세계를 하나의 실시간대로 묶는, 리얼타임을 재현하는 도구가 됨으로써 라디오는 전 세계의 사건 사고를 하나로 묶는 강력한 보도성, 시사성을 발휘하기 시작한다. 전 세계인들은 라디오에 귀를 기울이며, 지구촌에서 벌어지는 사건 사고에 실존적으로 참여할 수 있게 된 것이다.

---

* 에릭 홉스봄, 이용우 옮김, 『극단의 시대: 20세기 역사(상)』(까치, 1997), 279쪽.

TV의 서사

그림을 전류로 바꾸어 송신하는 통신법 연구는 소리의 전송 기술보다 앞섰다고 한다. 1842년 영국의 알렉산더 베인이라는 사람이 사진 전송을 고안했으며, 1884년 독일의 파울 니프코에 의해 주사원판(走査圓板)이라는 TV 기술이 실현된 것으로 알려져 있다. 그러나 TV 드라마가 등장한 것은 1928년 미국에서이며, 영화의 출현인 1895년에 비해 상당히 늦다.

우리는 TV와 영화를 '본다'는 측면에서 비슷한 매체로 생각하지만, 사실 TV는 '영화'의 후예라기보다는 '라디오'의 후예다. TV는 케이블을 통해 소리를 전송하게 한 라디오의 기술에 사진을 전송할 수 있는 기술이 더해짐으로써 탄생했다. TV는 출생부터 영화나 연극과는 다르며, 이런 이유에서 TV의 드라마는 영화와 연극 등의 드라마와는 다른 방식으로 구성된다. 그리고 TV 드라마는 기존의 드라마와는 다른 '동시성'과 '일상성'으로 인해 전혀 새로운 예술 개념을 생성시켰고, 이러한 TV 드라마의 속성은 TV 매체와 유사한 메커니즘을 지닌 인터넷 등의 멀티미디어에서 고스란히 이어진다.

TV 드라마는 전통적인 드라마와는 차별되는, 독특한 특성이 있다. 전통적인 드라마는 암흑 속에 묻혀 있다가 빛을 동반한 발광

체로서 탄생했다. 드라마가 자신의 맥박과 호흡을 획득하기 위해서는 상당한 '어둠과 침묵'을 전제했다. 한 편의 영화나 연극 관람을 위해서는 다만 몇 분간이라도 어둠 속에 빠져들어야 한다. 극장의 존립 목적은 바람이나 이슬을 피하는 것이 아니라 빛을 차단하는 것이었다. 드라마는 어둠을 강요하고 어둠을 초대하며 어둠 속에서 그 강력한 힘을 기른 후 자신의 빛을 발하며 나타난다. 관객이란 일단 어둠 속으로 빠지기 위해 일상에서 벗어나 극장 안으로 들어간다. '어둠과 침묵 속의 기다림'이란 관극(觀劇)의 첫 조건이자 관문이었다.

결론적으로 말하면, TV 드라마는 어둠을 물리친, 그래서 전통의 극 체제를 거부하는 드라마 족보상의 이단자로 존립한다. 즉 암흑 속에서 드라마를 해방시킨 것이다. TV 드라마는 그간 예술 형태에서 소외됐던 '일상'의 세계를 다시 불러들인 것이다. 우리는 TV 드라마를 통해 두 가지를 얻었다. 하나는 '멀리서 본다(tele-vision)'는 차원에서의 시공간의 확대이며, 다른 하나는 일상성의 회복이었다. 이제 TV 드라마는 허구적 예술보다는 "우리의 일상 세계를 끊임없이 환기해 주는 지각의 동력"*으로 작동하기 시작한 것이다.

---

* 양승국, 『일상성의 미학에 이르는 길: 텔레비전 드라마 연구 방법론』(박이정, 2019), 8쪽.

영화의 서사

최초의 영화는 1896년 파리에서 상영된 뤼미에르(Lumiere) 형제의
「열차의 도착」인 것으로 알려져 있다. 열차가 도착하는 장면을 그
대로 찍은 이 작품은 당시의 관객들을 혼비백산하게 만든 충격적인
볼거리로 알려졌지만, 기차가 다가오는 장면을 찍은 50초짜리 동
영상에 불과한 것이었다. 「열차의 도착」을 통해 뤼미에르 형제는
최초의 영화감독이라는 타이틀을 얻었지만, 사실 그들이 제작한
것은 일상의 장면들을 카메라를 통해 재현한 단순한 볼거리에 불
과했다. 이후 영화가 일정한 이야기 구조를 갖추기 위해서 의존한
것은 무대 연극이었다. 그러므로 최초의 극영화는 무대에서 상연
되는 연극을 카메라에 그대로 담은 것에서 시작한 것으로 보아야
할 것이다.

　사실 영화를 가능하게 만든 것은 사진술이었다. 영화의 조상
은 사진인 셈인데, 영화를 'motion picture', 'moving picture'라고
부르고 '활동사진'으로 번역하는 데에는 그만한 이유가 있는 것
이다. 연속된 사진을 빠른 속도로 넘기면 인간의 눈이 가진 특성인
잔상 효과로 인해 그 사진은 어떤 연속적인 움직임으로 인식된다.
즉 단절된 여러 장의 사진이 모여 연속된 어떤 움직임이 포착되는
것이다.

영화를 움직임의 예술이라고 규정하는 이론적 시각도 있다. 영화에서는 세 가지 방법으로 움직임을 표현한다. 첫째는 배우의 움직임이다. 이 경우, 카메라는 배우가 걷고 뛰는 것을 있는 그대로 보여주기만 하면 된다. 둘째는 카메라의 움직임이다. 배우가 움직이지 않아도 카메라가 움직이면 거기에서 동적인 장면이 만들어진다. 예를 들어 카메라를 레일 위에 올려놓고 카메라가 피사체에 근접하거나 멀어짐으로써 움직임을 표현하기도 하고, 때로는 카메라의 렌즈를 줌-인, 줌-아웃함으로써 움직임을 표현하기도 한다. 셋째는 몽타주 편집에 의한 움직임의 표현이다. 두 개의 다른 사건이 몽타주 편집에 의해 연결될 때 두 개의 사건 사이에는 어떤 변화와 움직임이 자연스럽게 담긴다.

영화는 움직임을 표현하는 데에 큰 장점을 가졌기 때문에 스펙터클 사회의 총아가 될 수 있었다. 영화는 카메라의 기술 발전으로 인해 최고, 최대, 최적의 스펙터클을 창조할 수 있는 것이다. 우리는 영화를 사실의 재현이라 생각한다. 그러나 카메라는 독특한 방식으로 사실을 왜곡한다. 단적인 예를 들자면, 인간의 눈이 두 개인 반면, 카메라의 눈은 단 하나뿐이다. 이러한 구조적 차이는 인간의 눈이 자연스러운 원근 감각을 갖도록 하는 반면, 카메라의 눈은 극도의 왜곡을 가져오게 하는 원인이 된다. 영화가 현실을 그대로 옮긴 것이라면, 우리는 굳이 영화관에 갈 필요가 없다. 우리가 영화에서 보는 것은 현실과 닮은 어떤 것이지만, 현실과는 다른 어떤 것이기도 하다. 그것을 우리는 '카메라의 마술'이라고 불러도 좋을 듯하다.

매클루언의 「미디어의 이해」

마셜 매클루언(Marshall McLuhan)의 주요 저서인 『미디어의 이해 (*Understanding Media: The Extension of Man*)』는 이 책이 처음 발간된 1964년 보다 오늘의 현실에 더 큰 호소력을 지니고 있다. 우리나라에서도 1970년대에 번역된 매클루언의 『미디어의 이해』가 최근에 재발간된 바 있다.* "책은 활판 인쇄술 이전으로 돌아가 제작자가 소비자를 겸한 시대로 복귀할 것이며 일정한 주제로 순서를 찾아 구성되는 선형적인 책은 점차 사라질 것"이라는 매클루언의 예언이 네트워크의 하이퍼텍스트를 통해 현실로 나타나고, '공간의 소멸'과 '지구촌(global village)'에 대한 그의 유토피아적 신비주의가 인터넷을 통해 구현되었다.

　매클루언은 "우리는 도구를 만들었지만 앞으로는 도구가 우리를 만들 것이다"라는 경구를 내세우며 미디어의 독자적인 특성에 주목했다. 지금까지 커뮤니케이션 이론가들은 미디어 자체는 별로 중요하지 않은 것으로 간주했다. 그러나 매클루언은 현대 과학이 만들어낸 기술이나 도구 자체는 그리 중요하지 않고, 그것을 얼마나 유용하게 사용하느냐에 관건이 있다는 식의 전통적인 사

---

* 마셜 매클루언, 박정규 옮김, 『미디어의 이해: 인간의 확장』(커뮤니케이션북스, 1997).

고방식을 맹렬하게 비난한다. 미디어는 환경을 변화시킴으로써 우리 내부에 있는 특정 부위를 자극해 지각하게 한다. 그야말로 감각의 확장은 우리의 사고와 행동 유형(우리가 세계를 인식하는 방법)을 변화시킨다. 즉, 이런 부분이 변화함에 따라, 인간도 변화한다는 것이다.

그의 관점은 '미디어는 바로 메시지(The medium is the message)'라는 말로 요약된다. 그는 미디어는 메시지를 담는 부차적인 그릇에 불과하다는 상식에 도전하면서, 테크놀로지와 직결된 미디어 자체가 내용인 메시지보다 중요하다는 점을 수시로 강조한다. 원래 커뮤니케이션 이론에서 매체라는 개념은 매우 다양하게 정의된다. 그러나 매클루언의 개념은 단순한 매스미디어에 국한되지 않고 훨씬 넓은 의미에서 인간이 고안한 도구나 기술까지도 포함한다. 그에 의하면, 미디어는 인간의 제한된 육체와 감각을 확장하는 도구이다. 전자회로는 중추신경 계통의 확장이며, 라디오는 귀의 확장이며, 텔레비전은 눈의 확장이다. 감각 기관의 확장이라는 그의 생각은 곧 '미디어는 마사지다'는 선언에까지 이른다.

이런 의미에서 본다면, 인류사는 미디어의 발달사라고 해도 과언이 아니다. 전기, 전자, 통신, 컴퓨터 등의 기술 발달은 미디어의 비약적인 발전에 기여했다. 그 결과 우리는 사이버 현실이 실제 현실보다 더 현실적으로 느껴지는 세상에 살고 있다.

정세도와 참여도

매클루언이 제시한 또 하나의 중요한 척도는 핫(hot) 미디어와 쿨(cool) 미디어의 구분이다. 그는 두 매체를 구분하기 위해 정세도(精細度, definition)와 참여도(參與度, participation)라는 개념을 사용한다. 정세도란 원래 사진 용어로서 사진에 나타난 영상의 선명도를 뜻한다. Hi-Definition TV는 정세도를 극도로 높인 텔레비전이며, 최근 디지털카메라는 수백만 화소의 높은 정세도를 자랑하고 있다. 반면 참여도란 메시지의 의미를 재구성하는 데 필요한 상상력의 투입 정도를 뜻한다. 인물 사진은 초상화에 비해 정세도가 높다. 만화적 기법을 활용한 캐리커처는 사실적 기법에 충실한 초상화보다도 정세도가 낮다. 그러나 참여도의 척도에서 보면, 만화가 초상화에 비해, 초상화는 인물 사진에 비해 각각 높은 정도를 나타낸다. 몇 개의 단순한 선으로 그려진 만화를 읽을 때, 우리는 더 많은 상상력을 필요로 하기 때문이다.

매클루언이 제시한 핫과 쿨이라는 용어도 혼동을 일으키기 쉽다. 우리는 '핫 디베이트(hot debate)' 하면 열띤 토론, 즉 토론에 참가한 사람들이 깊이 관여해 참여하고 있다는 것을 뜻하고, '쿨'에 대해서는 냉정한, 비인간적인, 잔인한 등의 수식어를 연상해 왔다. 그러나 현대에 와서는 '쿨'한 태도도 사람이나 사물에 깊이 관여해 그 속에 몰입한다는 뜻을 담게 되었다.

쿨한 감성의 대표적인 사례는 만화이다. 만화는 여타의 뉴미디어에 비해 정세도가 극히 낮다. 만화 속의 인물과 사건들은 어쩐지 현실과는 어긋난다. 만화를 부정하고자 하는 일부 어른들은 만화라는 매체가 극히 정세도가 낮다는 사실을 연상하는지도 모른다. 그러나 의외로 만화가 참여도가 높다는 사실을 알지는 못한다. 최근 만화를 원작으로 삼는 영화가 증가하는 이유도 쿨한 감성이 얼마나 우리 시대의 지배적인 문화 코드인가를 짐작하게 한다.

몇 년 전부터 TV에 자막이 무차별적으로 도입되기 시작했다. TV의 자막은 원래 청각 장애인을 위한 서비스, 뉴스의 요약, 외국 영화의 대사 처리 등을 위해 제한적으로 사용되었다. 그러나 최근에는 각종 오락 프로그램에 무차별적으로 사용되면서 TV 화면을 거의 만화적 구도로 이끌어간다. 만화의 말풍선이 인기 연예인의 실수에 대한 논평, 조롱 등에 자주 활용되면서, 만화의 매력 중의 하나인 '말과 그림 사이의 아이러니'가 가장 오락적인 요소로 활용된다. 예전의 TV 시청자들은 멀리 있는 현실을 정보의 왜곡 없이 그대로 전달받는 것을 원했지만, 지금의 TV 시청자들은 '높은 정세도의 현실'보다는 화면 편집자에 의해 왜곡된 '높은 참여도의 만화적 구성'을 원하는 셈이다.

문학적 서사 이론의 한계

서사(narrative)를 일반적인 의미의 '이야기하기' 혹은 '스토리'와 굳이 구분할 필요가 있을까. 서사 이론가들은 서사가 단순한 이야기(-하기)가 아니라 담론(discourse)과 관련되어 있음을 강조하는데, 그것 또한 그리 새롭거나 유별난 의미를 가진 것도 아니다. 그간 소개된 많은 문학적 서사 이론 중 대표 격으로 인정받는 제라르 주네트(Gérard Genette)의 서사 이론을 중심으로 문학적 서사 이론의 일단을 정리해 보기로 한다.

주네트의 이론은 권택영 번역의 『서사담론』(교보문고, 1992)을 통해 잘 알려져 있는데, 이 책을 꼼꼼히 읽고 그 이론을 현재의 한국문학에 적용하는 것은 거의 불가능하거나 무용한 것으로 보인다. 그는 순서(order), 시간의 길이(duration), 빈도(frequency), 서술법(mood), 음성(voice)을 키워드로 삼아 서사 이론을 정리하고 있다.

순서는 실제 사건이 발생하는 시간적 순서와, 담론을 통해 제시되는 시간적 순서와의 관계를 취급하는 영역이다. 예를 들어 옛날 일을 나중에 말하는 경우, 지금부터 일어나는 일을 선취해 말하는 경우 등을 언급하는데 그리 새로운 내용은 아니다. 지속은 이야기 내용의 시간적 길이와 담론의 길이 사이의 관계를 취급하는 영역인데, 묘사를 사용함으로써 사건의 시간이 '정지'할 수도 있고 슬로 모션처럼 '연장'될 수도 있고, '장면(scene)'처럼 실제 시간과 담론 시간이 일치하는 경우도 있다는 것. 대부분은 시간을 압축해 '요약'하는데, 어느 때에는 아예 '생략'도 가능하다는 것. 이 또한 너무 상식적이어서 그냥 잘 분류되었다는 정도의 느낌이다.

빈도는 사건 발생의 횟수와 서사의 횟수와의 관계를 취급하는 영역인데, 한번 일어난 것을 한번 기록하는 경우만 있는 게 아니라, 여러 번 사건이 발생하는 경우도 있고, 여러 번 기록하는 경우도 있다는 것인데, 이 또한 수사학에서의 반복법 이상의 내용은 없다.

서술법은 그간의 서사 이론에서 거리(distance)와 관점(perspective)이라는 이름으로 다루어진 부분이고, 음성 또한 사건의 바깥에서, 허구적 편집자의 목소리로 전하는 '외부 서사'와 사건의 내부에서 메인 스토리를 전하는 '내부 서사'로 나누고 있어 특별히 새로울 것도 없다.

내가 그의 서사 이론을 폄하하는 이유는 하나 더 있다. 그가 즐겨 인용하는 호메로스나 서양 근대문학에서의 '서사'가 오늘날의 서사와는 너무도 다르기 때문이다. 오늘날의 서사는 그림, 음향, 동영상이 주를 이루는 까닭에 말과 글을 분석의 대상으로 삼은 문학적 서사 이론만으로는 도대체 접근조차 할 수 없기 때문이다. 문학적 서사 이론을 넘어서는 서사 이론은 없을까. 만화와 영화의 대표 서사 이론을 살펴볼 필요가 있다.

만화의 서사학

만화의 서술 기법을 설명하는 스콧 맥클라우드의 『만화의 이해』
는 문학, 영화에 대한 어떤 서사 이론보다 재미있고 독창적이다.
"만화는 보이지 않는 예술이다!"라는 선언에서 출발하는 이 책은
만화로 만화를 분석한 가장 훌륭한 만화책이자, 만화에 대한 가장
근본적인 탐구서이다.

만화의 칸과 칸 사이는 비어 있지만(보이지 않지만) 그 빈틈에서
어떤 일이 일어나고 있다는 것. 정지된 그림들을 두 장만 배열한
다 해도 그 사이에는 시간의 흐름이 담겨 있다는 것. 만화는 연속
예술이어서, 단 두 장의 그림만 나란히 놓아도 대번에 만화가 된다
는 것. 영화와 비교하자면, 영화는 같은 공간(스크린)에 연속되어 투
사되는 그림이지만, 만화에서는 그림이 공간에 배열되면서 공간
이 바로 영화에서의 시간의 역할을 한다는 것. 만화에서 시간의 흐
름은 그림과 그림 사이에 존재하는 보이지 않는 어떤 것, 즉 '홈통
(gutter)'에 의해 통제된다는 것.

작가는 그 홈통에 대해 다음과 같이 재미있게 표현하기도 한
다. "칸과 칸 사이의 공간이 보이십니까? 만화 애호가들은 이것
을 '홈통'이라고 부릅니다. 익살스러운 호칭이지만, 이것은 만화
의 핵심에 자리잡고 있는 마술과 미스터리의 주역을 맡고 있습니

다."* 그는 만화의 상상력을 더하기만큼 빼기도 중요하다는 말로 표현한다. 만화는 보이는 것(그림, 글)을 통해 보이지 않는 것을 표현하는 예술이며, 그림과 그림 사이를 분리해 주는 물리적인 벽으로서의 홈통이 보이지 않는 것이 펼치는 춤의 세계로 독자들을 잡아끈다는 것. 만화는 시각예술과 소설의 단순한 혼혈아가 아니며, 칸과 칸 사이에 일어나는 일은 만화만이 해낼 수 있는 일종의 마술이라는 것이다.

그는 칸과 칸 사이에 존재하는 홈통으로 인하여 벌어지는 현상을 '완결성 연상'이라는 용어로 정리한다. 만화의 칸들은 시간과 공간을 분할하는 것이긴 하지만, 스타카토 식으로 쪼개진 순간들이 '완결성 연상'으로 인해 지속적이고 통일된 현실을 만들어낸다는 것이다. 홈통이라는 단절을 통해 오히려 만화는 순간 이동, 동작 간 이동, 소재 간 이동, 장면 간 이동 등을 만들어낸다. 만화가는 모든 것을 그대로 옮기지는 못하지만, 독자들은 만화가의 훌륭한 공범이 되어 보이지 않는 부분을 독자 나름대로 채워나가는 셈이다.

만화에서 더욱 신나는 것은 만화 속의 인물들이 어느 순간 하늘을 날기 시작했다는 점이다. 1930년대 후반 미국의 슈퍼맨, 배트맨이 하늘을 나는 히어로로 자리 잡으면서, 만화적 인물은 지구 중력의 법칙에서 훌쩍 벗어난 새로운 인물 유형이 되었다. 만화는 중력의 법칙에서 벗어남으로 인해, 리얼리즘의 강박에서 벗어난 새로운 스토리 유형을 창조하는 미디어가 된 셈이다.

---

* 스콧 맥클라우드, 김낙호 옮김, 『만화의 이해』(비즈앤비즈, 2016), 74쪽.

제4의 벽: 아프로디테와 마르스

그리스 신화와 로마 신화가 하나로 결합된 데에는 로마 시대의 시인 오비디우스의 『변신 이야기』가 큰 역할을 했을 것으로 생각된다. 두 신화는 결합되면서 상당한 변화를 겪는데, 신들의 이름에서도 이를 확인할 수 있다. 그리스 신화 속의 아프로디테, 헤파이스토스, 아레스는 로마 신화에 이르러 베누스(Venus), 불카누스(Vulcanus), 마르스(Mars) 등의 이름으로 대체되는데, 현대 영어는 오히려 로마 신화 속의 이름을 더 많이 차용하는 듯하다.

로마 신화 속의 불카누스(그리스어로는 헤파이스토스)는 대장간의 일을 맡은 신으로, 불을 다루는 제련의 능력으로 인해 기술자와 장인의 상징으로 알려져 있다. 그는 청동을 두드려, 눈에 보이지도 않을 만큼 가는 실을 만들고 이 실로 사슬과 그물과 올가미를 만든다. 그가 손수 베틀에 걸어 짠 이 그물은, 천장의 들보에 매달린 거미줄보다 더 가늘고 정교했는데, 아마도 안에서는 바깥이 보이지 않지만 밖에서는 안이 훤히 들여다보이는 그런 구조물이었던 것 같다. 그는 그 그물 속에 마르스(아레스)와 아내 베누스(아프로디테)가 걸려들기만을 기다린다. 불륜 관계인 마르스와 베누스는 밀폐된 방에서 유치한 사랑놀이를 벌이는데, 사실 그 방은 밀폐된 방이 아니라 '밀폐된 방처럼 보이는 청동 그물 속의 공간'이었던 것.

그들은 남들의 시선을 피할 수 있는 밀폐된 방에 있다고 생각했지만, 그 옆을 지나가던 신들은 둘의 사랑 행각을 훤하게 볼 수 있었던 것. "발가벗은 채 서로를 껴안고 있는 베누스와 마르스의 모습…… 신들은 이 둘의 꼴을 보고는 배를 잡고 웃었는데, 이게 천궁에서는 두고두고 이야깃거리로 신들의 입에 올랐더란다."*

불카누스가 만든 청동 그물의 방은 서구 무대극에서 '제4의 벽'을 연상시킨다. 네 개의 벽으로 구성된 공간의 한쪽 벽을 뜯어내고 거기에 가상의 벽을 만들었을 때, 가상의 벽은 무대와 관객 사이에 존재하는 것으로 간주된다. 배우들은 벽으로 막혀 있어서 관객이 전혀 자신을 보지 못한다는 가정하에 자연스럽게 연기하며, 관객 또한 가상의 투명한 벽을 통해 밀폐된 방 속에서 벌어지는 그들의 행동을 훔쳐보고 있다는 가정을 받아들인다. 이러한 '제4의 벽'은 영화에서 좀 더 강화된다. 영화는 '제4의 벽' 대신 숨겨진 카메라의 눈을 활용한다. 관객은 카메라의 눈 뒤에 숨어 카메라에 포착된 피사체를 훔쳐보는 구조인 셈이다. 영화의 본질적인 미학을 '관음증(觀淫症, voyeurism)'에서 찾는 이유는 여기에 있다.

마르스와 베누스는 황금 그물에 포획되어 만인들의 웃음거리가 되었다. 그렇다면 '사이버 스페이스'에 포획되어 현실과의 차이를 잊은 사람들도 만인들의 웃음거리, 혹은 걱정거리가 되어야 할 것이다.

---

* 오비디우스, 앞의 책, 124-125쪽.

아라크네와 월드와이드웹

베를 잘 짜는 여인 아라크네(Arachne)가 아테나(Athena) 여신에게 감히 도전한다. 아라크네는 신들보다 자기가 더 베를 잘 짤 수 있다고 장담한 것이다. 베 짜기 시합에서 아테나는 신을 모욕하다가 벌을 받는 인간의 모습을 그린 반면, 아라크네는 황소로 둔갑한 제우스에게 속아 순결을 잃은 에우로파의 사연 등 신을 모욕하는 내용을 베폭에 담는다. 아라크네의 솜씨는 너무 뛰어나, 요즘 표현을 빌리면, 거의 3차원에 가까운 가상현실을 재현해 낸 것에 가깝게 느껴질 정도였다. 겨루기 상대의 솜씨가 인간의 도를 넘은 데 격분한 이 금발의 여신은, 신들의 비행(非行)을 낱낱이 폭로한 이 베폭을 찢어버리고는, 들고 있던 퀴토로스 산 회양나무 북으로 아라크네의 이마를 서너 번 때린다. 아라크네는 그제야 신들로부터 용서받을 수 없는 죄를 지은 줄 알고는 들보에 목을 맨다. 여신은, 제 손으로 들보에 목을 맨 아라크네를 가엾게 보고 그 끈을 늦추어 주면서 이렇게 말한다. "이 사악한 것아, 네가 누구 마음대로 네 목숨을 끊으려 하느냐? 목숨을 보존하라. 보존하되 늘 이렇게 매달려 있어야 한다. 이것은 벌은 벌이나 겁벌(劫罰)로서 끝이 없을 것인즉, 네 일족, 네 후손들까지 이 벌을 받아야 할 것이다."

베 짜기에서 아라크네는 승리를 거두지만, 화가 난 아테나는 아라크네를 거미로 변신시킨다. 신을 모욕한 인간에 대한 저주인 셈인데, 저주의 내용은 "너는 실을 잣는 데에는 능숙하지만, 그러나 평생 그 실에 매달려서 살아야만 한다는 것." 거미는 수없이 많은 실들은 만들어내지만, 집도 절도 없이 그저 실에 매달려 거미의 일생을 산다. 아테나 여신은 헤카테 약초즙을 한 방울 이 아라크네의 몸에 뿌린다. 이 독초즙이 묻자 아라크네의 머리에서는 머리카락이 빠지면서 코와 귀가 없어지고, 머리는 눈에 보이지도 않을 만큼 줄어든다. 갸름하던 손가락은 양옆으로 길어져 다리가 되고, 나머지 부분은 모두 볼록한 배가 된다. 그리고 아라크네는 꽁무니로 실을 내어놓기 시작한 것인데, 이때 거미가 된 아라크네는 지금도 옛날과 다름없이 실을 내어 공중에다 걸고는 거기에 매달려 산다.*

　　이는 인터넷에 매달려 사는 현대인에 대한 경고가 아닐까. 우연히도 월드와이드 웹(world wide web)은 아테나의 저주인 거미줄(web)을 연상시킨다. 몸은 비대해지고 팔과 다리는 가늘어서 간신히 줄에 매달려 사는 거미야말로, 뜬눈으로 밤을 새우면서 인터넷에 매달린 현대인들의 허약한 육체를 연상시키기도 한다. 끔찍한 일이다. 그리스 신화는 이미 2천여 년 전에 콜라와 팝콘을 먹으며 비디오게임에 몰두하는 배불뚝이 현대인의 어떤 국면을 암시하는 듯하다.

---

* 같은 책, 189-190쪽.

피에르 레비의 집단지성

인터넷은 늘 허상만 제공하는 것일까. '집단지성'의 개념을 제시해 위키피디아의 이념적 모형을 제공한 것으로 평가받는 피에르 레비는 그의 저서 『집단지성』의 첫 부분을 타락한 소돔과 고모라를 구하기 위한 의인(義人)에 대한 언급에서부터 시작한다. 여호와는 두 도시를 파괴하기로 결심하지만, 50명의 의인이 있다면 벌을 거두겠다고 말하며, 족장인 롯은 신과의 엄청난 흥정 결과 의인의 숫자를 10명으로 줄이는 데 성공한다. 그러나 이 도시의 의인은 롯과 그의 아내 2명뿐이었다. 피에르 레비는 만약 인터넷이 있었더라면 10명 정도의 의인은 쉽게 모였을 것이라는 확신으로 그의 매력적인 책 『집단지성』의 서문을 장식한다. 인터넷에 들어가 보면 10명의 의인보다 훨씬 많은 의인들이 더 넓고 좋은 세계를 향해 자발적으로 활동한다는 것. 이들의 의로운 생각들이 창조적인 '집단지성'의 준거점이 된다는 것이다.

소돔과 고모라에 관한 성서의 이 대목을 찬찬히 읽어보면, 신이 제시한 게임의 방법이 특이하다. 신은 이 도시에 두 천사를 보낸다, 두 천사는 낯선 여행자로 보일 뿐 신의 사자라는 사실은 감추어져 있다. 롯은 손님에 대한 환대의 규칙에 따라 이들을 대하지만, 소돔 사람들은 롯의 집에 몰려들어 이방인들을 내놓으라고 협박한다. 이방인들을 밖으로 끌어내어 '욕보이려' 함이다. 롯은 이들의 협박을 거부하면서 심지어 분노한 군중들에게 손님 대신 자기의 딸들을 내어줄 것을 제의하기까지 한다. 그러나 분노한 군중들은 롯의 말을 듣지 않는데, 이를 통해 소돔에는 더 이상 의인이 존재하지 않는다는 점이 드러난다.

이에 대한 피에르 레비의 설명은 다음과 같다. "소돔의 죄는 무엇인가? 그것은 환대의 거부이다. 소돔 사람들은 이방인을 환대하기는커녕 욕보이려고 했다. (······) 환대는 개인을 집단에 연결하는 행위이다. 그것은 추방에 정확히 반대된다. 의인(義人)은 포함시키고, 편입시키고, 사회 조직을 수선한다."* 환대를 중시하는 의인은 외부인들을 "포함시키고, 편입시키고, 사회 조직을 수선한다"는 문장에 주목해 보자. 의인은 배타적인 감정을 버리고 외부를 포용함으로써, 그 사회를 환대가 넘치는 사회로 바꾼다.

인터넷의 선교자 피에르 레비는 나와 외부의 이방인을 묶을 수 있는 현대적인 방법을 인터넷에서 찾았다. 인터넷에는 많은 의인들이 더 넓고 좋은 세계를 향해 활동하고 이들의 의로운 생각들이 '집단지성'의 준거점이 된다. 인터넷은 이처럼 중요한 사회적 역할을 할 때도 많다.

---

* 피에르 레비, 권수경 옮김, 『집단지성: 사이버 공간의 인류학을 위하여』(문학과지성사, 2002), 50쪽.

환상문학: 망설임인가 새로운 창조인가

츠베탕 토도로프의 『환상문학 입문』*에서는 환상문학이 성립하기 위해서는 다음 세 가지 조건이 충족되어야 한다고 정리한다. 첫째, 텍스트가 독자로 하여금 작중인물들의 세계를 살아 있는 사람들의 세계로 간주하고, 묘사된 사건들에 대해 자연적 또는 초자연적으로 이해할 것인지 망설이도록 만들어야 한다. 둘째, 이러한 망설임은 또한 작중인물에 의해 경험될 수도 있다. 셋째, 독자는 텍스트와 관련해 어떤 특정한 태도를 취해야 한다. 말하자면 그는 '시적'인 것뿐만 아니라 '알레고리적'인 해석 태도를 거부해야 한다.

그의 개념 중에 중요한 게 '독자의 망설임'인데, 그는 알레고리를 예로 들어 이를 설명한다. "간단히 말해 알레고리란 하나를 말해 놓고 다른 것을 의미하는 것을 가리키는데, 우화는 바로 순수한 알레고리에 가장 가까운 장르이다." 만일 한 우화에서 동물이 말을 한다고 해도 독자의 마음속에서는 어떠한 의심도 일어나지 않는다. 왜냐하면 독자가 텍스트의 얘기를 다른 뜻으로 받아들여야 한다는 것을 알기 때문이고, 그것을 바로 우리는 '알레고리적'이라고 부른다. 토도로프는 환상문학이 알레고리와는 다르다는

---

* 츠베탕 토도로프, 최애영 옮김, 『환상문학 입문』(일월서각, 2013).

점을 이런 식으로 강조하는 듯하다.

토도로프의 정의와는 별개로 상이한 각도와 관점에서 새롭게 환상문학을 정의하는 이론들은 셀 수 없을 정도로 많고 복잡하다. 그들 중에는 특히 이론가로서가 아니라 일반적, 통속적으로 환상문학이라 불리는 작품들을 직접 쓴 창작자들이 있다. 그 대표적인 예가 바로 『반지의 제왕』과 『호빗』의 저자인 톨킨(J.R.R. Tolkien)이다. 톨킨에 따르면 성공적인 환상이 이루어지려면 2차 세계의 성공적인 창조가 이루어져야 하고, 그 2차 세계는 나름의 내적 리얼리티를 가져야 한다는 것이다. 그에 따르면, 2차 세계 안에서 2차 창조자가 말하는 것은 그 세계의 법칙과 일치하기 때문에 진실하다. 오히려 이에 대한 의심이 일어나는 순간 주문은 깨어지고, 마법, 아니 예술은 실패한다는 것이다. 물론 2차 세계는 독자에게 '압도적 기이함'의 느낌이 일어나도록 만들어야 하고, 그렇게 해서 그것은 우리로 하여금 잠시나마 1차 세계에서 자주 경험하던 낡은 실존에서 '탈출'해 1차 세계에 대해 새롭고 신선한 시각을 유지하도록 해야 하는 것이다.

이렇게 본다면 톨킨의 정의는 토도로프와는 정반대의 입장에 서 있다고 볼 수 있다. 왜냐하면 톨킨의 '믿음을 안겨준다'는 것은 '망설인다'는 토도로프의 정의와는 완전히 상치되기 때문이다. 톨킨은 게다가 소위 러시아 형식주의의 '낯설게 하기'와 매우 흡사한 '새롭고 신선한 시각', '탈출', '위안' 등의 기능을 언급하면서 토도로프의 정의에서는 상대적으로 결여되된 환상문학의 효과를 적시해 준다. 어찌 됐든 톨킨은 토도로프가 말하는 망설임과는 다른 확연한 세계관을 보여준다.

세계관: 설정된 세계

『던전밥』이라는 장편 만화를 우연히 보게 되었는데, 그 만화 속의 인물, 몬스터는 물론 그 만화의 배경이 되는 세계 지도, 모험자를 위한 월드 가이드, 세계의 인종 데이터를 담은 별도의 단행본『던전밥 월드 가이드 모험자 바이블 완전판』이 존재한다는 것도 나중에 알게 되었다. 물론 여기에서 말하는 세계 지도, 인종 데이터 등은 실제로 존재하는 게 아니고,『던전밥』속에 설정된 상황들이다.

내가 아는 '세계관'은 그야말로 세계를 보는 관점을 말하는 것이었는데, 최근 비디오 게임이나 판타지 영화 등에서는 그 '허구 세계 내에 설정된 특정한 세계'를 뜻하는 용어로 사용되는 듯하다. 이런 세계관은 한두 편의 '대표작(tent pole)'을 중심으로 형성되어, 점차 시리즈물이나 스핀오프, 외전 등으로 연장되고 확장되는 듯하다. 예를 들어 「해리 포터」 시리즈, 「반지의 제왕」 시리즈, 「스타워즈」 시리즈 등은 몇 개의 독특한 상황 설정이 유지되면서 시리즈를 이어나간다. 「해리 포터」는 마법을 사용할 수 없는 일상적인 인간들을 머글로 설정하고, 머글과는 다른 인간 유형들에게 마법을 가르치는 학교가 있다는 설정에서 출발한다. 「반지의 제왕」은 문헌학자인 톨킨이 자신의 특기를 살려 언어는 물론 세계, 지역, 인물, 종족, 부대, 물건, 전투 하나하나를 일일이 창조했다. 인물만 보더라도 인간, 요정, 난쟁이, 엔트, 호빗, 사우론 등의 다양한 유형이 등장하며, 각 도시와 거기에 배치된 탑과 요새까지 모조리 작가의 설정 속에서 탄생했다. 「스타워즈」는 "아주 먼 옛날 은하계 저편에"를 시작 지점으로 삼고 우주를 배경으로 제국군과 반란군이 싸우는 가상의 세계를 설정했다.

　토도로프는 환상문학의 존재를 인정하면서도 조심스럽게 '망설임'이라는 용어를 사용한 바 있다. 이는 크게 보아 리얼리즘 문학에 대한 강박으로도 보이는데, 환상문학을 리얼리즘의 예외로 보기보다는 리얼리즘과는 전혀 다른, 전면적인 개념으로 수용할 때가 된 듯하다. 돌이켜 보면 『이상한 나라의 앨리스』에서 주인공 앨리스가 회중시계를 들고 뛰어가는 토끼를 따라가다가 굴속으로 굴러떨어졌을 때, 이미 환상문학의 큰 세계가 열린 게 아닌가 싶다. 이미 우리는 무라카미 하루키의 소설 『1Q84』에서 주인공이 두 개의 흰 달이 떠 있는 이상한 세계로 떨어졌을 때 전혀 망설이지 않았고 그냥 작가가 새롭게 설정한 세계로 받아들였다. 이는 마치 비디오게임의 화면에 깔린 여러 배경, 사건, 인물에 대한 의심을 거두는 것에 비유할 수 있을 것이다. 그냥 그렇게 설정된 세계를 받아들이면서 환상문학이나 판타지 영화, 비디오 게임을 즐기면 되는 것이다.

　다만, 아직까지 '세계관'이라는 용어는 생소하다. 그냥 '설정 세계' 정도로 쓰는 게 어떨까 싶지만, 이제 메타버스(metaverse)라는 신세계가 열렸으니, 이 또한 대중이 선택할 사항일 것이다.

6 스토리 산업을 위하여

IT(Information Technology, 정보기술)라는 용어가 최근 ICT라는 용어로 급격하게 대체되는 듯하다. ICT라는 용어에 삽입된 C는 커뮤니케이션(communication)의 약자로, 이제 정보화 못지않게 중요한 것이 커뮤니케이션임을 웅변적으로 보여주는 듯하다. 정보를 컴퓨터화하는 것 못지않게 상호소통으로서의 커뮤니케이션이 중요해졌다는 것.

이러한 양상은 최근 스토리 산업의 급격한 팽창에서 확인해 볼 수 있을 것이다. 우리는 카카오톡으로 이야기(talk)를 나누며, 새들의 지저귐처럼 사소해 보이는 트위터(twitter)를 통해서, 혹은 책으로 보기에는 좀 작은 얼굴 크기의 페이스북(facebook)을 통해서도 끊임없이 이야기를 나눈다. 인터넷과 모바일에서 우리가 항상 만나는 것은 이야기이며, 우리는 어느 순간 이야기를 수동적으로 듣는 위치에서 벗어나 이야기에 적극 참여하는 것이다.

스토리는 산업으로서의 가치가 있는가. 스토리를 어떻게 산업화할 것인가. 이런 문제의식을 가질 때가 되었다.

이야기의 씨앗

전 세계에 존재하는 생물종은 150만 종 정도로 알려져 있다. 그 생물종들은 고유의 씨앗(배아)을 가지며, 이는 세포분열, 발생과 재생 등의 과정을 거치면서 생명 활동을 이어나간다. 물론 이를 가능하게 하는 것은 씨앗 내의 유전자 정보일 것이다. 150만 종에 달하는 생물종을 이해하기 위해서는 일단 이를 분류하는 일이 필요한데, 생물학자 린네(Carl von Linné)는 생물의 분류 체계를 만들어 이를 유형화할 수 있는 기틀을 마련한다.

이 세상에 존재하는 이야기의 종은 얼마나 될까. 150만 종에 달한다는 생물종의 숫자보다 더 많다고 볼 수도 있지 않을까. 정말이지 우리는 너무도 많은 이야기 속에서 산다. 문학, 영화, 드라마 등 허구적 양식에 기반한 이야기만 있는 게 아니라, 교실에서의 수업, 수사와 재판 과정에서의 모든 담론들, 회의 석상에서 나누는 여러 의견들, 정치인과 경제인과 연예인들의 여러 수사학적인 담론들도 모두 이야기 양식에 기반하고 있으니, 그 종류를 이루 헤아리기 힘들 것이다.

생물의 유전, 발생, 재생 과정에 유전자가 관여하는 것처럼, 이야기의 발생과 전파에도 어떤 핵심적인 요소, 즉 유전자에 비견할 만한 핵심 요소가 들어 있지 않을까. 서사 이론가들은 그러한 요소를 마스터 플롯(master plot), 핵심 이야기(core story)라 부르는 듯하다. 『민담형태론』을 쓴 블라디미르 프로프의 표현대로 "모든 강물이 바다로 가는 것과 마찬가지로, 이야기 연구의 모든 국면들은 결국 중요한 미해결의 문제, 즉 전 세계의 이야기들 사이의 유사성이라는 문제의 해결을 가능하게 하는 방향으로 가야"* 하는데, 모든 나라에 「개구리 왕자」와 유사한 이야기가 전승된다면, 「개구리 왕자」 속의 어떤 요소가 전승에 보편적인 힘을 제공하는 것인지 알 필요가 있을 것이다. 그 요소를 '마스터 플롯'이나 '핵심 이야기'라고 규정하는 것은 당연하다.

생물학자 린네는 수만 종에 이르는 개별 생물들 간의 특성을 고려한 분류 체계를 만들고 이에 따라 생물의 생성과 진화 과정을 과학적으로 설명할 수 있는 근거를 제공했다. 유전자 지도를 독해하겠다는 최근의 게놈 프로젝트(Genome project)도 이러한 분류법이 없었다면 아예 출발부터 불가능했을지 모른다. 이와 유사한 법칙이 이야기 연구에도 적용될 수 있지 않을까 생각해 본다. 이야기는 어떤 씨앗에서 출발해 세포분열하고 결합하고 또 끊임없이 재생되면서, 이야기의 패턴을 되풀이한다. 그 이야기 현상을 이해하기 위해 이야기에서 가장 중요한 역할을 하는 '이야기 씨앗'은 과연 무엇인가. 고민이 필요하다.

---

* 블라디미르 프로프, 최애리 옮김, 『민담의 역사적 기원』(문학과지성사, 1991), 16쪽.

인간의 마음을 사로잡는 대중적인 마스터 플롯

『인간의 마음을 사로잡는 스무 가지 플롯』이라는 이름의 저서를 펴낸 로널드 토비아스(Ronald Tobias)는 20개의 마스터 플롯을 제시한다. 추구, 모험, 추적, 구출, 탈출, 복수, 수수께끼, 라이벌, 희생자, 유혹, 변신, 변모, 성숙, 사랑, 금지된 사랑, 희생, 발견, 지독한 행위, 상승과 몰락이 그것이다.* 그가 제시한 20개의 마스터 플롯을 하나하나 따라가 보면, 우리가 아는 대부분의 매력적인 이야기들이 모두 이 20개 유형들 속에 포함되어 있음을 느낀다. 이를 대충 살펴보기로 하자.

'추구, 모험'의 플롯은 가장 오래된 이야기 형식이며 보편적인 형식이지 않을까 생각해 본다. 어떤 목표를 추구해 여행과 모험의 길을 떠나는 주인공의 이야기야말로 얼마나 신선하고 가슴 벅찬 이야기인가. 불경을 구하기 위해 서쪽 나라로 떠나는 삼장법사, 이를 수행하는 손오공, 사오정, 저팔계 등의 이상한 캐릭터들 이야기야말로 얼마나 신나고 재미있는가.

'추적, 구출, 탈출'의 플롯은 아동문학의 가장 보편적인 형식이 아닌가 싶다. 아이들은 아직 세상이 낯설고 무섭다. 그들은 어떤

---

* 로널드 토비아스, 김석만 옮김, 『인간의 마음을 사로잡는 스무 가지 플롯』(풀빛, 1998).

무서운 존재가 그들을 잡아먹기 위해 추적한다는 악몽에 시달리며, 누군가의 도움을 받아 성공적으로 구출되거나, 아니면 자력으로라도 그곳에서 탈출해야 한다고 생각한다. 그러므로 약자인 아이들은 추적, 구출, 탈출의 멋진 활약상을 기다리는 마음으로 이 플롯을 즐긴다.

'복수, 수수께끼, 라이벌, 희생자'의 플롯은 우리가 저녁마다 보는 TV 드라마를 통해 여전히 되풀이된다. 이루어질 수 없는 사랑, 출생의 비밀, 왕자와 거지 사이의 터무니없는 라이벌전, 혈연 복수, 늘 억울한 희생자가 되는 착한 여주인공이야말로 우리가 늘 접하는 드라마의 목록에 해당한다.

'유혹, 변신, 변모, 성숙, 사랑, 금지된 사랑'도 여전히 되풀이되는 마스터 플롯이다. 우리는 사랑의 장애물을 만나 고통을 겪으며 성숙하고, 금지와 유혹의 순간에도 끊임없이 욕망에 시달리며 자기 변신과 변모를 경험한다.

'희생, 발견, 지독한 행위, 상승과 몰락'의 플롯도 여전하다. 우리는 지독한 성격을 가진 지독한 사람들을 만나며 이들을 통해 희생과 발견을 경험하기도 하며, 궁극적으로는 우리의 운명이 상승하거나 몰락하는 경험을 한다.

이런 마스터 플롯이 대중적인 이야기의 중요한 씨앗이지 않을까. 이들 이야기는 조금씩 형태를 달리하면서 여전히 대중적인 인기몰이의 주역이 된다. 우리는 뻔하고 익숙한 이 이야기들을 여전히 즐긴다. 그 이유는 무엇일까. 그 씨앗에 담긴 귀중한 유전자 정보 때문이지 않을까.

이야기의 거대한 창고

마스터 플롯을 언급할 때 결코 빠뜨릴 수 없는 것은 '아르네-톰슨 분류 체계'이다. 핀란드의 민담학자 안티 아르네(Antti Aarne)는 1910년 유럽과 근동 지역에서 수집된 민담을 유형화해 450여 개의 이야기로 정리한다. 스티스 톰슨(Stith Thompson)은 1928년 이를 영어로 번역하고 아르네의 분류 체계를 좀 더 확장하는데 이것이 바로 아르네-톰슨 분류 체계이다. 이 분류 체계는 유럽 각국에 산재하는 민담과 요정담을 타이프(type)와 모티프(motif)로 나누어 색인화한 것인데, 최근에는 스토리의 유형화 연구에 널리 사용된다. 예전에는 매우 두꺼운 종이책으로만 접할 수 있었지만, 지금은 인터넷의 관련 사이트를 통해 위의 분류 체계에 속한 모든 내용들이 쉽게 접속 가능하게 제시되어 있어, 이야기의 재활용을 원하는 많은 스토리텔러들의 주목 대상이 된다. 재미있고 신나는 이야기의 디지털화를 진행하기 위한 이야기의 거대한 창고가 탄생한 것이다.

스티스 톰슨의 분류법 중에서 흥미로운 것은 '모티프 색인'이다. 그가 말하는 모티프라는 개념은 전승을 가능하게 하는 핵심적인 힘을 가진, 가장 작은 구성 요소로 간주되는데, 예를 들어 「미녀와 야수」, 「드래곤 살해자」, 「쌍둥이 혹은 두 형제」, 「헨젤과 그레텔 그리고 버려진 아이」 등에는 유럽 전역에 퍼져 있는 전형적이고 강력한 모티프들이 잠재된 것으로 볼 수 있다.

그에 의하면, 이들 모티프가 전승에서 살아남기 위해 특이하면서도 뚜렷한 어떤 것을 지녀야 한다. 첫째, 설화의 등장인물이 특이해야 한다. 즉 신, 이상한 동물, 마녀, 도깨비, 요정 등의 신기한 존재나 친절한 막내, 잔인한 계모 같은 전형적인 인물의 특이성이 담겨야 한다. 둘째, 사건의 특이성이다. 마법의 물건, 특이한 관습, 이상한 신앙 등이 제시되어야 한다.

그러나 그것만으로 모티프의 전승력을 설명하기는 어렵다고 본다. 이들 모티브에 담긴 상징의 기능을 정리한 브루노 베텔하임의 견해를 경청하면, 이에 대한 답을 찾을 수 있을 듯하다. 아래는 몇 가지 사례들이다.*

- 사악한 계모의 등장 이유: 좋은/나쁜 엄마가 공존할 수 있음을 제시하기 위해.
- 동물이 등장하는 이유: 사람의 동물적 속성을 제시하기 위해.
- 두 형제의 등장: 프로이트의 개념인 쾌락 원칙과 현실 원칙의 대립을 보여줌.
- 숲의 상징적 의미: 내적인 어둠과 대면하는 장소.
- 버려지는 아이들의 등장: 분리 불안에 대한 두려움.
- 막내, 바보의 등장: 미분화된 자아의 제시.
- 동물 신랑의 등장: 성에 대한 공포.

---

* 브루노 베텔하임, 김옥순·주옥 옮김, 『옛이야기의 매력 1』(시공주니어, 1998), 4-6쪽.

이야기와 꿈이 있는 삶

롤프 옌센의 『드림 소사이어티』*에는 '꿈과 감성을 파는 사회'라는 부제가 붙어 있다. 현대 사회의 소비자들은 의식주와 생존을 위해서 상품을 구매하는 게 아니라 상상력을 자극하는 이야기(story)가 담긴 제품을 기꺼이 구매한다는 것이다. 세계에는 25개의 고소득 국가가 있으며, 여기에 해당하는 총인구는 8억 명 정도인데 이들은 상품을 구입할 때 '꿈과 이야기'를 우선시한다는 것이다(이 책이 발간된 1999년은 한국이 이미 구매력이 충분한 고소득 국가에 편입되기 시작한 단계로 볼 수 있다).

고소득 국가에서는 스토리, 꿈, 놀이를 파는 시장이 중요해진다. 저자는 이미 많은 글로벌 기업이 상품과 이야기의 멋진 결합을 시도하고 있다는 점을 강조하면서 명품 패션, 스포츠, 여행, 모험, 장난감, 게임, 건강, 커피, 와인 등 우리 주변의 상품들을 예로 든다. 이러한 상품들은 연대감, 친밀감, 우정, 사랑, 관심과 돌봄, 마음의 평온, 정체성과 신념의 판매 등 소비자의 마음에 호소할 수 있는 요소들을 담는데, 인터넷 매체의 등장 이후 이러한 감성적, 개인적 친밀감은 좀 더 중요한 요소가 된다는 것이다.

---

* 롤프 옌센, 서정환 옮김, 『드림 소사이어티』(리드리드출판, 2005).

어쨌든 부자에게 물건을 팔아야 돈을 벌 수 있다는 생각은 이미 19세기 말 소스타인 베블런(Thorstein Veblen)에 의해 유한계급의 과시적 소비에 대한 연구를 통해 확인되었으며, 소비자의 마음이 그리 이성적이거나 합리적인 것만은 아니라는 점도 여러 연구를 통해 드러난 바 있다. 그러나 스토리, 꿈, 감성, 놀이, 비합리성, 환상 등에 대한 관심이 총인구 8억 명 이상의 고소득 국가에서 벌어지는 일반적인 현상이라는 점을 주시해 보면, 오늘날 우리가 지향해야 할 '이야기'의 방향도 대충 정해지는 듯하다.

큰 흐름 속에서 보면, 한국 근대문학의 주제도 크게 변했다. 100년 전인 1920년대 무렵의 한국문학이 가난, 억압, 폭력, 저항, 수난을 주제로 다뤘다면, 지금의 문학판은 당시의 절대적 궁핍과는 성격이 다른 주제를 다룬다. 유한계급의 전유물로만 여겨 왔던 여행, 패션, 레저, 취향, 예술 등의 소재들이 모더니티의 도래와 함께 문학적 주제의 한복판으로 이미 진입했다.

이제 향후의 서사학은 심각한 의미보다 놀이를 존중하는 단계, 또한 이성보다는 감성을 중시하는 단계, 실제 생활세계보다 놀이와 환상에 근거한 2차 세계에 대해 더 관심을 두기 시작한 듯하다. 요즘에는 게임과 오락의 기반이 되는 엔터테인먼트 스토리텔링, 마케팅 스토리텔링이 그간의 '진지한 스토리텔링(serious storytelling)'을 대체한다는 분석도 나오는데 참으로 상전벽해의 느낌이다. 이제 놀이-감성-환상의 세계가 진지한-이성적-현실 세계를 압도한다는 것. 그런 세상이 되었다는 것.

크고 단단한 것에서 작고 부드러운 것으로

미국이 세계 경제의 중심이 되어 주도하던 20세기의 산업은 '크고 단단한 것'을 목표로 삼았다. 가장 경제적이고 효율적인 자동차를 양산한 GM은 효율적인 대량생산을 위하여 포드 시스템을 적용했고, 그 결과 세계 자동차 시장의 최고를 점할 수 있었다. 자동차 왕이 포드였다면, 철강왕은 밴더필드, 석유왕은 록펠러, 금융왕은 J.P. 모건, 선박왕은 오나시스였다. 이들은 반독점금지법이 적용된 이후에도 미국의 시장을 독점하면서 세계 최고의 크고 강한 기업으로 군림할 수 있었다.

사실 이들의 대부분은 제조업이었다. 석유와 강철 등의 기초 자원, 이를 기반으로 한 자동차와 철도, 선박 산업은 20세기 미국 경제의 원동력이었고, 미국은 이러한 '크고 강한 기업'을 통해 세계 최강의 경제 대국이 될 수 있었다. 그런데 어느 순간 제조업 분야가 퇴조하고 새로운 산업이 떠오르기 시작했는데, 이러한 기업들의 특징은 '작고 부드러운 것'이 아니었나 싶다.

미래학자 앨빈 토플러는 그의 저서 『권력이동』에서 이 순간의 변화를 고강도 권력(정치)에서 중강도 권력(경제)으로, 중강도 권력에서 저강도 권력(문화)으로의 변화라고 요약한 바 있다. 25년 전 쯤 읽은 《타임스》의 표제 기사 하나도 얼핏 기억난다. 기사 제목이

"Too Big, or Not Too Big"이었는데, 이는 셰익스피어 「햄릿」의 대사 "To be or not to be, that's the question."을 잠깐 패러디한 제목이었던 것으로 기억된다. 「햄릿」의 대사가 "살 것인가, 죽을 것인가. 그것이 문제로다" 정도로 번역될 수 있다면, 《타임스》의 기사 제목은 "(기업의 규모를) 더 크게 할 것이냐, 아니면 작게 축소할 것이냐. 그것이 문제로다" 정도로 번역할 수 있을 것이다.

　　한국의 IMF 시절 전후로 기억되는데, 이미 그 당시의 미국에서는 제조업으로 성장한 거대기업이 더 규모를 크게 할 것인가, 아니면 스스로 분열하면서 작은 규모로 운영할 것인가에 대한 질문이 시작된 셈이다. 앨빈 토플러에 의해 "지식/정보/문화산업"의 중요성이 떠오른 시점도 대략 이 시기였던 것으로 기억된다. 그리고 이 시기 최초의 승자는 마이크로소프트(Microsoft)였다. 마이크로소프트는 이름 자체가 이미 '작은 것(micro)'이면서 '말랑말랑한 것(soft)'을 화두로 삼은 것이다.

　　그런데 이제 마이크로소프트보다 더 작고 텅 빈 것이 등장하기 시작했다. FANG이라는 약자로 표기할 수 있는 Facebook, Amazon, Netflix, Google은 제조업이 아니라 유통업에 해당한다. 큰 공장도 없고, 많은 회사 인력도 불필요하며, 다만 남들이 만들어놓은 어떤 것(공산품이든 아니면 문화상품이든 상관없이)을 유통하는 일이 가장 큰 부가가치를 얻을 수 있는 기업 형태가 된 것이다. 이들은 소유(have)를 목표로 삼는 대신 접속(access)과 연결(connectivity)을 목표로 삼는다.

콘텐츠와 플랫폼

심수봉의 노래 「남자는 배 여자는 항구」를 듣다가 혼자 씩 웃었다. 언제나 찾아오는 부두의 이별과 아쉬움, 그런 것을 겪어야 하는 여자의 슬픔을 노래한 거라 생각했는데, 사실 배 타고 나가 고생하는 것은 남자의 몫이고, 고생 끝에 얻어온 그 전리품은 모두 항구에 대기하던 여자의 몫이 아닐까 하는 생각이 들었기 때문이다.

몇 년 전 바라트 아난드의 『콘텐츠의 미래』*라는 책이 화제가 된 적이 있다. 최고의 콘텐츠, 최고의 제품을 만들어야 한다는 함정(강박)에서 벗어나라는 것이다. 오히려 콘텐츠의 함정에서 벗어나는 순간 거대한 기회가 열리는 것이며, 넷플릭스, 아마존, 텐센트, 애플이 지향하는 '콘텐츠의 미래'는 바로 콘텐츠 자체보다는 이들 사이의 연결(connectivity)에 있다는 것이다.

결국 바다에서의 모험보다 최종적인 접속으로서의 항구가 더 중요하다는 뜻 아닐까. 우리가 아무 생각 없이 접하는 '포털사이트'라는 용어도 번역해 보면 그저 '항구 지역'이라는 뜻 아니던가. 아무리 물건이 좋아도, 포털사이트에서 주목을 끌지 못하면 끝이라는 것. 배와 항구 중에서 최종의 승리자는 항구인 것처럼, 모든

---

* 바라트 아난드, 김인수 옮김, 『콘텐츠의 미래』(리더스북, 2017).

물류에서 최종의 승리자는 포털사이트가 아닐까. 미디어학자 매클루언의 표현대로라면, 내용(콘텐츠)보다 내용을 나르는 매체(형식)가 더 중요해진 셈이다.

이를 실감할 수 있는 게 최근의 신문 방송이다. 20세기 내내 신문은 뉴스의 대량생산과 대량소비의 정점에 있었다. 방송(broadcasting)은 용어 자체가 시사하듯, 뉴스를 멀리(broad) 던지는 (casting) 행위를 통해, 모든 뉴스의 센터이자 가장 성공적인 매스미디어로 자리 잡을 수 있었다. 그러나 최근 신문과 방송의 뉴스는 네이버, 다음, 구글을 통해서 접속하는 어떤 정보의 조각으로 지위가 떨어졌다. 이제 수용자들은 뉴스를 매스미디어를 통해 접하는 게 아니라, 그것을 네트워크화한 포털사이트를 통해 접속한다.

요즘은 포털사이트보다 플랫폼이라는 용어가 더 주목받는다. FANG은 최근 미국 증권 시장에서 강세를 보인 IT 기업, 즉 Facebook, Amazon, Netflix, Google의 앞 글자를 따서 만든 단어인데, 이 기업들은 온라인 플랫폼 사업자로 수익의 대부분을 트래픽을 통해 올린다는 공통점이 있다.

원래 '플랫폼(platform)'은 사람들과 화물이 기차에 오르거나 내릴 때 이용하는 장소를 의미하는데, 이게 미디어 영역에서 새로운 의미를 획득했다. 사실 플랫폼이 없다면 기차나 철도도 무용지물일 수 있다. 기차에 무엇을 싣고 내리는 장소가 없다면 기차는 그냥 달리기만 하는 어떤 것에 불과하기 때문이다. 이제 많은 영화, 음악, 드라마 등이 전시되고 구독되는 장소로서의 플랫폼이 콘텐츠보다 중요해졌다. 향후 'OTT 플랫폼'을 누가 장악하는가에 따라 세상의 판도가 결정된다는 것이다.

누가 플랫폼을 장악할 것인가

OTT를 단어 수준에서 보면, 'Over The Top', 즉 '셋톱(Set Top) 박스'의 '너머에(over)' 존재하는 어떤 것을 의미한다. 이제 시청자들은 케이블방송과 위성방송을 시청하기 위해 설치했던 셋톱 박스를 치우고, 동영상 스트리밍 서비스(streaming service)로 갈아타기 시작했다는 것, 이제는 스트리밍 서비스를 제공하는 플랫폼 자체가 가장 중요해진다는 것이다.

고명석의 『OTT 플랫폼 대전쟁』*은 미디어와 IT 분야에서 일어난 최근의 혁명적인 변화를 다룬다. 저자는 넷플릭스, 아마존닷컴, 구글, 애플 등이 벌이는 이 전쟁의 현황을 분석해 제시하는데, 이 책의 앞부분에서 제일 먼저 소개되는 사건은 '세기의 분노'이다. 비디오 대여점에서 영화 「아폴로」를 빌려본 리드 헤이스팅스는 비디오테이프를 제때 반납하지 않았다고 40달러에 이르는 큰 연체료를 물어내야 했다. 집에서 거리가 먼 비디오 대여점까지 사용자가 직접 갔다 와야 하는 것도 불편한데 조금 늦었다고 연체료까지 내야 한다니 매우 불합리한 서비스라고 생각했다. 그는 이에 불만을 품다가 넷플릭스의 기반이 되는 사업 아이디어를 떠올

---

* 고명석, 『OTT 플랫폼 대전쟁』(새빛, 2020).

렸다. '세기의 분노'로 회자되는 이 일을 계기로 리드 헤이스팅스는 넷플릭스를 창업한다.

누가 이 거대한 시장을 장악할 것인가. 초미의 관심사가 아닐 수 없다. OTT 플랫폼의 현황을 검색하다 보니, 글로벌 OTT라는 용어에 대비되어 '토종 OTT'라는 표현이 더러 눈에 띈다. 넷플릭스, 디즈니+, 아마존 프라임 등 거대 자본을 앞세운 글로벌 OTT들이 콘텐츠 제작에 막대한 투자를 단행하며 세계 시장 공략에 속도를 낸다는 것. 반면 토종 OTT들의 규모와 범위는 아직 너무 작다는 것.

사실 FANG의 약진을 보면서 시종 떨칠 수 없었던 질문은 왜 이런 시장이 '미국만의 리그'로 진행되는가 하는 점이었다. 왜 미국이 아니면 이런 그룹에 낄 수 없는가. IT 강국이라고 스스로 자랑하는 한국은 왜 이 분야에 이름조차 내걸지 못하는가.

여기에는 여러 이유가 있을 것이다. 기본적으로 한국은 기술력도 자본력도 국력도 아직 부족할 것이다. 굳이 내 의견을 하나 보태자면, 한국이 영어를 사용하지 않는다는 점이 큰 약점으로 작용하는 것 같기도 하다. 현재의 소셜미디어 등은 영어로 의사소통을 하는 구조(페이스북이나 트위터 등등)에 익숙한 사람들이 창안하고 서로 교류하기에 좋은 발명품인 듯하다. 한국어 사용자 인구가 세계 인구의 1퍼센트에 불과하며, 한국에서 만들어지고 소통되는 디바이스는 마치 '갈라파고스섬'에 갇혀 있는 생물들처럼 전 지구적 생태계의 흐름과 단절된 게 아닌가 싶기도 하다. 역시 가장 큰 플랫폼은 영어이지 않나 싶다.

개구리가 우물에서 탈출해야 하는 이유

사람들은 자신이 보고 싶은 것만 보려는 경향이 있다고 한다. 이를 확증 편향(confirmation bias)이라 부르는데, 이는 원래 가진 생각이나 신념을 다시 한번 확인하려는 경향성으로, 인지심리학에서 정보의 처리 과정에서 일어나는 인지 편향 중 하나로 알려져 있다. 최근에는 채널화, 분극화라는 용어가 사용되는데, 자기가 좋아하고 지지하는 채널을 통해서 얻은 정보만 선택적으로 수용하는 현상을 말하며, 이러한 채널화에 많이 참여할수록 더 많이 분극화되는 현상이 일어날 수 있다는 것이다. 유튜브 알고리즘은 확증 편향을 강화하는 대표적인 사례로 지목된다.

이와 관련해서, 빠뜨릴 수 없는 용어가 '추천 알고리즘'이다. 추천 알고리즘은 유튜브는 물론, 온라인 쇼핑 등에 강력하게 적용되는 시스템으로, 우리는 당혹스러울 정도로 이 시스템에 포획되어 있다. 어제 내가 본 영화와 비슷한 취향의 영화가 계속 추천되고, 어제 구입한 상품과 비슷한 품목이 계속 배너로 떠오르는데, 반갑다기보다는 짜증 나고 한편 두렵기까지 하다. 내가 소비한 흔적은 데이터로 저장되며, 이 데이터 내에서 나는 수집당하고 분석당하는 재료에 불과한 것이기 때문이다.

쇼샤나 주보프의 『감시자본주의 시대』는 구글, 페이스북 등의 글로벌 IT 기업들이 '실리콘 밸리'에서 '실리콘 제국'으로 변해 가는 모습을 잘 그려낸다.* 우리는 이미 '좋아할 것 같은' 취향이나 물건, 정보를 알아서 추천해 주는 SNS 알고리즘에 익숙해져 있는데, 우리는 이 알고리즘을 소비하면서 끊임없이 온라인에 흔적을 남기고, 이 온라인 흔적은 IT 기업, 즉 감시 자본가들에 의해 수거된다는 것이다. 사람들의 경험을 공짜로 추출해 은밀하게 상업적 행위의 원재료로 이용하며 이것이 곧 권력이 되는 새로운 자본주의 체제를 쇼샤나 주보프는 '감시자본주의'라고 명명했다. 이러한 '실리콘 제국'에서 나는 그들로부터 배제될 권리, 잊힐 권리, 망명할 권리는 없는 것일까. 우리는 '빅브러더'에게 '수렴'되는 삶을 원하지 않고, 그들로부터 자유로운 '발산'의 삶을 원한다.

개구리는 우물 안으로 '수렴'되어서는 안 되며, 우물 바깥의 세상으로 눈을 돌려야 한다. 우리는 늘 보던 유형의 콘텐츠에 '수렴'되어서는 안 되며, 우리의 인지를 편향으로 이끄는 어떤 프레임, 미디어의 존재에 대해 좀 더 자각할 수 있어야 한다.

창작자가 새로운 이야기를 찾기 위해 고투하듯이, 소비자들도 새로운 이야기를 찾기 위해 고투해야 한다. 영화를 검색할 때 어제 보았던 영화, 나와 취향이 비슷한 사람들이 보았던 영화를 선택하는 '수렴'의 수용 태도에서 벗어나, 오늘만큼은 새로운 취향의 영화를 찾아보겠다는 도전적인 태도, 즉 '발산'의 태도가 필요한 이유도 여기에 있다.

---

* 쇼샤나 주보프, 김보영 옮김, 『감시자본주의 시대』(문학사상사, 2021).

추천 알고리즘:
콘텐트 기반 방법, 협력 필터링 방법

저녁에 영화 한 편을 보려고 추천 알고리즘을 통해 영화를 고르다가 끝내 고르지 못하고 포기해 버린 경험이 있을 것이다. 관객의 입장에서 생각해 보면, 세상에는 굉장히 많은 영화가 있지만, 오늘 저녁에 내가 보고자 하는 영화는 결국 없었던 셈이다. 추천 알고리즘을 통해 제시된 영화는 뭔가 한번 본 듯한 영화, 다시 보더라도 뭔가 내용이 반복적이어서 시간 낭비가 될 것 같은 영화라서 포기하는 것이다. 우리는 늘 보던 것만 반복적으로 보게 되는 악순환에서 벗어나고 싶다. 제발!

영화를 추천받는 알고리즘에는 두 가지 방식이 있다. 콘텐트 기반 방법(Content-based Approach)은 추천의 기반 정보를 콘텐트 아이템으로부터 직접 얻는 방법이며, 협력 필터링 방법(Collaborative Filtering Approach)은 추천의 기반 정보를 사용자의 사회적 환경으로부터 얻는 방법이다.

콘텐트 기반 방법은 영화의 내용을 파악해 적절한 영화를 찾아내는 방식이다. 예를 들어 영화 한 편을 보고 싶을 때, 그 영화가 속하는 장르(액션, 멜로, 추리 등), 그 영화가 제작된 국가 혹은 대륙(한국, 미국, 일본, 유럽 등), 그 영화의 심의 등급, 제작 연도 등을 파악함으로써 영화를 선택하는 방식이다. 이 방식의 장점은 영화의 소비자가 자기 나름의 지식과 취향을 중시하면서 영화를 고를 수 있다는 데 있다. 예를 들어, 소비자는 '액션' 장르의 영화 중에서 '미국'에서 제작된, '15세 이상 관람가'에 해당하는, '최근'의 작품을 고를 수 있다. 이 방법은 내가 원하는 영화를 스스로 선택할 수 있다는 장점이 있지만, 누군가가 영화의 '콘텐트'를 일일이 수작업으로 입력해 줘야 한다는 단점이 있다.

반면 협력 필터링 방법은 소비자들의 추천(참여)에 근거해 영화를 선택하는 방식이다. 예를 들어, 새로운 영화를 보고자 하는 소비자는 자신과 같은 영화를 선택한 다른 소비자들이 보았던 영화를 추천받고 이를 선택할 수 있다. 나와 취향이 비슷한 사람들이 추천한 영화는 그냥 조회수가 높은 영화보다 훨씬 내 취향에 맞을 수 있으며, 어쩌면 협력 필터링을 통해 추천된 영화가 나 스스로 선택한 영화보다 훨씬 내 취향에 가까울지 모른다. 그들이 나보다 내 취향을 더 잘 아는 셈이다. 그래서인지 우리가 사용하는 넷플릭스 등의 온라인 플랫폼에서는 협력 필터링 방법이 대세이다.

물론 협력 필터링 방법에는 결정적인 단점이 있다. 협력 필터링을 사용할수록 점차 협력 필터링이 제시하는 프레임 속으로 우리의 선택이 '수렴'되어 간다는 점이다. 나는 어제 본 영화와 전혀 성격과 취향이 다른 영화를 보고 싶지만, 추천 시스템은 늘 취향이 비슷한 영화만을 반복 추천한다. 그래서 오늘도 추천 알고리즘에 의존해 영화를 고르다가 포기하고 만다. 해결 방법은 없을까.

데카르트 좌표에 따라 영화 추천받기

데카르트는 미지의 변수에 abc, 변수들이 움직이는 축에 xyz를 설정하는 도식을 제안해 수학의 부호화에 혁명적인 업적을 남겼다.* 데카르트가 천장에 붙어 있는 파리의 운동을 설명하기 위해 x축과 y축을 설정했다는 에피소드가 전하는데, 어쨌든 그가 제안한 '데카르트 좌표'는 하나의 기준점에서 출발해 세계를 해석하고 위치를 정하는 데 결정적으로 기여한다. x축과 y축이 만나는 지점에 좌표를 둔 커서(cursor)가 없다면, 지금의 디지털 세대들은 비디오 게임 자체를 즐길 수 없었을 것이다.

2차원에서 어떤 수의 위치를 표현하기 위해 x, y를 설정하는 발상에서 출발해 이야기를 그 내부에 위치시키는 방식을 생각해보면 어떨까 싶다. 예를 들어 영화에서 폭력성의 정도를 x축에 놓고 폭력성 아주 낮음(1)에서 폭력성 아주 높음(10), 선정성을 y축에 놓고 같은 방식으로 1에서 10까지 수치화한다면, 우리는 그중에서 하나를 자유롭게 선택할 수 있다(예를 들어 폭력성 8, 선정성 3 정도의 영화를 선택할 수 있다).

사실 이러한 방식도 콘텐트 기반 방법으로 볼 수 있기는 하다.

---

* William Bynum, *A Little History of Science*(Yale University Press, 2012), p. 79.

모든 영화를 폭력성 1에서 10까지, 선정성 1에서 10까지 분류해야 하기 때문이다. 그러나 이제 좀 더 기계적인 방식으로 영화의 내용과 형식을 파악할 방법이 제안되고 있다. 이러한 사례 중의 하나가 '캐릭터 넷(character net)'이다. '캐릭터 넷'은 영화 속의 등장인물들의 상호관계를 일종의 넷(net)으로 표현하는 방식인데 이를 간단하게 설명해 보자.*

예전에는 영화 전체에서 인물이 차지하는 비중을 계산할 수 있는 수학적 방법이 없었지만, 이제는 얼굴 인식 프로그램 등을 이용해 '얼굴 A'에 해당하는 사람이 전체 러닝타임 중 얼마의 비중으로 등장하는지 수치화하는 일이 가능해졌다. 이러한 인식 테크놀로지를 사용해 일정 시간 이상 화면에서 얼굴 인식이 가능한 형태로 등장하는 인물을 수치화한 다음, 등장인물이 극단적으로 적게 등장하는 영화(예를 들어, x1은 등장인물이 1명 등장하는 영화임)에서부터 등장인물이 거의 100명에 달하는 영화(즉, x100은 등장인물이 100명 등장하는 영화임)를 계열화한다면, 관객은 등장인물이 1명인 영화에서부터 등장인물이 100명인 영화 사이에서 하나를 선택할 수 있을 것이다. 이제 우리는 데카르트 선생이 그려주신 x축과 y축에 어떤 변수를 넣어 '캐릭터 넷'을 그려내기만 하면 되는 것이다.

---

* 박승보, 조근식, 「Character-net에서 배역 비중의 분류와 커뮤니티 클러스터링」, 한국 컴퓨터정보학회 논문지, Vol. 14, No. 11, 2009, 269-278쪽.

'캐릭터 넷'을 통해 영화 찾기

영화를 잘 만드는 것도 중요하지만, 관객들이 영화를 잘 고를 수 있도록 안내해 주는 일도 중요하다. 이런 의미에서 보면, 좋은 '영화 검색 프로그램'의 개발이야말로 영화의 상품화에서 가장 중요한 관건이 될 것이다. 필자는 영화를 주체적이고 개성적으로 선택할 수 있는 시스템, 비슷한 주제와 취향으로 '수렴'되는 추천 시스템과는 전혀 다른 방식의 추천 시스템을 제안하기 위해 문제제기 형의 논문을 쓴 바 있다.*

앞 페이지에서 언급한 '캐릭터 넷'은 순전히 '기계적으로 작동하는' 이야기 검색 프로그램으로 상용화될 수 있다고 본다. 이 프로그램은 먼저 전문가/사용자들이 영화의 특성을 수작업으로 개입하게 되는 요소를 최소화하면서, 콘텐츠 내의 모든 변수를 수치화 가능한 것에서만 찾아야 할 것이다. 예를 들어, 컷을 극단적으로 적게 활용한 영화에 y1의 값을 부여하고, 컷을 극단적으로 많이 활용한 영화에 y10의 값을 배열한다면, 관객은 y1과 y10 사이의 어떤 값을 선택해 새로운 영화를 볼 수 있을 것이다. 컷이 극단적으로 적은 영화는 좀 더 예술적, 심리적, 철학적 감상을 요구하는 영

* 김만수, 「스토리 생성/검색 프로그램의 현황과 가능성」, 《한국현대문학연구》 48호, 한국현대문학회, 2016.

화일 개연성이 높고, 컷이 극단적으로 많은 영화는 액션, 스펙터클 위주의 영화가 될 개연성이 더 크지만, 우리가 미리 그것을 규정할 필요는 없다. 어쨌든 관객은 어제와는 다른 유형의 영화를 선택해 볼 수 있게 되는 것이다.

등장인물이 1명에 불과한 영화와 100명이 등장하는 영화가 과연 어떻게 다를지에 대해서 '캐릭터 넷'을 제안한 공학자들은 아무런 설명도 하지 않는다. 다만 1명이 구성하는 '캐릭터 넷'과 100명의 인물이 관계된 '캐릭터 넷'이 서로 다른 패턴에 속한다는 사실만큼은 분명하다. 그리고 이러한 분류 방식은 영화를 분류하는 매우 강력한 준거 틀이 될 수도 있다. 예를 들어, 등장인물이 적은 영화는 장르상 개인적인 인간관계를 많이 다루는 멜로, 에로, 추리, 범죄, 러브스토리 등이 될 개연성이 높고, 등장인물이 극단적으로 많은 영화는 역사, 전쟁, 사회문제 등을 다룬 영화가 될 개연성이 높을 것이다. 따라서 '캐릭터 넷'을 이용한 방법은 콘텐츠를 주관적인 수작업에 의존해 분류하던 방법과는 다르게, 자동화된 수치로 환산 가능하다는 점에서 매우 새로운 형태의 콘텐츠 기반 방법으로 진전될 수 있을 것이다.

요즘 영화의 데이터를 분석할 수 있는 기술들(음성 인식, 얼굴 인식)이 상용화되는 듯하다. 이제 이러한 기술들을 이용한다면, 영화의 내용을 주관적으로 분류하는 대신에 수치화된 범주로 분류할 수 있는 새로운 방법이 제시될 수 있다고 본다. 과학기술은 가끔 원래의 개발 용도와 다르게 사용된다. 얼굴 인식 기술이 영화를 분류하는 혁신적인 방법으로 활용될 것을 누가 짐작이라도 했을까.

GOOD(좋은 것)과 GOODS(굿즈, 상품)의 차이

문화란 무엇인가에 대해, 문화 연구의 출발점이 된 이론가 레이먼 드 윌리엄스는 "문화는 가장 설명하기 힘든 단어 중의 하나"임을 토로한다. 고급문화에서 대중문화까지, 고도의 예술적 형식에서 부터 가장 일상적인 생활의 패턴에 이르기까지, 문화라는 개념은 참으로 스펙트럼이 넓다.

　나는 문화를 그저 'GOOD(좋은 것)'으로 규정한다. 문화는 나 와 이웃과 사회 전반에 걸쳐 그저 '좋은 것'이면 되지 않을까 하 는 게 내 생각이다. 음주 문화도 자동차 문화도 그저 남에게 폐 끼 치지 않고 내가 좋으면 되는 것이다. 그런데 어떤 문화 연구가는 GOOD을 넘어서서 GOODS(굿즈, 상품)를 만들어야 함을 강조한 다. 아무리 좋아도 팔리지 않으면 의미 없다는 생각일 것이다.

　문화 연구 전문가임을 자처하는 어느 어설픈 연구자가 "프랑 크푸르트학파의 아도르노와 호르크하이머가 문화산업의 중요성 을 강조"했다는 글을 써놓은 걸 보고 깜짝 놀란 적이 있다. 아도르 노는 오염된 대중문화에 대해 매우 비판적이었고, 호르크하이머 와의 공저 『계몽의 변증법』(1947)에서 '문화'마저 '산업'화하고자 하는 당대의 정치적, 사회적 분위기에 대한 비판을 위해 '문화산 업'이라는 용어를 사용했는데, 그걸 완전히 180도 다른 관점에서 이야기하고 있으니 아연실색할 수밖에 없었다.

하여튼 고민이긴 하다. 아도르노식의 비판만 거듭하기에는 문화산업의 비중이 너무 커졌고, 앞으로는 더 커질 것이다. 의상 디자이너들은 몇 차례의 시도를 거쳐 내년의 패션을 창조하고 주도해 나가는데, 문화학자들은 문화에 대해 비판만 하면서 아무것도 창조한 게 없지 않으냐는 일각의 비아냥(이런 말을 한 자도 자칭 문화학자이다)도 그냥 웃어넘길 일은 아니다.

나는 어느 편이지? GOOD에서 출발해 이를 GOODS로 연결하는 것, 이것이야말로 문화콘텐츠 학과의 비전이라고 나는 늘 말해 왔다. 그러나 좋지 않은 굿즈가 적지 않은 걸 어쩌란 말인가. 오로지 자본과 테크놀로지만 살아남고 정작 중시되어야 할 인간적 가치로서의 문화는 정녕 사라지고 만다면 어찌할 것인가.* 사실 나는 약간 근본주의자이고, 젊은이들의 시각에서 보면, 꼰대(?)에 가까울지 모른다. 그러나 분명한 것은 산업이 전부는 아니라는 생각이다.

예를 들어, 전국 각지에 2천여 개가 넘는 축제가 열리는데, 축제의 유일한 목적이 '관광 수입 증대'에 맞춰져 있는 것 같다. 그러나 내 꼰대적 시각, 근본주의적 시각에서 보면 축제의 목적은 '나 자신이 일상을 벗어나 나 자신의 행복으로 돌아가는 것'이다. 이런 축제가 있으면 어떨까. 이번 주간은 우리 마을의 축제이니, 제발 방문을 자제해 주세요. 식당, 가게 모두 문 닫고 우리끼리 신나게 놀 겁니다. 우리도 일 년에 한 번쯤은 우리를 위해 살아야 하니까요.

---

* 막스 호르크하이머·테오도어 아도르노, 김유동 외 옮김, 『계몽의 변증법』(문예출판사, 1995), 82쪽.

하쿠나마타타: 게으르게 살기

어제 〈캐릭터 유형론〉 수업 종강을 했다. 마지막 수업에서 다룰 주제를 뭘로 할까 고민하다가 '게으름뱅이'로 정했다. 세 아들을 둔 왕은 가장 게으른 아들에게 왕위를 물려주기로 결심한다. 첫째, 둘째도 꽤 게을렀지만, 셋째 아들은 교수형을 당하게 되었는데 밧줄을 끊을 수 있는 칼을 줘도 귀찮아서 안 끊고 그냥 죽겠다고 말한다. 왕은 "졌다, 게으른 것으로는 네가 1등이다" 하며 왕위를 셋째에게 물려준다. 그림 형제의 민담 「게으른 세 아들」인데, 종강 시간에 들려주기에 딱 좋은 이야기였다. 힘들고 바쁘겠지만, 딱 이렇게 게으른 마음 하나 가지면 한갓지게 잘살 수 있지 않을까 하는 마음.

공교롭게 오늘 학생 발표 중에 애니 「라이온 킹」 분석이 있었다. 좋은 이야기만 하길래 비판도 해보라고 했더니 학생이 망설인다. 비판을 무서워하는 학생을 기다리지 못해 내가 서둘러 정리했다. 내가 보기에 어린 사자 심바가 친구들과 「하쿠나마타타」를 외치며 잘살아가는 전반부 이야기는 재미있고 행복했다. 그러나 정의, 복수, 권력의 문제를 제기한 후반부는 그저 강요된 '의무 장면'처럼 보였다. 삼촌에게 복수하기 위해서는 일단 삼촌을 악당으로 만드는 의무 장면이 필요했던 것. 어쨌든 「라이온 킹」, 이 작품 대단히 마초적이다. 삼촌이 권력을 뺏었다고 해서 다시 힘으로 되찾고 복수하는, 그저 그런 복수 액션 전쟁 애국주의 활극에 불과하다. 그런데 정말 좋은 부분 하나는 놓칠 수 없다. 하쿠나마타타. 걱정하지 마. 문제없어. 그냥 인생을 즐기면 되는 거야. '하쿠나마타타'는 마초적인 작품을 영원히 여성적인 부드러움으로 바꾸는 마법의 힘이다.

카를 구스타프 융은 죽음을 생각하기 시작하는 40세 이후의 삶이 진짜 삶임을 강조한다. 해가 중천에 이르면 기운다는 것, 중년이 되면 욕심을 줄이고 죽음도 용납할 줄 알아야 한다는 점, 그런데 중년 이후의 삶을 가르치는 학교가 없다는 것. 우리가 중세 종교화에 깔린 명제, '죽음을 기억하라(Memento Mori)'를 떠올려야 하는 이유이기도 하다. 이 구절은 내 저서인 『스토리텔링 시대의 플롯과 캐릭터』의 217쪽에서 한번 인용한 적도 있는데, 원전은 융의 『영혼을 찾는 현대인』 제7장 '인생의 단계들'에 담겨 있다. 사회적 성공에 이르기까지, 해가 중천에 오르기까지의 과정에서 중요한 게 '오전의 문법'이라면, 우리는 이제 '오후의 문법'을 배워야 한다는 것.

몇 년 전 어느 교장 선생님 퇴임식 때 내가 인사말을 할 기회가 있었는데, 그때 처음 '오후의 문법'을 즐기시라는 덕담을 해본 적이 있다. 인생을 4등분 정도 했을 때, 중간의 2, 3단계에서는 사회적 성공과 '의식'이 중요하지만, 첫 단계와 마지막 단계에서는 '무의식'이 더 중요하다는 것, 게으름이 더 중요하다는 것. 어쨌든 나는 이제 최후의 4분의 1에 해당하는 인생을 살아갈 때인 듯하다.

보론

흙으로 빚어진 인간,
그리고 낮은 땅에 사는 사람들

1. 흙으로 빚어진 인간

인간의 기원은 하늘에서 내려왔는가, 아니면 땅에서 만들어졌는가에 따라 둘로 나뉜다. 하늘에서 태어났으나 이런저런 사연으로 지상으로 내려왔다는 이른바 천손(天孫)은 한국의 단군신화, 일본의 아마테라스 신화 등 세계 보편의 분포를 보인다. 인간이 땅에서 솟구쳤거나 진흙으로 만들어졌다는 식의 기원설도 꽤 있다. 제주도의 삼성혈(三姓穴)은 고씨, 양씨, 부씨가 나왔다는 동굴인데, 진흙으로 빚어 인간을 창조했다는 성경 속의 이야기도 인간이 흙에서 탄생한다고 보는 신화 계열에 속한다고 볼 수 있다.

재미난 점은 흙에서 태어난 인간에게는 모종의 결함이 있다는 것이다. 먼저, 중국의 여와(女媧) 설화. 여와는 흙을 한 움큼 파서

물과 반죽해 어떤 형체를 만들었는데, 이것이 살아 움직이기 시작하면서 인간이 된다. 여와가 창조한 사람은 새나 짐승과는 달리 신의 모습을 닮았는데, 만들기를 계속하다 지친 여와가 나중에는 새끼줄을 진흙탕 속에 넣고 휘젓다가 꺼내어 한 바퀴 휘둘러 그 흙탕물로 인간을 만들었다고 한다(여기에는 정교하게 빚은 인간과 흙 묻은 새끼줄을 휘둘러 대충 만들어낸 인간이 등장하는데, 이것을 계급의 탄생이라 해석해 보아도 좋을지 모르겠다). 둘째, 그리스 테베 시민의 탄생 신화. 카드모스는 제우스에게 겁탈당한 여동생 에우로파(현재의 유럽 대륙은 여동생 이름 에우로파에서 유래함)를 찾기 위해 모험을 떠나지만, 여동생을 찾지는 못하고 용과의 싸움 끝에 용을 죽인다. 카드모스는 용의 이빨을 등 뒤로 던져 전투 인력을 만들어내는데, 그들이 바로 테베 시민의 원조가 된다. 이후 테베 시민들은 많은 고초를 겪는데, 종말을 모를 정도로 지속되는 복수, 배반, 살인 등의 사건에 휘말리기도 하고, 또 테베시에서는 많은 신체적 장애인들이 탄생하기도 한다.

소포클레스의 연극 「오이디푸스 왕」과 신화 속의 오이디푸스 가문 이야기에는 오이디푸스, 라이오스, 람다코스가 등장하는데, 오이디푸스는 '부어오른 발'을 가진 자이며, 그의 아버지 라이오스는 '왼쪽으로 기울어진' 신체를 가진 자이며, 그의 아버지 람다코스는 '다리를 절뚝거리는' 인물로 묘사된다. 흙으로만 만들다 보니, 구조적인 약점이 있었던 게 아닐까. 아무래도 하늘에서 내려온 인간 분들보다는 좀 허약하고 열등했던 게 아닐까 하는 생각도 드는데, 이를 위해서는 먼저 소포클레스의 연극 「오이디푸스 왕」을 좀 읽어볼 필요가 있다.

2. 오이디푸스 왕의 비극

기원전 430년경의 작품인 「오이디푸스 왕」은 고전 비극의 가장 전형적인 작품으로 평가된다. 「폭군 오이디푸스」 혹은 「왕 오이디푸스」로 불리는 이 작품은 고전적인 극작술의 모범을 보여주고 있어 아리스토텔레스의 『시학』에서 분석의 대상이 된다. 줄거리도 다소 복잡하고, 인물 관계도 복잡하므로 일단 내용을 정리해 보기로 한다.

주인공 오이디푸스는 테베의 왕 라이오스와 왕비 이오카스테의 아들로 태어난다. 그러나 예언가로부터 자기 아들이 아비를 죽이고 어미와 결혼할 것이라는 등의 불길한 말을 들은 라이오스는 아들을 죽이라고 명령한다. 왕비 이오카스테는 하인에게 이 일을 지시하지만, 그 하인은 아기를 몰래 들판에 버린다. 목동이 그 아기를 발견하고 '발등이 부은 자'를 의미하는 오이디푸스라는 이름을 지어준 다음, 코린트로 데려간다(아기를 버릴 때 막대기에 아기를 매달고 갔는데, 그때 딱딱한 막대기 때문에 다리에 심한 상처를 입어 '발등이 부은 자', '부어오른 발', '구멍 뚫린 발' 등의 별명을 얻은 듯하다).

마침 자식이 없던 코린트의 왕 폴리보스는 오이디푸스를 친자식처럼 기른다. 코린트에서 청년으로 자라던 오이디푸스는 자신이 왕의 친자식이 아니라는 소문을 듣는다. 오이디푸스는 예언자에게 자신의 출생의 비밀에 대해 질문하지만 예언자는 당신이 자신의 어머니와 맺어지고 아버지를 살해할 운명이라 말한다. 충격에 빠진 오이디푸스는 예언된 운명을 피하려고 코린트를 떠나 테베로 향한다.

테베로 가는 길에 오이디푸스는 테베의 왕 라이오스를 만난다. 길에서의 우연한 다툼 끝에 오이디푸스는 라이오스를 살해한다. 이후 오이디푸스는 테베의 많은 사람들을 괴롭히던 스핑크스의 퀴즈를 푼다. "아침에는 네 개의 다리로, 오후에는 두 개의 다리로, 저녁에는 세 개의 다리로 걷는 것은 무엇인가?" 이에 오이디푸스는 사람이라 답하고, 창피함(?)을 느낀 스핑크스는 스스로 절벽 아래로 몸을 던진다. 테베를 스핑크스의 저주에서 자유롭게 한 오이디푸스는 보상으로 테베의 왕이 되고 예전의 왕비인 이오카스테와 결혼한다. 예언이 모두 실현된 것이다.

연극은 오이디푸스가 테베의 왕이 되어 시민 탄원자들을 만나는 장면에서 시작된다. 시민들은 시민을 역병에서 구제해 달라고 오이디푸스에게 탄원한다. 오이디푸스는 왕비의 남동생이자 총리대신인 크레온에게 역병의 원인을 찾도록 명하고, 맹인 예언자인 테이레시아스(Teiresias)에게도 진실을 묻는다. 진실을 밝힐 것을 거부하던 테이레시아스는 지금의 국왕이 모든 파렴치의 근원이며 살인자임을 말한다.

국왕이 아버지를 죽이고 어머니와 결혼한 파렴치를 저지른 탓에 테베에 역병이 돌고 있다는 충격적인 발언은 거의 믿을 수 없지만, 점차 그 진실이 드러난다. 가장 결정적인 지점은 코린트에서 폴리보스의 사망을 알리려고 전령이 도착한 순간이다. 전령은 오이디푸스가 폴리보스의 친아들이 아니며, 폴리보스 왕은 아들로부터 살해된 게 아니라 질병으로 사망했다는 소식을 전하지만, 오히려 국왕의 아버지 살해를 입증하는 증거가 된 것이다. 이후 아기를 버렸던 하인, 목동의 증언, 길거리에서 우연히 벌어진 살인 사건 등 모든 진실이 점차 밝혀진다. 충격에 빠진 왕비 이오카스테는 자살하고, 오이디푸스 왕은 이오카스테의 옷에 붙어 있던 황금 브로치로 자신의 두 눈을 찌른 후, 테베를 떠나 방랑의 길을 떠난다.

3. 왜 오이디푸스는 지팡이를 들게 되었을까

이 작품의 결말 부분에서 오이디푸스는 "그가 보아서는 안 될 사람을 보지 않기 위해서 스스로 눈을 찔러 장님이 되겠다"고 말한다. 자기의 엄마이자 아내인 이오카스테는 물론, 이오카스테가 낳은 자식들 또한 오이디푸스의 자식인 동시에 오이디푸스의 동생들이다. 이런 끔찍한 근친상간의 한복판에서 이오카스테가 자살한 것은 오히려 당연해 보인다. 그런데 온갖 비극의 최종 책임자 오이디푸스는 자살하지 않고, 자신의 눈을 바늘로 찌른 다음 방랑의 길을 떠난다. 왜 자살하지 않는 것일까. 여러 가지 방식으로 답을 찾아보자.

첫째, 사람이 자살하는 게 그리 쉬운 일이 아니다. 사무라이의 할복자살이 대단히 극적이어서 미화되기도 하지만, 그 사무라이식 할복이라는 것도 사실은 강요된 타살에 가깝다. 오이디푸스가 아무리 영웅이라 해도 피와 살을 가진 나약한 인간이라는 점을 잊어서는 안 된다. 그 또한 자살은 두려웠을 것이다.

둘째, '속편 제작을 위해서'라고 답할 수도 있다. 주인공을 쉽게 죽게 만들면, 후속작 제작이 불가능해진다. 1년에 한 번씩 연극 경연대회가 열린다는 상황을 감안해 보면, 주인공은 어쨌든 살려놓고 볼 일이다. 현대 액션 영화의 히어로들이 죽을 위기를 수없이 겪으면서도 죽지 않는 것은 시리즈 제작을 위한 것이지 않은가. 실제로 실명 후의 오이디푸스 이야기는 소포클레스가 쓴 속편 「콜로노스의 오이디푸스」로 이어진다.

셋째, 오이디푸스 왕이 외면적인 실명(失明)을 거치면서 오히려 내면의 세계를 향한 눈을 뜨기 시작한다는 것을 보여준다고 답해도 될 듯하다. 오이디푸스는 스핑크스의 퀴즈를 풀어 테베시를 위기에서 구할 만큼 지혜로운 사람이었지만, 정작 자신의 앞길조차 보지 못하는 '눈뜬장님'에 불과했다는 것에 대한 자각이 그것이다. 이를 연극적 용어로는 '비극적 결함(hamartia)'이라 부른다. 오이디푸스는 매사에 자신만만했지만, 그 과도한 자만심이 인간적 약점이자 '하마르티아'였다는 것. 이 연극의 마지막 코러스는 이 대목을 잘 보여준다.

코러스(노래) :
조국 테베의 사람들이여, 명심하고 보라. 이분이 바로 오이디푸스이시다.
그이야말로 저 이름 높은, 죽음의 수수께끼를 풀고, 권세 이를 데 없었던 사람.
온 장안의 누구나 그 행운을 부러워했건만,
아아, 이제는 저토록 격렬한 파멸에 묻히고 마셨다.
그러니 사람으로 태어난 몸은 조심스럽게 마지막 날 보기를 기다려라.
아무런 괴로움도 없이, 삶의 종착점에 이르기 전에는
이 세상의 행복에 대해 장담하지 마라.

위의 코러스는 에세이(essay)라는 장르를 창조했다는 몽테뉴의 『수상록』을 통해서 더 큰 유명세를 얻었다. 프랑스 역사상 가장 잔혹한 살해가 계속되었던 30년 전쟁의 한복판에서, 한 도시의 시장이 되어 신교와 구교 사이의 위태한 중도에 서서 일생을 살아야 했던 몽테뉴는 조심스럽게 살아야 한다는 것, 민감한 사회 현실에서 도피해 집에서 글이나 쓰며 살아야 목숨을 보전할 수 있다는 것을 깨닫고 시장직을 사퇴하고 집에 칩거하는데, 그때 위의 코러스를 서재에 붙여두고 삶의 좌우명으로 삼았다는 일화가 전해진다. "사람으로 태어난 몸은 (……) 삶의 종착점에 이르기 전에는 이 세상의 행복에 대해 장담하지 마라"는 것, 함부로 잘난 체 말고 집에서 글이나 쓰자는 것.

오이디푸스가 스스로 눈을 찔러 실명에 이른다는 결말은 원래 장님이었던 예언자 테이레시아스와 대비되어 선명하게 주제를 부각한다. 오이디푸스의 성격을 지혜(가시적인 현실에 대한 통찰)/맹목(내면적 진실에 대한 무지)으로 규정한다면, 테이레시아스의 성격은 역으로 맹목(현실적인 눈멂)/지혜(내면적 진실의 인식)의 대립쌍으로 규정할 수 있는 것. 이제 오이디푸스는 스스로 테이레시아스 같은 맹목의 노선을 택함으로써 인간의 삶을 조율하는 내면적 진실의 세계로 방황의 길을 떠나는 것이다.

아리스토텔레스는 이 작품의 결말 부분을 두고 "반전과 발견의 절묘한 결합(this coupling of Irony and Disclosure)"*을 높게 평가하고 있거니와, 스핑크스 이야기가 담고 있는 내용도 매우 함축적이다.

---

* Sylvan Barnet, Morton Berman, William Burto ed., 앞의 책, p. 73.

"어려서는 네 발로 걷고, 커서는 두 발로, 늙어서는 세 발로 걷는 것은 무엇이냐"는 스핑크스의 수수께끼는 "더 많은 발로 걸을수록, 더 약한 존재(The more feet it walks on, / The weaker it be)"라는 노래 속에 암시된 것처럼, 그리스인들의 우주론적 질서를 상징한다.

스핑크스의 어법을 확대해 보면, 그리스 연극에는 세 개의 층위가 있다. 하나는 인간의 세계이고 나머지 둘은 천상과 지하의 세계이다. 빛과 지혜와 생명의 의미로 예찬되는 천상, 음모와 범죄와 죽음의 의미로 기능하는 지하의 세계 중간에 놓인 인간들의 모습이야말로 그리스 연극의 갈등 구조인 셈인데, 위에서 언급한 스핑크스의 퀴즈에는 이러한 연극 공간의 층위가 잘 나타나 있다. 위에서부터 보면 하늘의 신(제우스)→새→성인→노인→아이→지하의 신(하데스)의 위계질서가 뚜렷한데, 스핑크스의 퀴즈는 인간이 처한 위치가 어떠한가를 질문하고 있다는 점에서, 단순한 에피소드가 아니라 그것 자체로 인간에 대한 존재론적인 질문에 도달하게 한다. 인간은 두 발로 직립하고 있지만 하늘을 날 줄 아는 새만도 못하다는 것,* 이것이야말로 스핑크스가 인간을 해석하는 관점인 것이다.

더구나 테베시의 시민인 오이디푸스는 원래 흙에서 태어난 종자라 하체가 부실한 '발등이 부은 자'인데, 눈까지 멀었으니 노인이 되기도 전에 지팡이 신세를 면하지 못하는 것이다. 오이디푸스는 인간이 늙으면 지팡이가 필요하고 그런 점에서 노인은 세 개의 다리를 가진 존재로 볼 수 있다는 해석을 제시해 스핑크스의 퀴즈를 풀 수 있었지만, 스핑크스가 준비한 정답은 '인간 전체'가 아니라 '오

---

* 스핑크스는 새와 짐승의 복합 형상으로 제시된다.

이디푸스'였을지 모른다. 오이디푸스 당신이야말로 어려서는 딱딱한 막대기에 네 발이 묶여 끌려가는 가련한 존재였고, 인생의 마지막 장면에 이르러서는 자신의 눈을 스스로 찔러 장님이 된 상태로 지팡이를 질질 끌면서 세 개의 다리로 살아가야 할 존재라는 것.

4. 낮은 땅에서 재탄생하는 인물들

괴물 스핑크스를 물리치고 한 나라의 왕이 되어 두 발로 우뚝 선 영웅 오이디푸스에 비하면, 네 발로 기어 다니는 아기들, 지팡이에 의존해 세 개의 다리를 질질 끌고 다니는 노인의 모습은 초라해 보인다. 그러나 흙투성이의 하층민들, 진흙에서 태어나 흙바닥을 기어 다니는 인물들, 부엌에서 재투성이가 되어 일하는 하녀들, 거친 노동에 지쳐 얼굴이 당나귀 가죽처럼 질겨진 여성의 삶에도 빛나는 재탄생의 순간은 있는 법. 왕으로 태어난 자도 죽을 때에는 걷잡을 수 없는 비극의 구렁텅이로 떨어질 수 있는 것처럼, '재투성이'의 부엌 하녀에게도, 맨날 땅만 파며 살아가야 하는 '일곱 난쟁이'에게도, 노동에 지쳐 '당나귀 가죽'처럼 피부가 거칠어진 여인에게도 재탄생의 기쁨은 있는 것이다. 신데렐라의 잃어버린 구두, 당나귀 가죽의 참혹한 얼굴 이야기도 좀 해보자.

신데렐라 이야기는 450여 종의 이본이 전해진다. 샤를 페로의 「신데렐라」와 그림 형제의 「재투성이 아셴푸텔」이 대표적인데, 원형은 9세기 중국 문헌 『유양잡조』에 실린 여주인공 '섭한'의 이야기에서 찾을 수 있다.

샤를 페로의 「신데렐라」에는 죽은 어머니를 대신해 '대모(代母) 요정'이 모든 일을 도와준다. 무도회에 가기 위해서는 마차, 마부, 예쁜 옷 등이 필요한데, 요정은 호박, 생쥐, 시궁쥐, 도마뱀 등에 마법을 걸어 멋진 물건으로 변형한다. 부엌에서 재투성이로 일을 해야 했던 주인공은 멋진 왕자와 만나 결혼에 성공하는데, 호박, 생쥐, 시궁쥐, 도마뱀 등의 소품이야말로 가장 낮은 곳의 상징인 셈이다. 더럽고 징그러운 동물들, 부엌의 재투성이야말로 낮은 신분의 여성이 결혼에 성공하는 현대 소프 오페라(soap opera)의 공식을 잘 보여준다.

그림 형제의 「재투성이 아셴푸텔」은 좀 더 종교적이고 교훈적이다. 신데렐라의 친엄마는 죽기 전에 "신을 믿어 착한 아이가 되거라"는 유언을 남기며, 신데렐라는 그 유언대로 착하고 순종적인 삶을 산다. 위기가 닥칠 때면 어머니의 환생으로 간주되는 개암나무의 하얀 새가 나타나 문제를 해결해 준다. 또한 계모의 사악한 두 딸은 억지로 유리구두를 신으려다 발가락과 발뒤꿈치가 잘리기도 하고, 신데렐라의 결혼식에 참가했다가 하얀 새한테 눈알을 쪼여 장님이 되는 혹독한 처벌을 받는다. 신데렐라에서 아궁이는 특별한 기능을 부여받는데, 아궁이야말로 야생의 불이 아니라 문화화된 불이며, 이를 다루는 재투성이 소녀 신데렐라야말로 고도로 문화화된 여성이라 볼 수 있다. 물론 이때의 문화가 여성에게 늘 바람직한 것은 아니다. 신데렐라에게 부여된 문화는 순종, 인내심, 선행 등의 전통적인 덕목이기 때문이다.

신데렐라의 '구두'에 대해서는 정말 많은 해석들이 있다. 나카자와 신이치는 구두 한 짝으로 걸어야 하는 '절름발이'의 상태에 주목하고는, 오이디푸스 신화와의 구조적 상동성을 찾는다. 흙으로 만들어진 인간은 불완전해 절름거리는데, 오이디푸스 신화에 등장하는 라이오스, 오이디푸스, 람다코스 모두 절름발이라는 것이다. 신데렐라도 절뚝거리며 흙을 디딜 수밖에 없는데 이러한 조건이야말로 반쯤 대지에 묶여 있는 인간의 조건, 즉 대지성(大地性)을 말해 준다는 것이다.*

가난과 억압 때문에 죽도록 고생만 하는 '한 많은 여자'의 일생을 그린 작품으로 샤를 페로의 「당나귀 가죽」을 빠뜨릴 수는 없다. 「당나귀 가죽」은 왕비가 병으로 죽으면서 남편에게 새 왕비를 맞이하도록, 단 자기보다 더 아름답고 더 현명한 여자와 재혼하도록 맹세케 한 후 숨을 거두는 사건에서 출발한다. 왕은 새 왕비 찾기에 실패를 거듭하다가, 왕비를 똑 닮은 자신의 친딸이 유일하게 조건에 부합됨을 깨닫고, 딸과 결혼하기로 결심한다. 이에 놀란 공주는 요정 대모에게 조언을 구한다. 왕궁에는 아침마다 배설물 대신 금화와 보석을 쏟아내는 희귀한 당나귀가 있었다. 왕이 이 당나귀를 더없이 소중히 여기는 것을 잘 아는 요정 대모는 당나귀를 죽일 것을 결혼 조건으로 내걸도록 공주에게 충고한다. 왕은 이번에도 이 조건을 받아들여, 당나귀의 가죽을 통째로 벗겨내어 딸에게 결혼 선물로 선사한다. 모든 것을 예견했던 요정 대모는 당나귀의

---

* 일본의 신화학자 나카자와 신이치는 메이지 시대의 박물학자였던 미나카타 구마구스가 중국의 신데렐라 이야기를 찾아냈다고 자랑하고 있는데, 생모를 잃고 계모에게 고통을 받으며 성장한다는 점, 잃어버린 신발 한 짝이 단서가 된다는 점 등의 공통점을 가지고 있다. 이상의 내용은 나카자와 신이치, 김옥희 옮김, 『신화, 인류 최고의 철학』(동아시아, 2003), 188쪽을 참조.

가죽을 공주에게 덧씌운 다음 이웃 나라로 도망치게 한다. 이웃 나라의 한 마을에 도착한 공주는 당나귀 가죽을 뒤집어쓰고 하녀의 생활을 시작한다. 마을 사람들 모두가 그녀를 '당나귀 가죽'이라 부르며 흉하다고 비웃는데, 오로지 그 나라의 왕자만이 추한 가죽 밑에 숨은 그녀의 진짜 모습을 엿본다. 궁으로 돌아온 왕자는 그 아름다운 모습을 못 잊어 병을 앓다가, 죽기 전에 마지막으로 당나귀 가죽이 빚은 과자를 먹고 싶다고 말한다. 왕과 왕비는 신하를 보내 그녀로 하여금 과자를 만들도록 명령을 내린다. 당나귀 가죽은 반죽 속에 일부러 자신의 반지를 넣어 과자를 굽고, 따라서 과자를 맛보던 왕자는 반지를 발견한다. 왕자는 반지에 맞는 손가락을 가진 여자와 결혼하겠다고 선포하고, 왕국의 모든 여자들이 반지를 껴보지만 아무에게도 반지는 맞지 않고 최후에는 당나귀 가죽의 반지임이 밝혀진다. 반지가 끼워지는 순간 당나귀 가죽이 벗겨지고 공주의 실제 모습이 드러나 두 사람은 행복한 결혼식을 올린다.*

　　샤를 페로의 「당나귀 가죽」은 '재투성이' 「신데렐라」보다는 덜 알려져 있다. 번역조차도 그리 흔하지 않은데, 아마도 내용 중에 근친상간을 연상하게 하는 장면들이 있기 때문이지 않나 싶다. 그러나 어쨌든 두 작품은 사회의 밑바닥에 던져진 여성 주인공이 자신의 미덕(미모, 선행, 인내, 순종, 노동 등)을 발휘하여 마침내 왕자와 결혼하는 해피엔딩을 맞이한다는 점에서 공통적이다. 하녀의 신분 상승이야말로 한국의 「춘향전」, 영국 근대 소설의 효시 「파멜라」, 샤를 페로의 「당나귀 가죽」, 그리고 「신데렐라」의 주제인 셈이다.

---

* Charles Perrault, *The Complete Fairy Tales*(Oxford University Press, 2009), pp. 52-77.

5. 구조주의: 흙으로 빚어진 인간의 의미

부엌에서 재투성이로 일해야 했던 신데렐라는 멋진 왕자와 만나 결혼에 성공하는데, 호박, 생쥐, 시궁쥐, 도마뱀 등의 소품이야말로 가장 낮은 곳의 상징인 셈이다. 더럽고 구차하기는 「당나귀 가죽」이 더하다. 당나귀 가죽처럼 냄새나는, 더러운 여자는 무거운 짐을 지고 맨땅을 터덕터덕 걸어가야 하는 당나귀의 운명만큼이나 힘들고 억울했을 것이다.

요즘 용어로는 흙수저. 흙에서 태어난 인간들은 이처럼 낮고 누추한 곳에서 시달리며 인생을 살아가야 하는 것이다. 레비스트로스의 명저 『구조인류학』은 이런 흙수저들의 계보를 가로, 세로의 축으로 만들어 멋진 도표를 만든다. 우리는 그가 작성한 아래의 〈표〉에서 카드모스와 테베 시민의 사연, 오이디푸스 가문의 사연을 다시 만난다.

레비스트로스는 신화를 더 이상 쪼갤 수 없는 가장 작은 구성 단위로 분해해 신화의 구조를 확립했고 이 구성 단위를 신화소(mythemes: 언어학에서의 음소와 같음)라 불렀다. 신화소는 '관계들의 다발'인데, 레비스트로스는 하나의 행위에 이어 어떤 다른 행위가 일어난다는 식의 수평적 차원의 이야기에는 별로 관심이 없었다. 그가 관심을 둔 것은 수평의 축(행=row)이 아니라 수직의 축(열=column)이었다. 예를 들어 "카드모스는 용을 죽인다"와 "오이디푸스는 스핑크스를 죽인다"는 전혀 다른 수평적 이야기 축에 삽입되어 있지만, 수직적 차원의 열에서 보면 동일한 신화소로 작동한다는 것이다.

단선율로 진행되는 음악이 있는 반면, 다른 음계들이 공존하며 진행되는 화성음악도 있다. 레비스트로스가 제시한 신화의 구조는, 서로 다른 리듬이 함께 공존해 진행되는 화성음악의 형태와 유사하다. 아래의 〈표〉에서 카드모스, 오이디푸스, 안티고네를 주인공으로 한 이야기는 각각 수평의 축에서 별개의 세 이야기로 진행되지만, 수직적 축에서 보면 공통의 이항 대립을 각각 반영하고 있다.

	통 합 체 적 축			
	1.혈연의 과대평가 (혈연의 긍정)	2. 혈연의 과소평가 (혈연의 부정)	3. 괴물을 죽임 (토인 기원설의 부정)	4. 신체적 불균형 혹은 장애 (토인 기원설의 긍정)
계열체적축	카드모스는 제우스에게 겁탈당한 여동생 에우로파를 찾는다.		카드모스는 용을 죽인다.	
	오이디푸스는 어머니인 이오카스테와 결혼한다.	오이디푸스는 아버지 라이오스를 죽인다.	오이디푸스는 스핑크스를 죽인다.	오이디푸스 =부어오른 발 라이오스 =왼쪽으로 기울어짐 람다코스 =다리를 절뚝거리는
	안티고네는 판결을 어기고 오빠의 시신을 묻는다.	서로가 서로를 죽인다.	에테오클레스는 형제인 폴리네이케스를 살해한다.	

레비스트로스는 신화가 인간 기원에 대한 인류의 보편적인 관심사를 드러낸 것이라 말한다. 인류는 땅(earth)/피(blood)에서 나왔는가? 아니면 인간의 생식 과정을 통해 나왔는가? 인간은 하나(땅)에서 출발했는가, 아니면 둘(남녀)에서 출발했는가? 인류의 기원에 대한 관심은 인간이 혈연의 산물인가, 아니면 자연의 산물인가에 대한 상충된 해석 사이에서 머뭇거린다. 인간들은 인류의 근원이 혈연의 산물이라는 결론을 내렸다가도, 이내 그 결론을 부정한다. 레비스트로스에 의하면, 위에 제시된 세 개의 이야기는 각각 이러한 명제(인간은 남녀의 결합과 혈연에서 나왔다)와 반명제(인간은 땅에서 나왔다) 사이의 곤혹감을 반영한다는 것이다.

레비스트로스는 오이디푸스 이야기를 분석하면서 오이디푸스 이야기는 그 당시 사람들이 믿었던 신앙, 즉 인간은 땅으로부터 나왔다는 당시의 토착 신앙인 '토인 기원설(autochthonous origin of mankind)'과 관련이 있다고 말한다. 레비스트로스의 『구조인류학』의 번역자들은 위의 'autochthonous'를 토착민, 토인 등으로 번역했는데, '토착민'은 원주민을 뜻하는 것이며, '토인' 또한 미개인, 유색 인종 등을 의미하는 것이어서 번역어로서는 틀린 표현이다. 위의 'autochthonous'는 식물이 땅에서 자라듯이 인간도 땅에서 자라 나왔다고 보는 당시 그리스의 토착 신앙과 관련된 용어이므로, 흙에서 태어난 인간이라는 의미를 담기 위해 '토생인(土生人)'으로 번역하는 게 적합하다고 본다(내 글에서는 '토생인'이라는 표현을 사용하겠다).

그의 도식에 따르면, 1열(칼럼)은 공통적으로 혈연의 과대평가(overrating of blood relations)를 말하고, 2열은 혈연의 과소평가(underrating of blood relations)를 뜻한다. 3열은 인간과 괴물과의 싸움에서 인간의 승리를 보여주는데, 이는 인간이 땅에서 나왔다는 '토생인 기원설'의 부정을 뜻한다. 반면 4열은 공통적으로 등장하는 인물의 이름이 걷기에 어려운 신체장애를 말하는바, 그것은 질척한 늪에서 걷기 힘들어하는 인간의 모습, 즉 토생인(土人, chthonian being)을 보여줌으로써, '토생인 기원설'의 유지와 긍정을 나타내는 것이다. 혈연의 과대평가와 혈연의 과소평가의 대응은 '토생인 기원설'에서 탈출하고자 하는 노력과 그 노력의 실패와 대응한다는 것이다.*

다시 쉽게 정리하자면,

1열: 혈연관계의 과대평가(인간은 남녀의 섹스를 통해 탄생한다).
2열: 혈연관계의 과소평가(인간은 그냥 흙에서 탄생한다).
3열: 흙에서 태어난 인간은 괴물을 죽인다.
4열: 흙에서 태어난 인간은 +장애를 가지고 탄생한다.

카드모스 이야기를 예로 들자. 카드모스는 여동생 에우로파를 찾아오라는 명령을 받고 길을 나선다. 레비스트로스는 이 부분을 '혈연관계의 과대평가'로 정리했다. 그런데 여동생을 찾지는 못했고, 용과 만나 싸워 용을 죽인다. 다음 이야기가 재미있는데, 카드모스는 죽은 용의 이빨을 땅에 뿌리자, 거기에서 용감한 병사들이 탄생했다는 것이다. 이 용감한 병사들은 매우 강해 보이며 이들

---

* Claude Levi-Strauss, "The Structural Study of Myth", Mark Gottdiener, Karin Boklund-Lagopoulou, Alexandros PH. Lagopoulos ed. *Semiotics*, Vol. 2, SAGE Publications, 2003, pp. 235-255.

이 도시 테베를 건설하는 주인공이 되지만, 테베는 그리스 신화 체계 내에서 가장 저주받은 사람들이 사는 장소가 된다. 용의 이빨에서 태어난 인간은 '토생인 기원설'과 관련되기 때문이다. 서양에서 용은 저주받은 동물인데, 인간이 용의 신체 중에서도 가장 더러운 것으로 볼 수 있는 용의 이빨(썩은 고기를 연상해 볼 것)에서 태어났다면, 그 인간은 저주받은 존재임이 당연할 것이다. 인류가 용의 썩은 이빨처럼 더러운 땅/피에서 태어났다면 그 인간은 저주받을 수밖에 없으며, 그러니까 그들은 늘 다리를 절뚝거리거나 다리에 큰 상처를 가진 운명을 감당해야 한다는 것이다.*

6. 흙수저들의 삶

셰익스피어의 「리어 왕」은 매우 당혹스러운 연극이다. 리어 왕은 매우 당당한 왕인데, 어느 순간 은퇴를 결심하고 세 딸에게 유산을 상속하고자 한다. 두 딸 리건과 고네릴은 아첨의 말을 잘해 많은 유산을 상속받는데, "아빠의 사랑은 한두 마디 말로 표현할 수 없어요" 정도의 말을 한 셋째 코델리아는 오히려 아빠의 분노를 산다. 왜 그토록 잘났던 리어 왕이 이런 성급한 분노와 어리석은 판단력을 보였을까? 노인은 원래 잘 분노하며 판단력이 흐려질 수 있으며 이 작품은 그런 노인의 세계를 연극화한 것이라는 해석도 있을 정도인데, 하여튼 참 이상한 작품이다,

---

* Thomas G. Pavel, "Literary Narratives", Mieke Bal ed., *Narrative Theory*(1), Routlege, 2004. p. 28.

리어 왕이 막판에 거지의 단계로 떨어진 게 오히려 잘됐다는 해석, 즉 '축복된 비전'이라는 재미난 해석도 있다. 왕으로 살다가 죽었다면 신에게 회개할 기회가 없었을 것이라는 점, 부자와 왕은 천당에 갈 수 없다는 점, 왕이 가장 비천한 자가 되어 민중의 가난과 고통을 몸소 체험하고 그 민중의 삶에 공감하는 자가 되는 결말은 죽음을 앞두고 맞이한 '축복된 비전'이다.

재투성이의 신데렐라, 당나귀 가죽을 둘러쓴 더러운 여주인공, 부실한 하체로 절뚝거리며 인생을 살아야 했던 오이디푸스 가문의 사람들, 테베의 시민들, 그리고 이 땅의 모든 '흙수저들'에게 이 글을 바친다.

하나 빠진 게 있어 덧붙인다. 「백설공주(Snow White)」라는 이름의 동화가 있는데, 여주인공이 그야말로 눈처럼 희고 차갑다. 아마도 일을 안 하고 어디 처박혀서 지내다 보니, 'Snow White'한 것처럼 보였을 것이다. 그녀는 '흙수저' 계열에 들 수 없는데, '일곱 난쟁이'를 만난다. 일곱 난쟁이는 땅을 파는 채굴업자, 노동자이니 그야말로 '흙수저'인데, 백설공주는 그들의 식사, 빨래를 도우면서 점차 아름답지만 눈처럼 차갑기만 한 캐릭터에서 벗어난다. 흙투성이의 '일곱 난쟁이'가 백설공주를 구원해 준 셈이다.

그레마스의 기호학과 구조의미론

1. 의미작용의 층위

기호학파들은 그들의 탐구 대상인 언어, 기호를 어떻게 연구할 수 있냐는 이론적 구성의 가능성을 제기한다. 그중에서도 그레마스 (Algirdas Julien Greimas, 1917-1992)는 언어 텍스트를 표면, 표층, 심층으로 구분하고 이에 대한 종합적인 의미망을 찾으려 했다는 점에서 가장 발전 가능성이 큰 이론을 제시한 바 있다. 이 글에서는 그레마스를 중심으로 그 의미를 정리하고자 한다.*

기존의 언어학은 음운론, 통사론, 의미론으로 크게 나눌 수 있다. 그레마스의 구조의미론과 기호학도 기존의 언어학과 같은 대상을 다루지만, 개별 문장을 넘어선 차원의 초문장을 연구 대상으로 삼는다는 점이 크게 다르다. 그는 시간과 공간, 행동자의 형상을

---

* 이하 내용 중 일부는 김만수, 『스토리텔링 시대의 플롯과 캐릭터』(연극과인간, 2012)에서 정리가 이루어진 바 있다.

갖추어 발화된 담론을 분석해 그 밑에 깔린 표층과 심층의 구조를 파악하고자 하는데, 그 작업은 공간과 시간 내에서 작동하는 표층의 실제적인 텍스트를 다루는 단계, 이들을 좀 더 구조화하기 위해 서술 프로그램으로 환원하는 단계, 마지막으로는 의미작용의 가장 기본적인 분절 수준으로 내려가서 기호학적 사각형을 구성하는 단계로 이루어진다. 이러한 과정은 물질을 정제하기 위해 깔때기를 사용하는 것에 비유할 수 있다. 슐레이퍼는 다음 도식을 통해 텍스트와 기호의 생성 행로를 보여준다.*

기호학의 서술적 구조들	심층 층위 (deep level)	기본적인 통사론
	표층 층위 (surface levels)	표층의 서술 통사론
담론의 구조들	담론의 통사론: 공간화, 시간화, 행동화 (discursive syntax)	

이 도표는 아래 행부터 설명하는 게 편할 듯하다. 우리가 접하는 모든 텍스트와 담론(discourse)은 공간, 시간, 행동의 요소를 이용하여 배열된다. 그러나 이러한 텍스트는 어떤 서술의 의미론으로 구성되어 있는데, 이를 표층 층위(surface levels)에서 검토할 수 있다. 그리고 최종적으로는 심층 층위(deep level)에 자리 잡은 기본적인 의미론을 파악하게 된다. 그렇다면 이러한 작업의 최종적인 의미는

---

* Ronald Schleifer, A. J. *Greimas and the Nature of Meaning: Linguistics, Semiotics and Discourse Theory*(Croom Helm, 1987), p. 87.

무엇인가. 김태환은 이에 대해 매우 적절한 설명을 보탠다.

> 동일한 의미의 문장이라 하더라도 그것을 한국어로 쓰느냐 영어로
> 쓰느냐에 따라 단어의 배열 순서와 결합 방식은 달라지게 마련이다.
> 그러나 문장 이상의 차원으로 가면, 그러한 언어학적 특수성은 사라
> 진다. 한 편의 글을 영어에서 한국어로 옮긴다면, 문장의 순서를 바
> 꾸어야 할 필요성은 거의 없을 것이다. 문장 하나하나를 각각 옮겨서
> 그대로 늘어놓으면 된다. 이는 문장과 문장을 연결하기 위한 특수한
> 문법적 규칙이 존재하지 않음을 의미한다. 문장 이상 차원의 결합은
> 각각의 문장 사이의 의미론적 연관성을 바탕으로 하며, 이것은 한국
> 어나 영어 같은 개별 언어의 특수성에 구애받지 않는 보편적인 성격
> 을 띤다. 그레마스의 기호학, 즉 일종의 '의미론적 문법'은 바로 이러
> 한 언어의 보편적 차원의 문법을 구성하는 것을 원칙으로 한다.*

우리는 '의미론적 문법'을 구성하려는 한 시도로 그레마스의
기호학을 만나고자 한다. 사실 그레마스의 기호학이 최근 관심의
대상이 된 이면에는 정보화 시대의 유동적인, 무한대의 텍스트를
어떻게 볼 것인가에 대한 당혹감이 깔려 있다. 우리 주변에는 너무
많은 텍스트들이 발현되고 있다. 이제 우리는 그레마스의 권고에
따라 이들 텍스트가 어떻게 발현되고 있는가를 살펴보고, 그 다양
한 텍스트에 감추어져 있는 구조를 '주어와 서술어'의 관계로 환

---

* 김태환, 「서사성과 담화」, 『문학의 질서』(문학과지성사, 2007), 142쪽.

원해 보고, 또 그 서술 프로그램(구조) 속에 감추어져 있는 심층 구조를 분석해 볼 수 있는 것이다.

2. 분석의 층위들

(1) 서술 프로그램

그레마스의 구조의미론과 기호학은 텍스트의 기저에 깔린 표층과 심층의 의미를 분석하는 모델을 제공하고자 한다. 텍스트의 표면에서 표층 구조로, 다시 표층 구조에서 심층 구조로 파고드는 이러한 분석 과정은 혼탁한 물질을 정제하기 위해 필터를 사용하는 것에 비유될 수 있다. 이 작업은 크게 네 단계로 나눌 수 있다.

> (1) 서술 프로그램(narrative program) 작성: 텍스트를 단순화해 주어와 술어부의 도식으로 환원하기 위해.
>
> (2) 행위소 모델(actant model) 작성: 주체-대상, 협조자-반대자, 발신자-수신자를 축으로 삼아 이야기의 욕망, 갈등, 정보 전달의 의미를 분석하기 위해.
>
> (3) 기호 사각형(semiotic square) 작성: 이야기에 내재한 이항 대립과 모순의 양자 관계를 파악하기 위해.
>
> (4) 양태의 기호학(semiotics of modality): 모든 서술어를 초규정하는 술어로서의 양태, 즉 발화자의 태도를 표현하는 역할로서의 양태로 분류하기 위해.

이 과정의 출발 지점에 있는 서술 프로그램 작성은 주체와 대상, 분리와 결합, 상태와 행위라는 대립적인 개념을 바탕으로 한다. 모든 이야기는 결국 주인공이 어떤 대상을 추구하는가가 가장 기본적인 축이 되는데, 그레마스는 이러한 축을 분명하게 보여주기 위해 서술 프로그램(narrative program, programme narratif, PN으로 표기함)이라는 도식을 사용한다.*

그레마스가 제시한 서술 프로그램은 주체와 대상 사이의 관계를 다루는데, 그가 이러한 도식을 설명하기 위해 사용한 행위(faire), 주체(sujet), 대상(objet)과 같은 범주들은 전통적 문법 범주인 동사(verb), 주어(subject), 목적어(object)에 해당하는 것으로 볼 수 있다. 서술 프로그램은 상태 주체(S1)와 행위 주체(S2), 대상(O)의 관계로 단순화할 수 있다. 예를 들어, 행위 주체인 '교사'는 상태 주체인 '학생'으로 하여금 대상인 '지식'을 소유하게끔 하는 사람이며, '학생과 지식의 결합'을 목표로 삼는다.

F[S1→(S2∩O)]
S1: 교사
S2: 학생
O: 지식
F: 가르치다

이 대목에서 행위 주체와 상태 주체의 의미를 분간하는 것은

---

* 서술 프로그램에 대한 설명은 김태환, 앞의 책, 147-149쪽.

조금 까다롭고 불필요해 보이지만, 이후 '양태의 기호학'을 이해할 때 중요한 관건이 되므로 간단하게나마 설명이 필요하다. 위의 서술 프로그램은 "(교사들이 학생에게 지식을 가르치지 않아,) 학생들은 지식을 소유하지 못한 상태였다"라고 하는 최초의 상황(F1)에서 "행위 주체인 교사들이 상태 주체인 학생들에게 지식을 소유하도록 행동했다"는 최후의 상황(F2)까지의 변화를 일목요연하게 보여준다. 이를 서술 프로그램으로 표현하면 다음과 같다.

$$F1[S1 \rightarrow (S2 \cup O)] \longrightarrow F2[S1 \rightarrow (S2 \cap O)]$$

위의 도식을 이해할 때 중요한 기호가 그간 한국 기호학계에서 '연접-이접'이라는 용어로 번역되던 '∩-∪', 즉 'con-junction, dis-junction'이다. 그레마스는 분리, 결합을 다음과 같은 기호로 표현한다.

∪: disjunction = 주체와 대상의 분리. 이야기의 첫 부분에 일어난다.
∩: conjunction = 주체와 대상의 결합. 이야기의 끝 부분에서 일어난다.

한국의 기호학계에서는 그레마스가 신조어로 제시한 'con-junction', 'dis-junction'의 의미를 손상하지 않고 번역하기 위해 '합접(合接)', '이접(離接)'이라는 신조어를 사용했으나, 그냥 '결합', '분리'로 번역하는 게 훨씬 쉽고 간명해 보인다. 따라서 이 책에서는 '합접', '이접'이라는 용어를 사용하지 않고, '결합', '분리'를 사용하기로 한다.

그레마스의 도식에 따르면, 모든 이야기는 '분리'에서 출발하며 '결합'으로 끝난다. 또한 이러한 '분리-결합'의 쌍은 연쇄적으로 이어지면서 좀 더 복잡하고 긴 이야기들이 생성된다.

(2) 행위소 모델

서술 프로그램의 도식은 요소들 사이의 관계를 표시하지만, 그렇게 기호로 표시된 요소들은 도식의 차원에서는 아직 비어 있는 자리들일 뿐이다. 이렇게 빈자리들이 어떤 구체적인 내용으로 채워지는 것은 담화 속에서이다. 그레마스는 이렇게 특정한 형식적 위치 속에 내용을 채워 넣은 담화의 조작을 '의미론적 투입'이라고 부른다. 예를 들어, 신데렐라에게는 '착한 마음씨'가 부여된다. 특히 주체의 자질의 총체를 역량(competence)이라고 부르는데, 이는 의지(vouloir, 하려고 한다), 의무(devoir, 해야 한다), 힘(pouvoir, 할 수 있다), 지혜(savoir, 할 줄 안다) 등으로 구성된다.

등장인물들의 유형을 제시한 것은 민속학자 블라디미르 프로프였다. 그의 인물 유형론에 의하면, '주인공'은 '악당'에게 납치된 '공주'를 구하라는 '발송자(왕)'의 명령을 받은 후 '조력자'와 '증여자'의 도움을 받아 악당을 물리치고 마지막에는 '가짜 주인공'과의 차별화를 통해 주인공으로서의 정체성을 확보한다.

여기에서 그가 제시한 7개의 인물 유형(악당, 증여자, 조력자, 공주, 발송자, 주인공, 가짜 주인공)은 그레마스에 의해 주체와 대상, 발신자와 수신자, 원조자와 반대자의 쌍으로 재구성되는데, 그레마스는 이를 행위소 모델(actant model)로 명명해, 이야기 속의 행동자(인물)과 구별한다. 그레마스의 도식에서 행위소는 반드시 인물일 필요는 없다. 행위소는 장소나 사건, 상황일 수도 있다. 예컨대 주인공의 의식이 주인공 자신에게 반대자의 역할을 할 때도 있다. 또 한 인물이 한 기능만을 하는 것도 아니고 여러 인물이 한 기능을, 혹은 한 인물이 여러 기능을 동시에 수행할 수도 있다. 주체가 동시에 수신자가 될 수 있고, 수신자가 또한 스스로 발신자도 될 수 있다. 그의 행위소 모델은 인물이라는 전통적인 개념을 대체하며, 보다 구체적으로는 프로프의 '극인물(dramatis persona)'의 개념을 대체한다. 그러므로 프로프가 제시한 7개의 인물 유형은 그레마스에 의해 3개의 대립쌍으로, 즉 6가지의 행위소로 재정리된다.

블라디미르 프로프	그레마스
주인공 : 공주	주체 : 대상
발송자 : 주인공	발신자 : 수신자
원조자/증여자 : 악당/가짜 주인공	원조자 : 반대자

그레마스는 이를 다음과 같은 도식으로 제시한다. 이 중에서 주체와 대상의 관계는 핵심적인 범주에 속한다.

송신자 ·······→ 대상 ←······· 수신자　　　(정보 전달의 축)

↑

원조자 ·······→ 주체 ←······· 반대자　　　(갈등의 축)

(욕망의 축)

예를 들어, 마르크스 이데올로기는 인간을 도우려는 욕망 덕분에 다음과 같이 분배될 수 있다. 이 도식에서 '인간'은 '계급 없는 사회'를 추구한다. 이 과정에서 '노동자 계급'은 원조자가 되며, '부르주아 사회'는 이에 대한 반대자가 된다. 이러한 운동은 '역사'의 소명에 따른 것이며, 그 혜택은 궁극적으로 '인류'를 향한다.

역사 --------→ 계급 없는 사회 ←---------- 인류

↑

노동자 계급 -----→ 인간 ←---------- 부르주아 사회

(3) 기호 사각형

최소 단위로서의 의미 분석을 위한 가설은 의소(意素, seme)의 개념에서 출발해야 한다. 또한 기본 층위의 결합 관계를 이해하기 위해서는 분류소와 동위성의 개념도 이해해야 한다. 기호 사각형(semiotic square)은 의소, 의미소, 동위성에 대한 이해에서 출발해 의미 작용에 대한 구조화의 모델을 제공한다.*

이 단계에서 그레마스는 의미소(sememe)의 이항 대립에 대해 설명하고자 한다. 이러한 의미소들의 배치는 단순히 대립 관계만이 아닌 대립(contrary), 모순(contradictory), 함축(implication) 관계에 의해서 생산되는 까닭에 매우 복합적인데, 그레마스는 이 도식을 "의

---

* 안 에노, 홍정표 옮김, 『서사, 일반기호학』(문학과지성사, 2003), 36-108쪽.

미화 과정의 기본 구조"라고 불렀다.

　　의미작용 S가 하나의 의미론적 축으로 나타난다면 그것은 그 의미의 절대적인 부정을 취하는 '-S'와 대립된다. 또한 의미론적 축 S는 두 개의 의미소들로 분절된다. 이때 분절은 대립적 지위에 있는 의미소들(S₁ ←──→S₂)과 모순적 지위에 있는 의미소들(-S₁ ←──→-S₂)로 분절된다.

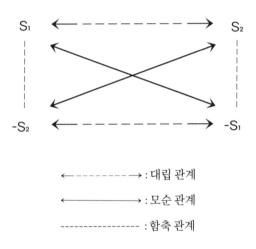

　　그레마스에 의하면 우리의 인식이 보편적인 객관성을 지니게 되는 것은 그것이 절대적인 진리로 주장될 때보다 상대적인 관계를 통해 형성되는 경우이다. 예컨대 S라는 요소를 설명하고자 할 때 우리는 일단 그것을 부정해 보고, 또 그것의 반대되는 것을 찾아본다. 부정을 비 S₁(= -S₁ 혹은 non S₁), 반대를 S₂라고 할 때에 이들 사이에서는 S₁→non S₁→S₂에 이르는 하나의 결과가 생긴다. 이때에 S₁와 -S₁은 모순(contradictory) 관계를 이루고 -S₁와 S₂는 포용

(implication) 관계를 형성하며, 전자는 부정(negation)에 의해 성립되고 후자는 긍정(assertion)에 의해 성립된다. 또한 이러한 절차를 거쳐 생겨난 S_2는 S_1과 반대(contrary) 관계에 놓인다. 따라서 반대 관계는 부정을 통해 얻어지는 것이 보통이다. S_2는 $-S_1$의 내포 개념이고 $-S_1$의 내포 개념이 긍정적 조작에 의해 확인되는 것이 S_2이다. 결과적으로 S_2는 S_1과 전제(presupposition) 관계에 있다는 것이다.*

그레마스의 기호 사각형 모델은 그레마스의 이름을 알린 가장 중요한 업적으로, 이 모델은 이분법으로는 설명할 수 없는 새로운 영역(중립항)에 대한 이론적 모델을 제공한다. 예를 들어, 그레마스는 'rich'의 반대 개념으로 'poor'를 연상하는 고정관념에 대해 새로운 발상을 제안한다. 이 세상에는 'rich'와 'poor'에 해당하지 않는, 중간 영역이 훨씬 많다는 것이다. 중산층이야말로 "나는 그리 부자는 아니지만, 그렇다고 아주 가난한 것도 아니다"의 세계에 속한다는 것이다. 그는 'rich'와 'poor'의 관계를 '반대' 개념이라 칭하고, 'rich'와 'non-rich'의 관계를 '모순' 개념이라 칭한다.

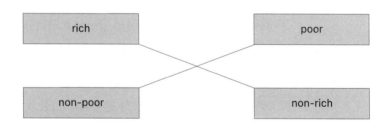

* Ronald Schleifer, 앞의 책, pp. 25-33.

기호학적 사각형은 4개의 항(term) 사이의 관계를 형성한다. 즉 S_1과 S_2 및 $-S_1$과 $-S_2$ 간의 두 개의 반대 관계, S_1과 $-S_1$, S_2와 $-S_2$ 간의 두 개의 모순 관계, $-S_1$과 S_2 사이, $-S_2$와 S_1 사이의 두 개의 내포 관계 등 6개의 관계가 형성된다. 물론 이상의 항과 관계들은 모두 긍정과 부정적 조작의 소산이다. 이분적인 부정, 대립 관계는 결과적으로 4각적인 상호 상관 관계로 발전하면서 의미작용의 기본 구조를 제공해 준다.*

그레마스에 의하면, 이야기의 과정은 임의의 단위에서 그 반대항(혹은 모순항)으로 이끄는 작용(변형)에 의해서 전개된다. 이를테면, "(A) 존은 생기에 넘쳐 있었다. (B) 어느 날 그는 병이 나서 깊은 혼수상태로 빠지고, (C) 죽은 것이 아닌가 생각되었다. (D) 그러나 그는 기적적으로 회복하고, 여느 생활로 되돌아왔다"라는 과정은 다음과 같은 도식으로 나타낼 수 있다.

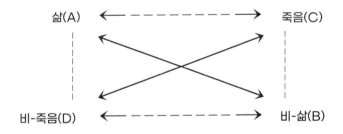

샤를 페로의 「신데렐라」는 아래의 도식으로 표현된다. (A) 여

---

* 같은 책, pp. 25-33.

주인공은 아버지의 재혼 이후 애정을 잃고 있는 자신을 발견한다. (B) 요정의 도움으로 그녀는 아름다운 여성으로 무도회에 출현한다. (C) 밤 12시, 이제 그녀는 모습을 나타내지 않는다. (D) 그녀는 왕자에 의해 참으로 가치 있는 존재임이 재인식된다.*

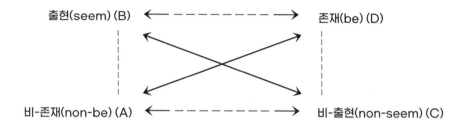

(4) 양태의 기호학

그레마스의 기호학 중 가장 독창적이지만, 가장 덜 알려진 부분이 양태의 기호학인 듯하다.** 문법 용어에서 양태(mode, modality)란 "문장 내용에 대해 말하는 사람이 가지는 태도"를 의미한다. 그레마스는 수많은 동사적 표현을 가장 효율적으로 줄이기 위해 개별적인 동사의 세부적인 '의미'를 포기하고 '양태'만을 취하는 전략을 택한 듯하다. 일단 그는 모든 동사를 최소화하기 위해 단지 두 개

---

* 제럴드 프린스, 이기우·김용재 옮김, 『서사론사전』(민지사, 1992), 236-237쪽.
** 김성도, 『구조에서 감성으로: 그레마스의 기호학 및 일반 의미론의 연구』(고려대출판부, 2002), 271-277쪽.

의 동사, 즉 do-동사(행위동사)와 be-동사(상태동사)로 나눈다. 그리고 두 동사의 네 가지 조합 형태, 즉 do+do, be+do, do+be, be+be에 주목한다.

사실 양태를 가장 효과적으로 드러내는 동사는 '본동사'가 아니라 '보조동사(auxiliary verb)'이다. 우리는 보조동사를 그야말로 동사를 보조하는 부수적인 존재로만 아는데, 그레마스는 우리의 상식을 완전히 뒤집어 본동사의 자잘한 '의미'를 포기하는 대신 보조동사의 강력한 '양태'를 취한 것으로 보인다. 그가 선택한 프랑스어 조동사는 devoir, pouvoir, vouloir, savoir인데, 이는 영어의 must, can, will, know to에 해당한다.

모든 민담을 조동사의 나열로 요약해 보면 재미있고 단순한 결과를 얻을 수 있다. 즉 모든 이야기는 주인공에게 '의무(must)'가 주어지면서 출발하며, 주인공은 의무를 감당할 만한 '능력 기르기(can)'를 거쳐, 직접 적대자와 대결하는 '실행(will)'의 시간을 거친 다음, 왕위의 계승자와 공주의 신랑감으로서의 자격이 있음이 '검증된다(know to)'는 것이다. 주인공의 이러한 변화 과정을 도표화하면 다음과 같다.

	(1)	(2)	(3)	(4)
의미(한국어)	해야 한다	할 줄 안다	하게 되다	이게 되다
(영어)	must	can	will	*know to
(프랑스어)	devoir	pouvoir	vouloir	savoir
서사 행로	조종 (manipulation)	능력 (competence)	수행 (performance)	검증

양태의 기호학에 따른다면, 이야기의 서사 행로인 '조종-능력-수행-검증'은 다음과 같은 영어식 표현으로도 대치될 수 있을 것이다.

(1) I must do it.

(2) I can do it.

(3) I will do it.

(4) I am the hero.(=I am known to be the hero.)

이처럼 그레마스는 이야기에 등장하는 많은 종류의 동사를 대폭 줄이기 위해 단지 네 개의 보조동사(must, can, will, know to)로 줄이는 데에 성공한다. 물론 이 4개의 보조동사는 '행위'를 통칭하는 동사로서의 do(하다), 모든 '상태'를 통칭하는 동사로서의 be(이다)의 조합으로도 표현될 수 있다. 4개의 보조동사를 다시 두 개의 동사로 과감하게 줄이면 다음과 같은 도표로 정리될 수 있다.

	(1)	(2)	(3)	(4)
행위/상태	do+do	be+do	do+be	be+be
양태	'하다'의 '하다'	'하다'의 '이다'	-이게 되다	'이다'의 '이다'
설명	주인공에게 의무가 주어진다.	주인공은 능력을 기른다.	주인공은 실행에 옮긴다.	주인공이 입증된다.
서사 행로	조종 (manipulation)	능력 (competence)	수행 (performance)	검증

위의 도표를 이해하기 위해 안 에노의 설명을 부언하면 다음과 같다.*

(1) 하다의 하다=하다가 하다를 양태화할 경우, 즉 하게 하다 또는 조종(manipulation).

(2) 하다의 이다=이다가 하다를 양태화할 경우, 즉 수행에 전제된 잠재 능력(competence)를 규정함.

(3) 이게 하다=하다가 이다를 양태화할 경우, 즉 수행(performance)의 기호학적 정의.

(4) 이다의 이다=이다가 이다를 양태화할 경우, 즉 진리 검증(veridiction)의 기호학적 공식.

안 에노는 그레마스의 서사 행로가 '조종-능력-실행-입증'의 순서로 진행된다는 점을 '하다(do)'와 '이다(be)'의 조합 형태로 나열해 정리하는데, 이 네 번의 나열은 또한 행위소 모델에서 '주체-대상'을 제외한 나머지 4개의 요소와의 결합을 의미하는 것이기도 하다. 다시 말해, 주인공은 '(1) 발신자 – (2) 협조자 – (3) 반대자 – (4) 수신자'의 순서로 만난다.

(1) 조종: '발신자'의 명령에 따라 그와 계약을 맺고 그의 조종에 따라 움직인다.

(2) 능력: '협조자'의 도움으로 능력을 기른다.

---

* 안 에노, 홍정표 옮김, 『서사, 일반기호학』(문학과지성사, 2003), 61-69쪽.

⑶ 수행: '반대자'와 직접 대결을 수행한다.

⑷ 입증: 주인공의 가치를 '수신자'로부터 인정받는다.

주인공의 태도 변화에 대한 그레마스의 도식은 크게 4개의 범주로, 즉 '조종–능력–수행–입증'으로 설명되었는데, 안 에노는 이 중 '능력–수행'의 행동적 차원을 하나로 묶어 3개의 도식으로 바꾸어 표현하기도 했다.

이러한 안 에노의 도식은 그레마스가 『구조의미론』에서 민담의 주인공이 겪는 모험을 'A→F→C'로 도식화하고 이를 모험, 시련, 시련(test)이라고 명명한 과정을 설명하는 데에 도움이 된다.

조종	능력 - 수행	검증
(하게 하다)	(하다의 이다) - (이게 하다)	(이다의 이다)
발신자	(협조자) - (반대자)	수신자

3가지 시련을 의미하는 위의 도식은 'A-F-C'의 도식으로도 표현된다. 여기에서 A는 계약(Agreement)을, F는 투쟁(Fight)을, C는 승리의 결과로 얻게 되는 보상(Compensation)을 의미하는데 이러한 세 번의 모험, 즉 'A→F→C'는 자격시련(qualifying test), 본시련/결정시련(main test/decisive test), 영광시련(glorifying test)으로 나타난다.

조종	능력 - 수행	검증
계약(Agreement)	투쟁(Fight)	보상(Compensation)
자격시련	본시련/결정시련	영광시련

한편 필자는 상당히 긴 논의를 통해, 그레마스의 기호 사각형과 서사 행로 등의 주요 개념이 2 혹은 4의 이항 대립이 아니라, 3개의 대립, 3개의 모험 등으로 구성되어 있다는 점을 밝혀보고자 했다. 그것을 2개의 결론으로 표현하면 다음과 같다.

결론 1: 그레마스의 기호 사각형은 명제(proposition), 대립-명제, 모순-명제로 구성되므로, 결국 3개의 명제(P1, P2, P3)의 관계를 설명해 준다. 예를 들어, 인생은 3개의 명제(삶, 죽음, 삶도 죽음도 아닌 상태)로 범주화될 수 있다.

결론 2: 주체의 태도 변화는 주인공이 겪는 세 번의 시련, 즉 자격시련(T1), 본시련(T2), 영광시련(T3)으로 범주화될 수 있다.

3. 최소언어를 위해

최근 '최소언어(minimal language)'에 대한 논의가 상당히 흥미롭게 진행되고 있다.* '최소언어'란 전문적이거나 장식적인 언어를 넘어서서 매우 기본적이고 쉬운 어휘와 구조를 사용하는 언어를 뜻하

---

* Cliff Goddard, ""Minimal Language" and COVID-19: How to talk about complex ideas using simple words", 국어문학회, 『국어문학』 제77집, 2021.07, 125-144쪽.

는데, 150년 전쯤 인류 공용의 언어를 목표로 개발된 에스페란토어가 그 효시라고 한다. 사실 우리가 자연어라고 부르는 영어, 중국어, 한국어는 각각 매우 다른 듯하지만, 음운-어휘-형태-통사론의 레벨을 넘어서면 어느 순간, 매우 똑같은 의미를 지닌 문장의 배열로 이루어진다는 사실을 발견한다.

즉 자연어의 미세한 차이를 넘어서는 순간, 우리는 '최소언어'로서의 보편적인 문법 규칙과 만나는 셈인데, 요즘 이러한 구조의미론이 적극적으로 검토되어야 할 중요한 시점이 되었다. 예컨대 우리가 자연어가 아닌 인공언어(프로그래밍 언어)와 소통하기 위해서는, 인공언어의 수준에 맞는 최소언어를 사용해야 하기 때문이다. 예컨대 코로나 팬데믹으로 전 지구적인 위기가 닥쳤을 때에는 한 나라의 세련된 언어로 표기된 방역 수칙보다 가장 쉽고 보편적으로 알 수 있는 '최소언어'가 필요하다.

자연어와 인공언어가 쉽게 연결될 수 있을 때 비로소 '초연결'의 네트워킹이 가능해지는데, 이런 의미에서 '최소언어'는 향후 인문학의 가장 중요한 과제가 될 듯하다. 그레마스의 구조의미론은 언어의 표면, 표층, 심층의 층위를 나누어 의미를 단순화하고 범주화함으로써 가장 단순하고 기본적인 의미의 구조를 드러내는 바, 이는 인공언어가 0과 1이라는 디지털 요소를 조합함으로써 의소, 의미소, 동위성을 점진적으로 획득해 가는 과정과 매우 유사해 보인다. 그런 의미에서 그레마스의 구조의미론은 그냥 잊혀지기에는 너무도 아까운 문제의식과 방법론을 제공하고 있다.

유치진의 「토막」 다시 읽기

1. 「토막」의 연극사적 위치

「토막(土幕)」은 극작가 유치진의 데뷔작으로 《문예월간》(1931.12~1932.1)에 발표된 후 극예술연구회 제3회 공연(1933.2.9-10)으로 상연되었다.* 이 작품은 전문적인 극장도 아닌 경성공회당에서 불과 이틀에 걸쳐 상연된 연극이지만, 한국 연극사에서는 가장 중요한 분기점 중의 하나로 취급된다. 이광수, 임화, 유진오가 이 연극을 관람한 다음에 긍정적이든 부정적이든 적극적인 평가를 내리는 장면**에서 문단과 연극계가 이 작품을 놓고 최초의 생산적인 토론을 벌였다는 사실도 거론해 둘 필요가 있다.

---

* 희곡 「토막」의 인용은 최초본인 《문예월간》(1931.12-1932.1)에 따르되, 맞춤법은 현행 시행규칙에 맞게 적용했다.
** 양승국 편, 『한국 근대 연극 영화 비평 자료집』(태동, 1990), 제5권.

유민영은 유치진의 「토막」이 "농촌 붕괴와 농민 몰락"을 주제로 한 작품이며, 당시의 유치진은 "아나키즘이라든가 사회주의 같은 공격적 저항주의"와 연결되어 있었다는 점을 지적한다. 사실 그는 이 작품을 한국 희곡사에서 대표적인 농민극으로 분류하지만,* 주인공은 농민보다는 도시 빈민에 가까워 보인다. 이 작품의 제목인 '토막(土幕)'도 "땅을 파고 거적 따위로 덮어 만든 집"이라는 사전적 의미보다는 정상적인 주택을 가지지 못한 도시 빈민의 임시 거처로서의 의미가 더 강하다. 당시 '토막민'은 도시 빈민의 열악한 상태를 말해 주는 대표적인 상징이었으며, 토막에 거주하는 빈궁민들에 대한 신문 기사도 꽤 자주 발견할 수 있다. 이 연극을 초연했던 극예술연구회 회원들이 토막의 실상을 살펴보기 위해 당시로서는 서울의 외곽인 서대문 근교의 토막촌을 방문했던 사실도 신문에 보도되어 있다.

토막에 사는 도시 빈민으로서의 명서네와 경선네의 고단한 삶, 일본에서 노동자 해방운동을 벌이다 투옥되고 마침내 주검이 되어 돌아온 아들 명수의 비극적 사연을 통해서 우리는 1930년대 한국 사회의 비참한 모습을 목도한다. 그리고 결말에 이르러서는 명수의 여동생 금녀의 대사를 통해 오빠는 우리를 위해 싸우다가 죽었다는 것, 그러나 우리는 좌절하지 말고 살아가야 한다는 것을 강조한다. 또한 명수의 아버지 명서는 "우리에게는 힘이 필요하다"는 통절한 독백을 남기며, 막연하게나마 투쟁과 해방의 의지를 불태우는 것으로 마감된다. 이런 측면에서, 이 작품은 한국 근대

* 유민영, 『한국현대희곡사』(홍성사, 1982), 276쪽.

희곡사에서 민족해방, 계급투쟁의 노선을 제시하는 의미 있는 작품으로 평가받기에 모자람이 없다. 당시의 유치진이 동반자 작가로 분류된 이유도 여기에 있을 것이다.*

「토막」은 일제 치하의 상황에서 아들이 해방운동에 뛰어들었다가 옥중에서 죽었다는 것, 그 유골함을 앞에 놓고 가족들이 절규하는 장면을 담는데, 우리는 일제 치하의 다른 문학작품이나 연극 중에서 해방운동과 옥중에서의 죽음 등의 예민한 사회문제를 이토록 직접적으로 다룬 작품을 찾아보기 힘들다. 물론 이러한 사회의식을 이어 나가지 못하고 이후 유치진은 1940년대에 이르러 현대극장 등을 통해 친일 연극을 주도했으며 1950년대에는 "국립극장을 사유화하고 있다는 혐의" 등으로 의심받기도 하나,** 적어도 1931년 데뷔 무렵에는 가장 강력한 민족적 저항의 에너지를 담았다는 점을 잊어서는 안 된다.

2. 새로운 연구 시각: 내용에서 형식으로

이 글에서는 유치진의 「토막」에 드러난 민족주의나 아나키즘 등의 무거운 주제 의식에 대한 분석 대신, 이 작품에 활용된 다양한 시각적·청각적 표지의 서사적 기능에 주목하고자 한다. 이 작품에는 상당히 다양한 기호학적 표지들(indices)이 개입되어 있는데, 이

---

* 김팔봉, 「조선문단의 현재와 수준」, 《신동아》 4권 1호, 1934.
** 박영정, 『유치진 연극론의 사적 전개』(태학사, 1997); 이정숙, 「유치진의 국립극장 기획과 〈원술랑〉」, 《한국극예술연구》 41호, 2013, 49쪽.

는 이야기의 '핵(nuclei)' 혹은 '주기능(cardinal function)'에 대한 기존의 이야기 분석 방법으로서는 드러낼 수 없는 부분들이다.

이 글에서 주목하고자 하는 다양한 '표지들'은 롤랑 바르트가 사용한 용어인데, 바르트는 행위의 진전에 기여하는 서사 단위로 블라디미르 프로프의 용어 '기능'을 계속 사용하면서 이를 주기능 혹은 핵이라 부른다. 반면에 단지 서사적 공백을 채우기만 하는 기능들은 촉매(catalyses)라 부른다. 주 기능은 이야기의 다음 전개에 직접적인 영향을 미친다. 또한 촉매 작용은 여전히 기능적이지만, 핵에 의존하며 세부 사항이나 중요하지 않은 행위의 구체화에 지나지 않는다. 반면, 서사는 위의 주 기능, 촉매 외에도 '표지들'을 포함하는데, 그 '표지들'은 독자에게 이야기의 상황을 알려 준다. 롤랑 바르트는 사소해 보이는 '표지들'이 서사 행위자의 성격, 분위기, 철학적 입장을 묘사하는 데 사용되며, 적절한 표지(indices proper)이거나 행위의 공간과 시간을 확인해 주는 정보적 요소(informants)가 될 수 있다는 점을 강조한다. 예를 들어, 공항 라운지에서 커피 마시는 사건은 '핵'의 차원에서는 '대기(waiting)'의 의미를 가지지만, '표지'의 차원에서는 '근대성(modernity)', '휴식(relaxation)', '회상(memories)'의 의미를 가지는데, 그 주변적 의미가 결코 작지는 않다는 것이다. 바르트에 의하면, 우리는 작품을 주 기능이나 핵으로 읽는 게 아니라, 작은 '표지들'의 연쇄를 통해 읽는다.*

우리는 바르트의 분석 방법론에 따라, 희곡 「토막」을 다음과 같은 작은 사건 단위, 즉 작은 '표지들'을 중심으로 읽어볼 수 있다.

---

* Thomas G. Pavel, "Literary Narratives", Mieke Bal ed., *Narrative Theory: Critical Concepts in literary and Cultural Studies*, Vol. 1, Routledge, 2004, p. 30.

우연하고 사소한 것처럼 보이는 '닭'에 대한 두 차례의 언급, 잠깐 스쳐 가는 '문쥐놀이'의 노랫소리, 아버지 명수와 아들 명서의 이상한 명명법, 꼽추로 형상화된 어린 소녀, 등불을 들고 무등을 탄 어린아이의 모습 등을 우리는 그저 사소한 '표지들'로만 읽어서는 안 되기 때문이다. 다음과 같이, 표지들에 대한 몇 가지 질문을 던져보기로 한다.

첫째, 왜 아버지와 아들 이름에 '밝을 명(明)'이 공통적으로 사용되는가? 또 이 작품의 제목인 '토막'이 가지는 어둠의 이미지와 어두침침한 눈 때문에 글조차 제대로 읽지 못하는 '명수'의 이야기는 어떤 관련을 가지는가? 이 작품을 빛과 어둠의 대립 관계로 이해해 보자.

둘째, 2막의 첫 장면은 '앞 못 보는' 쥐들이 앞의 쥐를 붙잡고 따라가는, 이른바 '문쥐놀이'로 시작된다. 이 문쥐놀이를 '순돌'에게 가르치는 '금녀'는 왜 '꼽추'로 형상되어 있을까? 꼽추와 문쥐놀이를 통해 보여주고자 했던 것은 무엇일까?

셋째, 이 작품의 첫 대사는 마당에 있는 닭을 쫓아내는 '명서 처'의 대사로부터 출발한다. 또 1막의 마지막 장면은 '이웃 여자'가 닭을 부르는 소리로 끝난다. '닭'은 이 작품의 주요 소재가 아닌데, 이토록 의미 있게 등장하는 이유는 무엇일까?

3. 작은 표지들의 부차적 기능

(1) 어둠과 밝음의 대비: 토막, 명서/명수, 등불 켜기

그레마스의 구조의미론에 따르면, 의소(seme)란 하나의 단어를 다른 단어와 구별 짓는 최소한의 의미 요소를 가리킨다.* 이 의미 요소는 의미를 구성하는 자질인데, 예를 들어 '소년'이라는 의미소(sememe)에는 [인간], [나이 어린], [남성]이라는 의소가 담겨 있다. 의소 분석이 필요한 이유는 이들에서 파생된 다양한 요소들이 어떻게 하나의 전체를 이루는 데에 기여하는가를 해명하는 데에 도움이 되기 때문이다. 다시 말해, 아직 독립된 의미를 획득하지 못한 의소들은 텍스트 곳곳에 배치되어 '의미론적 동위소'를 형성한다.

「토막」에 제시된 최초의 의미소 '토막'에는 [집], [높이가 낮은], [어두운] 등의 의소가 개입되어 있다. 이 작품의 앞부분인 무대 지시문에는 "외양간같이 누추하고 음습한 토막집의 내부 (……) 대체로 토막 내는 어두컴컴하다."는 설명이 부가되어 있는데, 토막에 대한 당대의 보고서를 잠깐 인용해 볼 필요가 있다.

> 토막민이란, 조선인 빈궁계급이 도시의 한 구석에 모여 살며 비참한 빈민굴을 형성한 모습을 가리킨다. (……) 이들의 수는 매년 급격한

---

* 그레마스의 기호학에 대한 소개는 다음을 주로 참조했으며, 일반적인 내용에 대해서는 일일이 각주를 달지 않았다. 김태환, 「서사성과 담화」, 『문학의 질서』(문학과지성사, 2007), 141-185쪽.

비율로 증가하고 있으며 현재 서울의 토막민 수는 3만 수천 명에 달한다고 추정한다. 이 같은 서울 토막민의 약 2/3는 빈농으로 농촌을 떠나 도시로 향한 자이며, 나머지는 도시 토착 빈곤 생활자이다.*

'토막'은 제목이기도 하지만, 이 작품의 무대 배경이기도 하며 주제 자체라고도 볼 수도 있다. 대부분의 무대 배경은 연극이 진행되는 동안 바뀌지 않는데, 배우들의 움직임과 대사가 시간의 진행에 따라 변하는 요소라면, 무대의 배경은 연극의 시종을 일관하는 불변의 기호인 셈이다. 이 연극은 시종 토막의 어둠 속에서 진행된다.

한편 '토막'이 제시하는 [어둠]의 의소와 대비되어, 밝을 '명(明)'이 또 하나의 의미 있는 의소로 등장한다는 점에도 주목할 필요가 있다. 등장인물 소개에서 우리는 명서(明瑞), 명서 처를 만난다. 그런데 그들이 기다리고 있는 것은 아들 명수(明洙)이다. 한국의 명명법에서 부자간에 같은 돌림자를 쓰는 일은 없다. 부자 관계에 해당하는 명서-명수의 이름에 밝을 '명(明)'이 거듭 사용되는 것은 돌림자가 아닌 경우라 할지라도 매우 희귀하며, 이런 까닭에 이러한 명명법은 이 작품에서 만나는 최초의 궁금증이 되기도 한다. 작가 유치진은 한학에도 상당한 지식을 가지고 있었던 것으로 알려져 있는데, 왜 그는 부자간의 명명법에 돌림자로 오해받을 만한 밝을 '명(明)'을 중복해 사용하고 있을까.

앞에서 설명한 바와 같이 '토막'은 이 작품의 제목인 동시에,

* 야마베 겐타로, 『한국근대사』(까치, 1980), 302쪽.

이 작품의 무대 공간 전체에 해당한다. 이 작품은 모든 사건이 토막의 주변에서 일어난다. 다시 말해 토막은 시종 이 작품을 지배하는 불변의 요소, 즉 랑그에 해당한다고 볼 수 있다. 이 연극에서는 토막의 어둠이 전체 무대 공간을 지배하지만, 빛나는 것들이 이곳 저곳에서 조금씩 등장하기 시작한다. 우리는 그 첫 번째 요소로 인물의 명칭에 사용된 밝을 '명(明)'자를 거론할 수 있을 듯하다. 두 인물의 명칭에서 사용되는 '밝을 명(明)'의 의소는 작품의 제목이자 무대 공간인 토막의 '어둠'과 극명한 대비를 이루면서 이 작품에 최초의 이분법을 제시한다.

이를 통해 유치진의 희곡 「토막」에서는 '빛'과 '어둠'의 대립 쌍이 강조된다. 다시 말해, '빛'과 '어둠'을 포함하는 의소들이 곳곳에 배치되어 '어둠'에서 '빛'으로의 지향이 '문제'와 '해결'의 쌍을 이룬다. 다음 절에서 다룰 '등불'은 이에 대한 사례를 제공해 준다.

(2) 높음과 낮음의 대비: 꼽추, 등불

2막의 첫 대목에서 금녀는 어린아이인 순동에게 동요를 가르쳐주고 있다.

> 개울 바닥에서
> 자라난 문쥐는
> 눈 어두운 문쥐 떼
> 꼬리 물구 다니며
> 찌찌 째째 우는 꼴

우숩구도 가엾네*

서로 꼬리를 물고 개울 바닥을 기어 다니는 눈 어두운 문쥐 떼, 토막 속의 어둠에서 빛을 찾지 못하는 이 극의 등장인물이야 말로 조선 민중의 상징으로 볼 수 있다. 문쥐 떼들은 그저 "찌찌 째째" 울고 있다. 토막민들의 신음소리, 역사적 방향을 상실한 민중들의 신음소리는 개울 바닥을 울며 기어 다니는 문쥐 떼와 비유되면서 그 비극성이 부가되는 것이다. 이는 한 치 앞을 내다볼 수 없는 세상에 대한 통렬한 고발로 보인다.

개울 바닥을 기어 다니는 문쥐는 '낮음'을 표상하는데, 이 작품의 주요 인물인 금녀가 '꼽추'로 제시된 점도 인상적이다. 곱추에게도 '낮음'의 의소가 포함되어 있기 때문이다. (이 작품의 초간본에는 명서의 딸 금녀를 소개할 때 '곱사(꼽추)'라고 분명히 명시하고 있다. 그러나 개정판에서는 '꼽추'라는 외견상의 특징이 슬며시 삭제되어 있다. 이러한 개작은 시각상의 그로테스크함을 굳이 부여하지 않아도, 금녀의 울부짖음만으로도 충분히 '앞 못 보는 고통'을 제시할 수 있었기 때문에 이루어진 것으로 생각해 볼 수도 있다).

한편 이 작품에서 '등불'은 여러 차례 등장하는데, 어둠을 물리치는 희망의 '표지들'로 읽힐 수 있다. 명서네는 아들이 돌아오기를 기다리는 마음에서 집 앞에 등불을 켜기도 하고, 희망을 가져다줄지도 모르는 우편배달부는 등불과 함께 등장한다. 가장 인상적인 장면은 가난 때문에 결국 유랑의 길을 떠나야 하는 경선네에

---

* 위의 노래는 '문쥐놀음'을 형상화하고 있다, '문쥐놀음'은 아이들 놀이의 하나로, 여럿이 서로 뒤를 이어 옷을 잡고 문쥐처럼 줄을 지어 돌아다니면서 쥐 소리를 낸다.(https://wordrow.kr)

게, 금녀가 대뜸 "말 탄 신랑같이" 씩씩하게 등불을 들고 가라고 격려하는 대목이다.

> 금녀: (수제(手製)의 등에 불을 켜 순돌에게 주면서) 이렇게 높다랗게 들고 가! 말 탄 신랑같이!
> 순돌: 이렇게?
> 금녀: 옳지! 옳지!

이 대목에서 문쥐놀이와 꼽추로 표상되는 '낮음'에 대비되어 두 차례의 등불이 보여주는 '높음'의 세계에 주목할 필요가 있다. 점차 '어둠/낮음'의 세계에서 '밝음/높음'의 세계로 옮겨가는 모습을 보여주기 때문이다.

(3) 닭 찾기와 아들 찾기

무심히 지나치기 십상이지만 좀 자세히 들여다보면, 「토막」에는 전체의 줄거리와는 하등 관련 없는, 닭에 관련된 대사가 여러 번 등장하고 있음을 알 수 있다. 특히 1막은 명서 처가 닭을 쫓는 대사에서 시작해 이웃 여자가 닭을 찾아 나서는 대사로 끝나고 있다. 왜 작가는 난데없이 닭을 등장시키고 있을까. 특히 1막의 끝 부분을 주목할 필요가 있다.

> 무대 뒤에서 구우! 구우! 하며 닭 부르는 소리. 금녀 다시 골방에서 나온다. 이웃 여자(명서의 처와 동년배), 입구에서 들여다보고

이웃 여자: 금녀야! 우리 집 병아리 이리 안 왔든? 흰 놈이 한 마리 어디 갔는지 안 뵌다.

금녀: 못 봤어요.

이웃 여자: 그럼 어디 갔을까? 해가 다 졌는데.(퇴장)

구우! 구우! 부르는 소리. 무대 뒤를 지나간다.

여태껏 한 번도 등장하지 않았던 '이웃 여자'가 등장해 해가 졌는데도 집을 찾아오지 못한 자기 집 닭을 찾으러 무대 위에 나와 두리번거리다가는 이내 퇴장한다. 그리고 이 이웃 여자의 퇴장과 함께 1막은 끝난다. 닭과 관련된 두 번째 장면은 2막의 첫 부분에도 등장한다. 왜 작가는 닭을 자꾸 언급하는지에 대해 먼저 생각해 보기로 하자.

1막의 끝 부분에서 이웃 여자는 해 진 후에도 집으로 돌아오지 않는 자기 집 닭이 걱정되어 마을에서 닭을 찾는다. 관객인 우리는 은연중에 마을에서 자기 닭을 찾을 수 있는 이웃 여자가 오히려 아들의 소식조차 들을 수 없는 명수네 가족보다 행복하다는 사실을 암시받는다. 닭 한 마리를 잃어버려도 애가 타는데, 명수네는 아들을 잃고서도 아무 대책도 없이 앉아 있어야만 한다는 것이 비극적이지 않은가.

2막에 다시 등장한 이웃 여자는 닭 한 마리 있다는 것을 은근히 자랑한다. 그러나 그 여자의 자랑은 아들이 있는 명서 처에 비할 바 못 된다. 그러나 명서 처는 아들 자랑을 하지 못하고, 실없이 웃어넘기고 만다. 품 안에 없는 자식은 품 안의 닭 한 마리만도 못하기 때문이다.

> 이웃 여자: (······) 그래두 하루 한 알씩만 낳아주면 시원하겠지만, 제
> 에기, 어떤 놈은 사흘, 나흘씩 걸르기가 예사란 말야.
> 명서 처: (힘없이 웃으며) 허허허······남의 궁둥이만 바라고 사는 팔자
> 두 상팔잔 못 되겠군. 허지만 우리 집 금녈 봐. 이거 맹그느라고 햇볕
> 을 못 봐서······
> 이웃 여자: 그래도 금녀네헌텐 일본 간 아들이 있잖어?
> 명서 처: 허허허······ 아들?

이웃 여자는 자기 집 닭이 알을 잘 낳아 주지 않아 걱정하고
있다. 그러면서 아들과 딸이 있는 명서 처를 부러워한다. 이웃 여
자는 딸인 금녀가 똬리를 꼬아서 몇 푼이나마 생계에 보태고 있으
며, 아들인 명수가 일본에 있으니 얼마나 좋을까 생각하며 명서네
를 부러워하는 눈치를 보인다. 그러나 명서네에게는 이웃 여자의
말이 오히려 아이러니로 들린다. 일본에 가서 전혀 소식이 없는 아
들, 필경 감옥에 있거나 죽었을 아들은 내 품에 있는 닭 한 마리만
도 못한 것이다. 닭 한 마리에 생계를 의존하는 이웃 여자의 딱한
처지, 그나마 닭 한 마리도 없이 그날그날을 이어가야 하는 명서네
의 비참한 처지는 조선의 경제적 궁핍을 아무런 설명 없이 극적으
로 제시하는 셈이다.

일제에 빼앗긴 아들은 내 품 안의 닭 한 마리만도 못한 것, 이
러한 극적 아이러니가 그 연극에 비장감(悲壯感)을 더해 준다. 닭 한
마리가 더 소중한가, 아니면 자식이 더 소중한가 묻는다면, 그 질문

은 어리석은 게 될 것이다. 그러나 어리석게도 '이웃 여자'와 '명서
처'는 닭과 아들을 놓고 비중을 논하는 셈이다. 이러한 대결이 연
극적 아이러니를 구성한다.

4. 의소 분석과 지향점

(1) 명서네와 경선네의 동질성

등장인물 표를 먼저 소개한다. 명서네를 주연급으로, 경선네를 조
연급으로, 그리고 4명의 보조적 인물은 단역으로 볼 수 있다.

주연	조연	단역
최명서 명서의 처 금녀	강경선 경선의 처 순돌	삼조 동장 이웃 여자 배달부

이 극이 전개되는 극 중 장소는 시종일관 '명서의 토막집'이
지만, 전체적인 구성은 명서네와 경선네의 두 줄기 이야기로 전개
되고 있다. 명서네는 아들에 대한 기대에서 시작해 좌절의 비극으
로 끝난다. 경선네는 집을 차압당하고 유랑의 길을 떠난다. 명서네
의 이야기는 주 플롯(main plot)으로, 경선네의 이야기는 부차 플롯
(subplot)으로 진행되는데, 이렇듯 극의 줄거리를 이원화(二元化)하는

수법을 사용한 것은 궁핍한 두 일가의 비극적 삶을 중층적으로 묘파함으로써 이 '궁핍의 비극'이 결국 당대 우리 민족 전체의 비극임을 제시하려는 데에 있다고 볼 수 있다. 명수네만 가난한 게 아니라, 옆집에 사는 경선네는 더욱 비참하다. 명서네도 경선네도, 그리고 그 마을의 다른 사람들도 가난하다면, 전체적으로 식민지 조선의 경제 현실이 비참하다는 결론을 내릴 수 있을 것이다. 작가는 의도적으로 여러 가족의 궁핍을 겹쳐 표현함으로써 당대 현실을 고발하고 있다.

이처럼 「토막」은 아들을 잃고 좌절한 명서네 이야기, 빚으로 집을 뺏기고 유랑 걸식의 길을 떠나는 경선네 이야기, 닭 한 마리에 모든 희망을 거는 이웃 여자의 이야기가 겹쳐 있다. 이는 세 겹의 "구조적 동형"*을 보여준다.

경선(敬善)이라는 이름도 흔한 이름처럼 보이지만, '선을 공경한다'는 의미에서 밝을 '명'과 같은 위치에 놓인다. 지극히 맑은 선, 명선(明善)이야말로 유교적 규범의 완성이자, 전통 사회 최고의 덕목이지 않은가. 지지리도 가난하고 불행한 '명서'와 '경선'은 '토막'의 어두움과 극명하게 대립되면서 이 작품에서 강렬한 이분법을 형성하는 데에 기여한다.

명서네와 경선네가 동일한 가족 구성을 이룬다는 점에도 주

---

* 물에 던진 조약돌은 여러 겹의 파문을 동심원으로 만들어낸다. 「맥베스」에서 국왕은 딸들의 의견을 제대로 받아들이지 못해 비극적인 방랑의 길을 떠나는데, 국왕의 가장 충실한 신하 에드먼드도 두 아들에게 배반당해 비극을 맞이한다. 국왕과 신하, 아들과 딸들은 각각 똑같은 운명을 반복한다. 이를 구조적 동형성(isomorphism)이라고 부른다. Gery Vena, *How to Read and Write about Drama*(Macmillan,1988), pp. 38-40.

목해 보자. 두 아버지는 모두 무능하며, 두 어머니는 가난 때문에 뭔가 얼이 빠진 듯한 표정들이다. 명서의 딸 '금녀'는 꼽추이며, 경선의 장남 '순돌'은 아무 물정도 모르는 꼬마이다. 늙고 무능한 아비를 대치할 만한 '아들'이 없는 것──이들이 처한 공동의 운명인 바, 이 또한 중요한 의미론적 동위소를 이룬다(단역에 해당하는 '이웃 여자'도 아들이 없다).

(2) 부정적인 세계에서 긍정적인 세계로

우리는 앞장에서 '어둠/낮음/닭' 등을 통해 제시되는 부정적인 세계, '밝음/높음/아들'을 통해 제시되는 긍정적인 세계를 설정해 본 바 있다. 이 중에서 '어둠/낮음/닭'의 세계는 '토막'을 형상화한 어두운 무대 배경 세트, '낮음'을 표상하는 꼽추 금녀의 형상과 토막과의 공통성, 그리고 생존을 위해서 닭 한 마리에 희망을 품는 '이웃 여자'의 형상 속에서 확인할 수 있으며, '밝음/높음/아들'의 세계는 명서/명수의 이름에서 확인되는 '밝을 명(明)', 높게 쳐든 두 차례의 등불, 아들의 유골함을 받아들고 절규하는 명서네 세 가족의 대사 속에서 확인할 수 있다.

재미있는 점은 2막의 후반부로 갈수록 부정적인 세계가 점차 약화되고, 긍정적인 세계가 점차 부각된다는 점이다. 「토막」은 두 개의 막으로 구성되어 있는데, 2막은 문쥐놀이의 낮고 슬픈 노래에서 시작되지만 점차 금녀와 명서의 의분으로 가득 찬 절규의 목소리로 이어지면서 대단원에 이른다. 이러한 명/암의 대비는 희망/절망, 미래/현재, 저항운동/순응의 이분법과 연결되면서 '어떻게 살 것인가'에 대한 인물들의 심리적 변화 과정과 결단을 제시하는 데 기여한다고 볼 수 있다.

그레마스의 서술 프로그램에 따라 「토막」의 서사를 정리하자면, 이 작품은 '어둠(1)'에서 '비-어둠(2)'으로, 다시 '비-밝음(3)'에서 '밝음(4)'으로 나아가고자 하는 인물들의 움직임으로 정리될 수 있다.

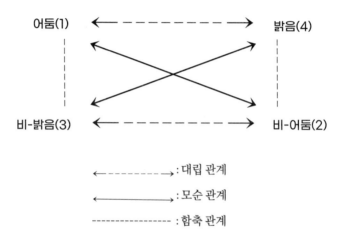

1막에서 토막은 '어둠(1)'으로 가득 차 있지만, 일본으로 떠나는 아들 친구 '삼조'로 인해 희망의 단계, 즉 '비-어둠(2)'으로 이어진다. 그러나 삼조를 통해 얻고자 하는 '비-어둠(2)'의 세계는 '구장'이 가져온 신문에 실린 사진으로 인해 '비-밝음'의 단계로 전락한다.

2막에서도 첫 장면은 '어둠(1)'에서 출발한다. 금녀는 순돌에게 '어둠(1)'을 가르치는데, 고향을 등지고 유랑의 길을 떠나야 하는 경선은 이곳 생활을 청산하고 새로운 세상, 즉 '비-어둠(2)'의 세상에 대한 기대를 가진다. 금녀 또한 순돌에게 밝은 등불을 줌으로써("이렇게 높다랗게 들고 가아! 말 탄 신랑같이!). '비-어둠(2)'의 세상을 기원해 준다. 그러나 '밝음(4)'을 가져와야 할 '등불'은 허망하게도 아들의 유골함을 들고 온 시골 배달부의 앞길을 비쳐주는 것으로 끝난다.

> 명서의 처: (……) 사립에는 불을 하나 켜라. 손님이 들어올 때에 집안이 컴컴해서는 못 쓰는 거다…… (바람소리)
>
> 금녀: (모의 미친 듯이 허둥거리는 양을 바라보고 있는 금녀의 눈에는 일종의 공포의 빛이 있다)

명서 처는 아들이 돌아오길 기대하며 등불을 켜지만, 시골 배달부는 '최명수의 백골'이 든 소포를 들고 등장한다. 그리고 마침내 명수의 죽음을 확인한 가족들은 다시 지독한 '어둠(1)'의 세계로 전락한다. 그러나 금녀는 오빠의 용감한 죽음이 오히려 '우리의 영광'이라고 말하며, 명서 처는 안치한 백골 앞에서 낮은 소리로 합장을 한다. 이 작품의 마지막 절규는 명서의 것으로 되어 있다.

> 명서: 금녀야 우리에게는 새로운 힘이 필요하다. 새로운 힘! 나나 너 같은 병든 몸에서 구할 수 없는 새로운 힘이.(바람소리)

「토막」의 기본적 서사 프로그램은 '빛의 결핍'에서 '빛의 회복'에 이르는 과정으로 볼 수 있다. 그레마스의 서술 프로그램에 따라 이를 굳이 도식적으로 표현하자면, "F1[S1→(S2 O) → F2[S1→(S2 O)"(S1: 행위주체, S2: 상태주체, O: 빛) 정도가 될 것이다. 물론 이런 서사 프로그램은 종결되지 못한다. 왜냐하면 행위주체가 되어야 할 아버지와 아들이 늙고 무능하거나 부재중인 상태여서, 행위주체의 힘이 너무 미약하기 때문이다. 모든 가족이 '어둠(1)'에서 벗어나 '빛(4)'의 세계로 가고 싶으나 그 길은 원천적으로 차단된 것으로 보인다.

사실 「토막」은 시각적인 요소보다는 청각적인 요소에 많이 의존하는 극이다. 어두컴컴한 토막에서는 별로 보이는 것이 없으며, 다만 신음소리와도 같은 인물들의 대사, 혹은 음향 효과가 이 극을 가득 채우고 있다. 이 작품은 거의 라디오 드라마로 꾸며도 가능하다 싶을 정도로 청각에 의존하고 있다. 이 작품의 결말 부분은 여동생인 금녀의 외침, 아버지인 명서의 중얼거림으로 구성된다.

> 금녀: 아버지! 아버지. 마음을 상하지 맙소. 네. 오빠는 죽었습니다. 밤낮으로 기다리던 우리 일꾼은 죽어버렸어요. 이같이 섭섭하고 분한 일이 어디 또 있습니까! 그러나 아버지, 아버지 혼자가 외아들을 잃고 저 혼자가 오빠를 잃은 것이 아니랍니다. 아버지 오빠는 우리를 위하여 싸우다가 용감히 죽었습니다. 아버지 서러 마시오. 우리의 영광이예요. 서러하지 마시고 살어갑세다. 이대로 살어갑세다. 내일부터 나는 더 애써 부지런히 또아리를 만들겠습니다. 내일 장에 저 맨들어둔 것을 다 팔면 또 몇 전이 생기지 않나요. 걱정마세요. 녜 아버지. 우리는 여전히 여전히 살어갑세다.
>
> 母는 安置한 白骨 앞에서 낮은 소리로 合掌.

명서: 금녀야 우리에게는 새로운 힘이 필요하다. 새로운 힘! 나나 너 같은 병든 몸에서는 구할 수 없는 새로운 힘이.(바람 소리) -幕-

유치진은 명서네 가족들의 절규와 새로운 다짐을 관객 앞에서 웅변적인 목소리로 들려준다. 오빠의 죽음을 헛되이 하지 않겠다는 것, 그러기 위해서는 새로운 힘이 필요하다는 절규이다. 그러나 이후의 개작본*에서는 이러한 대사가 지나치게 설명적이고 계몽적인 것이라고 생각한 탓인지, 대사의 분량을 대폭 줄였다. 비교를 위해 이후 개작된 부분의 결말을 인용해 보자.

금녀: 아버지, 설워 마세요. 서러워 마시구 이대루 꾹 참구 살아가세유. 네, 아버지! 결코 오빠는 우릴 저버리진 않을 거예유. 죽은 혼이라두 살아 있어, 우릴 꼭 돌봐줄 거예유. 그때까지 우린 꾹 참구 살아가유. 예, 아버지!
명서: ……아아, 보기 싫다! 도루 가지고 가래라!

금녀의 어머니는 백골을 안치하여 놓고 열심히 무어라고 중얼거리며 합장한다, 바람소리 적막을 찢는다.**

개작본에서는 "오빠는 우리를 위해 싸우다가 용감히 죽었습

---

* 여러 개의 개작본이 있지만, 이 글에서는 유치진,『동랑유치진전집 1』(서울예대출판부, 1992)을 인용했다. 이 개작본은 희곡집『소』(행문사, 1947)에 의거하고 있어, 1931년 발표작과는 다르다. 이상우,『유치진 연구』(태학사, 1997), 48쪽.
** 유치진, 앞의 책, 63쪽.

니다"라는 금녀의 대사, "우리에게는 새로운 힘이 필요하다"는 명수의 대사가 빠져 있다. 검열에서 걸릴 만한 위험한 대사들을 삭제한 개작본에서는 초간본이 보여준 바와 같은 강렬한 주제 의식이 약화되어 있다.

5. 결론

유치진의 희곡 「토막」은 친일 등으로 인해 지탄을 받기도 한 작가의 데뷔작이다. 그러나 「토막」은 유치진의 데뷔작이자 최고의 걸작이며, 해방 이전의 한국희곡이 도달한 최고의 작품이라는 게 연구자의 생각이다. 물론 데뷔작이 가장 훌륭한 작품으로 평가받는다는 것은 작가 본인에게도 책임이 있다. 그러나 20세기 전반부를 살아온 한국인의 삶이 제국주의와 봉건주의의 질곡에서 얼마나 힘겨웠을지를 감안해 본다면, 데뷔작 이후 계속 좌절하고 퇴행을 거듭해야 했을 작가의 삶에도 일말의 동정의 여지를 남긴다. 그는 반제, 반봉건이라는 투쟁의 선상에서 연극을 시작했지만, 점차 현실과 타협하는 순응주의자의 삶을 살아간 것으로 볼 수 있다.

희곡 「토막」의 주제 의식이 한걸음 더 나아가지 못하고 점차 순응주의의 길을 걸어간 것은 안타까운 일이다. 그러나 희곡 「토막」이 보여준 다양한 형식적 실험만큼은 새삼 돌이켜볼 가치가 있는 것으로 판단된다. 서구 근대극이 '언어'에 기반하고 있었다면, 동양의 연극은 여전히 춤과 노래, 동작 등의 '비언어적 기호'들로 구성되어 있다는 점도 떠올려볼 필요가 있다. 유치진의 「토막」은 논리와 이성에 기반한 '언어'로만 구성된 게 아니라, 다양한 기호적 놀이로 구성되어 있다. 근대극 속에 민속놀이에 해당하는 요소를 삽입한 것은 「토막」이 최초인 듯하며, 이러한 사실을 결코 가볍게 볼 일이 아니다.

한국인은 분노와 절망에 휩싸여 있을 때, 이를 노래와 춤으로 풀어내는 민족적 기질을 가지고 있는 것으로 보인다. '한과 신명'이라는 말로 요약되는 이러한 모습은 유치진의 희곡 「토막」에서 다양한 노래와 춤으로 등장한다. 유치진은 일제 치하의 질곡을 직접적으로 드러내는 대신 엉뚱한 한탄, 엉뚱한 노래와 춤을 빌려 이를 대신한다. 집에서 쫓겨나 걸인이 되어야 했던 경선네는 쫓겨가는 마지막까지 등불을 높게 치켜들고 춤과 노래, 해학을 놓치지 않는다. 아들을 잃은 부모의 심정을 드러내기 위해 등장하는 '이웃 여자'는 집에 돌아오지 않는 닭 한 마리를 찾기 위해 마당을 헤맨다. 눈을 감고 앞 사람의 뒤를 쫓아가야 하는 문쥐놀이의 삽입 또한 식민지 민중의 환유인 듯싶다. 이런 주변적인 요소들은 논리와 언어가 강조되던 서구 근대 리얼리즘 연극과는 사뭇 다른 양상을 보여준다.

정글과도 같은 자본주의 사회에서 살아남기 위한 사람들의 처절한 생존 게임을 보여준 한국의 TV 드라마 「오징어게임」은 2021년 넷플릭스에서 세계 1위의 시청률을 기록하면서 비평계와 시청자 모두의 관심을 끌었다. 극단적으로 이분화된 계층 구조를 반영해 신자본주의의 폐해에 대한 비판과 공감을 이끌어내었다는 분석이 일반적인데, 한편으로는 이 드라마의 제목에 밝혀진 바와 같은 '게임'의 속성이 많은 시청자들에게 '놀이'의 대상으로 패러

디되면서 그 인기가 급상승했다는 생각도 든다. 자본주의 사회에 대한 진지한 비판이라는 주제와는 별개로, 그저 유치하고 엉성해 보이는 한국의 전통적인 놀이 양식(무궁화꽃이 피었습니다, 달고나 놀이, 오징어게임 등)의 재현이 새로운 세대에게 신선한 놀이의 충격을 제공한 셈이지 않을까 싶은데, 이러한 놀이 정신이 1930년대의 식민지 현실을 그린 유치진의 리얼리즘 연극 「토막」에서도 나타났다는 게 그리 우연은 아닌 듯하다.

참고문헌

고명석, 『OTT 플랫폼 대전쟁』, 새빛, 2020.

그림 형제 원작, 김경연 옮김, 『그림 형제 민담집』, 현암사, 2012.

김경용, 『기호학이란 무엇인가』, 민음사, 1994.

김광규, 『귄터 아이히 연구』, 문학과지성사, 1983.

김동리, 『김동리 대표작 선집 1』, 삼성출판사, 1967.

김만수, 「'두 형제' 이야기의 원형과 현대적 변용」, 『구보학보』, 26집, 2020.

_____, 『「진달래꽃」 다시 읽기』, 강, 2018.

_____, 『문화콘텐츠유형론』, 글누림, 2011.

_____, 『스토리텔링 시대의 플롯과 캐릭터』, 연극과인간, 2012.

_____, 『스토리텔링 시대의 플롯과 캐릭터』, 연극과인간, 2012.

_____, 『스토리텔링 시대의 플롯과 캐릭터』, 월인, 2012.

_____, 『옛이야기의 귀환』, 강, 2020.

_____, 『희곡 읽기의 방법론』, 태학사, 1996.

김성도, 『구조에서 감성으로: 그레마스의 기호학 및 일반 의미론의 연구』, 고려대출판부, 2002.

김태환,『문학의 질서』, 문학과지성사, 2007.

김팔봉,「조선문단의 현재와 수준」,《신동아》4권 1호, 1934.

김홍중,「그림 형제와 라투르: ANT 서사기계에 대한 몇 가지 성찰」,《문명과 경계》, Vol. 6, 2023.

로널드 토비아스, 김석만 옮김,『사람의 마음을 사로잡는 스무 가지 플롯』, 풀 빛, 1997.

로널드 헤이먼, 김만수 옮김,『희곡을 어떻게 읽을 것인가』, 현대미학사, 1995.

로만 야콥슨, 신문수 편역,『문학 속의 언어학』, 문학과지성사, 1989.

롤프 옌센, 서정환 옮김,『드림 소사이어티』, 리드리드출판, 2005.

르네 데카르트, 이재훈 옮김,『방법서설』, 휴머니스트출판그룹, 2024.

리차드 쉐크너, 김익두 옮김,『민족연극학』, 신아, 1993.S. 리몬-케넌, 최상규 옮김,『소설의 시학』, 문학과지성사, 1985.

마셜 매클루언, 박정규 옮김,『미디어의 이해: 인간의 확장』, 커뮤니케이션북 스, 1997.

막스 호르크하이머·테오도어 아도르노, 김유동 외 옮김,『계몽의 변증법』, 문 예출판사, 1995.

미르체아 엘리아데, 이동하 옮김,『성과 속』, 학민사, 1983.

바라트 아난드, 김인수 옮김,『콘텐츠의 미래』, 리더스북, 2017.

박상란,「금기된 역사체험담의 기록성—동학농민혁명담을 중심으로」, 한국 역사민속학회,『역사민속학』54, 2018.

박영정,『유치진 연극론의 사적 전개』, 태학사, 1997.

박완서,『복원되지 못한 것들을 위하여』, 동아출판사, 1995.

버틀란드 러셀, 한철하 옮김,『서양철학사』, 대한교과서, 1995.

브루노 베텔하임, 김옥순·주옥 옮김,『옛이야기의 매력』(1·2), 시공주니어, 1998.

블라디미르 프로프, 유영대 옮김,『민담 형태론』, 새문사, 2007.

블라디미르 프로프, 최애리 옮김,『민담의 역사적 기원』, 문학과지성사, 1991.

빅토리아 린 슈미트, 남길영 옮김,『캐릭터의 탄생』, 바다출판사, 2011.

샤를 보들레르, 윤영애 옮김,『악의 꽃』, 문학과지성사, 2003.

서우석,『음악현상학』, 서울대출판부, 1991.

쇼샤나 주보프, 김보영 옮김,『감시자본주의 시대』, 문학사상사, 2021.

스콧 맥클라우드, 김낙호 옮김,『만화의 이해』, 비즈앤비즈, 2016.

신동흔,『살아 있는 한국 신화』, 한겨레출판, 2014.

_____,『옛이야기의 힘』, 우리교육, 2012.

안 에노, 홍정표 옮김,『서사, 일반기호학』, 문학과지성사, 2003.

야마베 겐타로,『한국근대사』, 까치, 1980.

양승국,『일상성의 미학에 이르는 길: 텔레비전 드라마 연구 방법론』, 박이정, 2019.

양승국 편,『한국 근대 연극 영화 비평 자료집』, 태동, 1990.

양승국·양승준,『한국현대시 400선 2』, 태학사, 1996.

에두아르도 갈레아노, 조구호 옮김,『거울들: 거의 모든 사람의 이야기』, 알렙, 2024.

에리히 아우어바흐, 김우창·유종호 옮김,『미메시스: 고대·중세편』, 민음사, 2000.

에릭 홉스봄, 이용우 옮김,『극단의 시대: 20세기 역사(상)』, 까치, 1997.

오르테가 이 가세트, 장선영 옮김,『예술의 비인간화』, 삼성출판사, 1979.

오비디우스, 이윤기 옮김,『변신이야기』, 민음사, 1994.

요시다 아츠히코, 하선미 옮김,『세계의 신화전설』, 혜원, 2010.

월터 J. 옹, 이기우·임명진 옮김,『구술문화와 문자문화』, 문예출판사, 1995.

윌리엄 셰익스피어, 최종철 옮김,『햄릿』, 민음사, 1998.

유민영,『한국현대희곡사』, 홍성사, 1982.

유치진,『동랑 유치진 전집 1』, 서울예대출판부, 1993.

이부영,『분석심리학의 탐구 1: 아니마와 아니무스』, 한길사, 2010.

이상·김유정,『날개/동백꽃 외』, 동아출판사, 1995.

이상우,『유치진 연구』, 태학사, 1997.

이안 와트, 강유나·고경하 옮김,『소설의 발생』, 강, 2009.

이정숙,「유치진의 국립극장 기획과 <원술랑>」,《한국극예술연구》 41호, 2013.

이창재,『신화와 정신분석』, 아카넷, 2014.

제럴드 프린스, 이기우·김용재 옮김,『서사론사전』, 민지사, 1992.

조너선 갓셜, 노승영 옮김,『스토리텔링 애니멀』, 민음사, 2012.

조지프 캠벨, 이윤기 옮김,『천의 얼굴을 가진 영웅』, 민음사, 2004.

지크문트 프로이트, 정장진 옮김,『예술, 문학, 정신분석』, 열린책들, 2003.

채만식,『채만식전집 9』, 창작과비평사, 1989.

츠베탕 토도로프, 신동욱 옮김,『산문의 시학』, 문예출판사, 1992.

츠베탕 토도로프, 최애영 옮김,『환상문학 입문』, 일월서각, 2013.

H. 포터 에벗, 우찬제 외 옮김,『서사학 강의: 이야기에 대한 모든 것』, 문학과
    지성사, 2008.

페터 빅셀, 김광규 옮김,『책상은 책상이다』, 문장사, 1990.

피에르 레비, 강형식 옮김,『지식의 나무』, 철학과현실사, 2003.

피에르 레비, 권수경 옮김,『집단지성: 사이버 공간의 인류학을 위하여』, 문학
    과지성사, 2002, 50쪽.

한강,『채식주의자』, 창비, 2022.

호메로스, 천병희 옮김,『오뒷세이아』, 숲, 2015.

황순원,『카인의 후예』, 동아출판사, 1995.

Algidas Julien Greimas, *On Meanings*, Univ. of Minnesota press, 1987.

Arthur W. Frank, *The Wounded Storyteller: Body, Illness, and Ethics*, Chicago and London: University of Chicago Press, 1995.

Carolyn Handler Miller, *Digital Storytelling: A Creator's Guide to Interactive Entertainment*, Focal Press, 2004.

Charles Perrault, Christopher Betts tr., *The Complete Fairy Tales*, Oxford University Press, 2009.

Charles Perrault, *The Complete Fairy Tales*, Oxford University Press, 2009.

Christopher Booker, *The Seven Basic Plots: Why We Tell Stories*, Continuum, 2010.

Gery Vena, *How to Read and Write about Drama*, Macmillan, 1988.

Gorge Lukacs, "The Sociology of Modern Drama", Eric Bentley ed., *The Theory of the Modern Stage*, Penguin Books, 1968.

Hans Christian Andersen, *The Collective Fairy Tales and Stories*, Penguin Books, 2004.

Jan Alber and Monika Fludernik, *Postclassical Narratology-Approaches and Analyses*, The Ohio State University Press, 2010.

Maria Tatar ed., *The Classic Fairy Tales*, W.W.Norton & Company, 1999.

Mieke Bal ed., *Narrative Theory*(1), Routledge, 2004.

Ronald Schleifer, *A. J. Greimas and the Nature of Meaning: Linguistics, Semiotics and Discourse Theory*, Croom Helm, 1987.

Stith Thompson, *The Folktale*, Holt, Rinehart and Winston, 1946.

Sylvan Barnet ed., *Types of Drama: Plays and Essays*, HarperColinsCollege Publishers, 1993.

Thomas G. Pavel, "Literary Narratives", Mieke Bal ed., *Narrative Theory*(1), Routlege, 2004.

William Bynum, *A Little History of Science*, Yale University Press, 2012.

스토리 리부트: 이야기는 어떻게 생성되는가

1판 1쇄 발행 2025년 4월 20일

지은이 김만수

디자인 울롱
펴낸이 조영남
펴낸곳 알렙

출판등록 2009년 11월 19일 제313-2010-132호
주소 경기도 고양시 일산서구 중앙로 1455 대우시티프라자 715호
전자우편 alephbook@naver.com
전화 031-913-2018   **팩스** 031-913-2019

ISBN 979-11-89333-93-5 03800